시작도 끝도 없는 모험,
『그림 동화』의 인류학

시작도 끝도 없는 모험, 『그림 동화』의 인류학

발행일 초판2쇄 2021년 10월 15일(초판1쇄 2021년 8월 25일) | **지은이** 오선민
펴낸곳 봄날의박씨 | **펴낸이** 김현경 | **주소** 서울시 종로구 사직로8길 24 1221호(내수동, 경희궁의아침 2단지) |
전화 02-739-9918 | **팩스** 070-4850-8883 | **이메일** bookdramang@gmail.com

ISBN 979-11-90351-91-1 03800

인문교양이 싹트는 출판사 봄날의박씨는 북드라망의 자매브랜드입니다.

시작도
끝도
없는 모험,
『그림 동화』의
인류학

오선민 지음

봄날의 박씨

목차

2부
미로의 시련 97

머리말

나는 동화인류학자다. 하지만 나는 인류학을 전공하지도 않았고, 심지어 인류학의 고전이라 할 만한 책들을 섭렵하지도 않았다. 인류학자들이 인류의 원형적 형태를 찾기 위해 떠난다고 하는 미지의 땅, 원시 부족들이 살아가고 있는 열대 우림이나 툰드라를 여행해 본 적도 없다. 앞으로도 그럴 계획은 없다. 나는 그저 매일같이 아이들에게 동화를 읽어 주는 보통 엄마이고 앞으로도 그럴 것이다. 집 떠날 일이 별로 없다는 소리다. 그런데 왜 뜬금없이 동화인류학자가 되었느냐고?

2020년은 코로나를 비롯해 무서운 장맛비로 모두의 일상이 간헐적으로 멈췄다 가기를 반복했다. 삶 자체가 예측 불가능의 연속임을 절감할 수밖에 없었다. 나의 삶에도 큰 단절과 변화가 찾아왔다. 공부는 교실에서 해야 하거늘 학교 자체가 문을 닫고 말아 아이들과 긴 시간 길에서 뛰어놀게 되었다. 피아노며 태권도며 갈 수 없었기에 온갖 학습의 압박으로부터 뜻하지 않은 여유를 갖게 되었다. 건물 밖에서 보낸 많은 시간 덕분에 사계절의 변화를 몸으로 느낄 수도 있었다. 그렇게 아이들과 천천히 한 해를 보내는 동안 사람이 어떻게 크는가에 대해 많이 생각해 보게 되었다. 정답을 얻을 수는 없었다. 다만 조금 다른 것이 보이기 시작했다. 그 중 하나가 동화책이다.

'동화란 참으로 이상한 세계로다!' 오래전부터 이런 생각을 하긴 했다. 아이들이 낮밤을 가리기 시작하면서부터 동화를 읽어 주었으니까. 주로 『그림 동화』를 읽었다. 이야기는 한결같이 재미있었다. 익숙하다고 생각했지만 개구리 왕자의 명랑함과 라푼첼의 용기는 읽을 때마다 새로웠다. 나중에는 '읽어주기'보다는 밤마다 내가 '읽는' 재미로 아이들을 끌어들이게 되었다.

그런데 조금씩 의문이 쌓이기 시작했다. 주인공이란 모름지기 착해야 하는 법이거늘 동화 속 아이들이 전혀 그렇지 않았기 때문이다. 어쩐지 동화에는 선악이 없다는 생각이 들었다. 물론 계모와 마녀 등 어리석은 이는 벌을 받는다. 반면 힘없고 약한 셋째아들은 결국 왕이 된다. 표면적으로 동화는 분명 착한 일을 하면서 남을 도우라고 한다. 그런데 딱 한 걸음만 더 들어가 보면 상황은 전혀 다르게 펼쳐진다. 실로 동화는 선한 일에 아무 관심도 없기 때문이다. 한번 떠올려 보자. 그 어떤 괴물도 악마도 회개하지 않는다. 그 어떤 탐욕, 실수, 거짓도 반성되지 않는다. 터무니없는 욕심으로 애써 얻은 금은보화를 다 잃게 되는 어부의 아내조차 자기 허영에 후회가 없다.

까마귀로 변한 오빠를 돕는 여동생은 좀 착하지 않느냐고(「열두 오빠」)? 물론 그녀가 오빠를 위해 비방과 모욕을 견디며 벙어리로 세월을 보냈을 수도 있다. 그런데 따져 보자. 이 여동생은 왜 자신을 예뻐한 아버지의 뜻을 거스르고 오빠들을 따라나서는가? 즉 왜 효가 아니라 우애인가? 여기에 동화는 아무런 답도 준비해 놓지 않는다.

백설 공주는 어떨까? 착해서 상을 받는다고 할 수 있을까? 그녀의 미덕은 무엇인가? 공주가 이웃에게 온정을 베풀었다거나 곤란한 사람을 도와줬다는 이야기는 없다. 그저 객식구로서 난쟁이들의 집을 돌보았을 뿐! 불쌍한 소녀 아셴푸텔도 마찬가지다. 이 재투성이 소녀가 계모와 이복언니를 아끼고 사랑해서 집안일을 떠맡았을까? 그럴 리가! 백설이도 아셴푸텔도 먹고 살려니 어쩔 수 없어서 남의 아궁이(자기 아궁이가 아니다) 옆으로 갔을 뿐이다. 이처럼 동화는 인간적 삶의 훌륭한 가치를 따져 묻지 않는다. 하나 더! 왕자와 공주는 결국 오래오래 행복하게 살았다고 한다. 그런데 도대체 뭐가 행복한 삶인가? 동화는 이들이 '어떤' 행복을 누리는지, 그 뒷이야기를 그리지 않는다.

동화는 선악에 관심이 없을 뿐만 아니라 아예 사는 것은 카오스라고까지 말한다. 이것은 동화 속 왕의 비중이 낮은 점으로 설명할 수가 있다. 왕이라 함은 왕국의 질서를 만드는 자요 만민의 어버이다. 존재의 근원인 신이라고도 할 수 있다. 그런데 동화에서 왕은 출현 비중이 낮거나 좀 있다 하더라도 사건 전개에 큰 도움이 되지 않는다. 왕은 잠자는 저주에 걸린 딸을 따라 자신도 잠이 들어 버린다. 딸과 함께 눈을 뜨고 난 뒤에도 자신이 왜 깨어나는지를 모른다. 어떤 왕은 장화 신은 고양이에게 속수무책으로 속아 별 볼 일 없는 청년에게 왕국을 물려준다. 이런 왕의 무능은 『그림 동화』 밖에도 차고 넘친다. 우리 동화의 청이 아버지 심봉사는 눈이 멀어 있고 장화·홍련의 아버지는 악처가 제 자식 잡아먹는 줄을 모른다. 동서고금을 막론하고 동화는 질서를 창조하시고 왕국을 다스리는 아버지에게는 별 관심이 없다. 그래서일까? 왕자와 공주는 자신이 출발한 왕국으로 돌아가지도 않으며 이야기는 늘 그들이 도착한 '아무' 왕국 입구에서 끝난다.

동화는 왕국이 아니라 숲에 주목한다. 절대로 옳고 절대로 그른 것이 따로 없음을 빽빽한 숲의 어둠으로 표현한다. 숲에는 누가 사나? 그곳에는 사람 잡아먹는 마녀와 거인들이 돌아다닌다. 하여 아차 하면 죽음의 낭떠러지다. 이 숲에는 믿을 놈도 없다. 왕비에게 충성을 맹세했던 사냥꾼은 숲에 들어서자마자 백설 공주를 돕는다. 반대로, 착한 엄마도 숲에 들어가면 늑대로 변한다. 사람은 털옷을 쓰고 짐승이 되고 짐승은 장화를 신고 인간처럼 걷는다. 숲은 원칙도 없고 의지처도 없는 카오스다.

그러니 동화는 잔인하다고 할 수 있다. 그건 이야기 속 마녀나 푸른 수염이 아이들 머리를 자르고 사지를 태워서가 아니다. 문제는 사건 자체의 끔찍함에 있지 않다. 동화가 잔혹한 까닭은 우리가 믿고 따르는 이 관계, 이 질서가 실은 언제 찢어지고 무너져도 이상할 것이 없다고 보는 데에 있다. 동화의 출발을 떠올려 보자. 늘 조실부모한 아이의 이야기에서 시작한다. 동화는 뒷받침해 줄 백그라운드도 없고 앞을 열어 줄 재능도 없는 작은 것들이 숲에 들어선다는 설정을 줄기차게 반복한다. 아, 살아갈 방도를 어떻게 구하나?

선악에 관심이 없기로 치면 으뜸은 자연이다. 지구별의 역사에는 홍수와 화산 폭발, 지진 등 이유나 목적을 가늠하기 어려운 대변환이 셀 수 없이 많았다. 인류의 모든 창세신화는 혼돈으로부터 어떻게 질서가 생겨났나를 설명한다. 문명은 카오스로부터다. 즉 언제나 카오스가 먼저이고 질서는 그 다음이다. 신화와 뿌리가 같은 동화도 카오스를 직면한 인간이 자기 능력을 시험해 가며 살길을 찾는 이야기다. 어? 그렇다면 코로나 바이러스와 함께 큰 혼란을 겪고 있는 우리 시대야말로 동화의 지혜가 필요하지 않을까? 나는 전염병과 기후변화가 일으킨 극단적 혼돈의 한가운데에서 여기야말로 공주와 왕자가 돌아다니던 그 숲이라는 생각이 들었다. 도시를 건너뛰며 사신(死神)이 돌아다니는데 숨을 곳이 없으니까. 최악의 곤란은 나 자신도 믿을 수가 없다는 점이었다. 착한 내가 코로나 바이러스를 옮기고 있을 수도 있지 않은가? 살길이 선명하게 보이지 않는 이 어두운 시절을 그저 백신만 기다리면서 버틸 수는 없지 않은가?

바로 그 지점에서 동화가 확실히 다르게 읽히기 시작했다. 이토록 잔혹한 진실을 안고 가는 이야기들인데도 불구하고 동화가 무겁지 않다는 점이 새삼 눈에 들어왔다. 오히려 숲에서는 웃음이 끊이지 않는다. 거짓말쟁이 공주가 발로 뻥 차주는 바람에 개구리가 사람이 된다. 오잉? 무슨 저주가 엉덩이에 한번 발길질하는 걸로 풀려? 동화는 왜 이렇게 유쾌하고, 저주에 걸린 아이들은 왜 이렇게 씩씩한가?

동화 속에서는 어떤 일도 무의미하지 않지만 어떤 일도 결정적으로 중요하지 않다. 왕자와 공주는 그저 주어진 미션을 치르고만 있다. 왜일까? 공주가 난쟁이들 집에서 밥하고 빨래를 하는 까닭은 왕자를 만나기 위해서가 아니다. 그들은 다만 그렇게라도 해서 '오늘' 먹을 것을 구한 자에게 '내일' 낯선 사건 하나가 일어난다는 것을 본다. 숲은 거듭 묻는다. "이런 혼돈에서도 살 수 있겠니?", "저런 곤란에서도 살 수 있겠니?" 그런 질문 앞에서 왕자와 공주는 어떤 미션도 덤덤하게 통과한다. 근심도 걱정도 자책도 원망도 없는 세계, 그것이 동화였다.

나는 숲의 카오스를 두려워하지 않는 당당한 주인공들이 부럽기 시작했다. 엄마·아빠를 잃고 버려진 아이들은 어떻게 되나? 심청이를 떠올려 보자. 청이는 인당수를 구경하고, 용왕을 만나고, 마침내 왕비가 되어 만백성을 먹이는 국모가 된다. 백설 공주는 또 어떤가? 공주는 난쟁이들과 접속해서 새로운 공동체를 꾸린다. 무시무시한 숲속에서 그들을 키우는 것은 이름 모를 노인들과 낯선 미션들, 무참한 지옥들이다. 소녀는 그 과정에서 결함을 치료하지도 않고 개성을 발휘하지도 않는다. 그들은 혼란스러운 현실을 온몸으로 껴안으면서 '아무' 왕국에 이른다. 도착해야만 하는 미래 즉 이루어야만 하는 성취란 따로 없는 것이다. 그래서 그들은 빛 없이도 어둠 속에서 길을 찾는다. 시작도 끝도 없는 지금의 모험에 집중하면서.

도대체 누가 이런 세계관을 믿고 따를까? 지금은 21세기

다. 온갖 자기계발서가 읽히고 있으며 도처에서 성공을 위한 매뉴얼을 읊어 댄다. 숲의 세계인 동화가 여전히 유효할까? 그런데 다들 동화 읽기를 게을리하지 않는 듯하다. 서점에 가면 엄청나게 많은 동화가 나와 있다. 자본의 소유 여부에 따라 인생의 승패가 갈라지는 이 시대에 잠겨 살면서도 사람들은 개구리 왕자와 백설 공주가 펼치는 무작정의 모험을 즐긴다. 어딘가 인생의 진리가 있을 거라며 맹렬히 목표를 세우던 나조차도 동화를 손에서 놓을 줄 몰랐다. 어쩌면 우리의 무의식에는 길 없는 길에 대한 욕망이 있는 것은 아닐까?

그래서 동화를 다시 읽어 보기로 했다. 『그림 동화』는 그림(Grimm) 형제가 19세기 초반에 채록한 독일 민담이다. 형제는 유럽 여기저기에서 몇천 년 동안 사람들의 상상력을 사로잡았던 옛이야기를 모았다. 유럽 대륙에서 오래오래 전승된 이야기들인 셈이다.

그런데 이들 이야기는 전 세계에 흩어져 있는 다른 동화들과도 상당히 비슷하다. 예를 들면, 「재투성이 아셴푸텔」처럼 구두 한 짝을 잃은 신데렐라 모티프는 전 세계적으로 공통적이다. 『그림 동화』가 품고 있는 정신은 인류라면 어디서나 탐색해 본 자연의 이치와 삶에 대한 통찰이라 할 수 있지 않을까? 자연에도 인간의 생에도 정답은 없다. 동화는 시작도 끝도 없는 이 모험을 통해 어떤 근원적 질문에 답하려고 했던 것일까?

나는 옛이야기에 대한 권선징악적 풀이를 내려놓았다. 대신 동화가 숲의 혼돈을 어떤 방식으로 돌파하는지 하나하나 따져 보기로 했다. 하여 이 작업의 이름이 동화인류학이다. 그렇게 나는 집 밖으로 나갈 수 없게 된 코로나 시대에 공주와 왕자를 따라 동화 속으로 걸어 들어갔다.

* * *

이 책의 대부분은 세종과 공주, 서천 등 충청권의 숲과 바다를 돌아다니면서 썼습니다. 파도야, 나무들아 고마워! 자연은 얼마나 큰 품으로 우리들을 품고 가르치는지요. 대자연의 어머니께 감사드립니다. 봄날의박씨 김현경 사장님 고맙습니다. 봄날의박씨는 동화와 인류학의 만남을 큰 박수로 응원해 주었습니다. 시작도 끝도 없이 숲 헤매는 법을 가르쳐 준 카프카에게도 정다운 인사를 보냅니다. 마지막으로, 거침없이 숙제의 길을 걷고 계신 '인문공간 세종'의 선생님들과 이 책을 나눌 수 있어서 기쁩니다. 고맙습니다.

"네가 만일 이 통로에서 아무것도 발견할 수 없다면 문을 열어

라. 그 문 뒤에서도 아무것도 발견하지 못하면 또 다른 층이 있다. 네가 위에서도 아무것도 발견하지 못한다면 그것 또한 곤란한 것은 아니다. 새로운 계단으로 뛰어올라라. 네가 올라가는 것을 멈추지 않는 한, 계단 또한 멈춰 있지 않을 것이다. 그것들은 올라가고 있는 너의 발밑에서 계속해서 앞쪽으로 자라날 것이다." 카프카, 「변호사」, 『단편 전집 변신』, 이주동 옮김, 솔, 611~612쪽

프롤로그

1. 동화에는 법칙이 있다

시작도 끝도 없다. 그 길에는 온갖 불확정성이 차고 넘친다. 그런데 기댈 곳도 없다. 울어 볼까 말아 볼까, 자 무엇을 해 볼까? 별수 없다. 아무튼 잠깐이라도 조금이라도 나를 살릴 수 있는 존재들에게 도움을 구할밖에!

『그림 동화』에 나오는 숲은 카오스이다. 그런데 이 숲에도 몇 가지 규칙은 있다. 숲 전체를 좌우하는 법칙이 있다는 말이 아니다. 「머리말」에서도 잠깐 언급했지만 『그림 동화』는 우주가 어떤 원리로 돌아가는지에 대한 답을 제시하지는 않는다. 신과 신의 사자(使者)들이 숲을 찾는 일은 극히 드물기 때문이다. 『그림 동화』는 '왕좌의 게임'을 좋아하지도 않는다. 하지만 동화를 잘 따라가다 보면 숲에서 살아 돌아오는 아이들에게는 뭔가 비슷한 행보가 발견된다. 이 생존의 룰은 무엇이며 그것이 의미하는 바는 또 무엇일까?

착한 사람은 상을 받고 나쁜 사람은 벌을 받는 이야기로 널리 알려져 있지만 동화를 지탱하는 것은 권선징악적 결론이 아니라 구조적으로 반복되는 사건들이다. 그래서 동화에는 법칙이 있다고 할 수 있다. 본문에서 이 법칙의 세부에 대해 보다 자세히 다루겠지만 큼지막하게 정리하자면 대부분의 이야기는 다음의 틀을 벗어나지 않는다. 왕국에서 쫓겨나기→숲에서 미션 치르기→다시 왕국으로 돌아오기. 이야기의 대부분은 왕국이 아니라 숲에서 일어난다. 숲이야말로 동화에서 없어서는 안 될 첫번째 형식적 장치다.

그럼 누가 숲으로 들어가나? 고아나 다름없고 재주라고는 없는 아이가 들어간다. 누구를 만나나? 마녀나 괴물을 만난다. 하지만 걱정 안 해도 된다. 곧 난쟁이나 여우 같은 조력자가 나타날 테니까. 숲을 통과하려면 캄캄한 그곳에서 친구를 사귈 수 있어야 한다. 계모의 아궁이 옆에서 구박받던 재투성이 아셴푸텔은 어떻게 왕자의 무도회에 갈 수 있었나? 비둘기와 개암나무가 콩도 모아 주고 금과 은도 떨어뜨려 주어서다.

그런데 친구라고는 하지만 이 조력자들은 공주가 착해서 나타난, 공주보다 선한 수호천사들이 아니다. 할머니의 아궁이 옆에서 콩과 숯과 지푸라기가 탈출할 수 있었던 까닭을 떠올려보자. 어쩌다가 아궁이 밖으로 튀어나오게 된 콩과 숯, 지푸라기는 저 혼자로는 다시 또 아궁이로 빨려 들어갈 것을 알았기에 각자에게는 없는 능력을 서로에게 빌려서 도망을 간다. 힘없는 셋째 왕자를 무작정 도와주던 여우가 있었다. 그런데 알고 보니 이 여우는 누군가를 도와야지만 자기 저주를 풀 수 있는 마법에 걸려 있었다. 개구리 왕자도 있다. 공주의 황금 공을 구하겠다고 그렇게 애를 쓰더니만 그도 자기 저주를 풀기 위해서 어쩔 수 없이 샘물에 뛰어들었었다. 그렇다면 재투성이를 도왔던 요정들도 뒤로는 다 꿍꿍이가 있었다고 해야 하지 않을까? 동화는 '착한데 재주도 있는' 친구가 짠! 하고 나타나서 '착한데 불쌍한' 나를 돕는 이야기가 아니다. 동화에서는 서로 '다른' 필요를 가진 존재들이 각자의 문제를 해결하기 위해 어쩔 수 없이 함께 뭉치는 사건만 줄기차게 나온다.

더 흥미로운 점이 있다. 모든 연대는 특정 구간의 미션을 해결하고 나면 해체된다는 것이다. 콩과 숯과 지푸라기는 아궁이 옆에서는 서로 도울 수 있었지만, 강물 앞에서는 공생의 묘를 발휘하지 못했다. 동화는 문제 구간마다 매번 친구나 적과 각기 다른 삶-관계를 만들라고 말한다. 사랑도 우정도 그 어떤 것도 영원하지 않으니, '오직 그들이 나를 살릴 수 있는지만 생각하라!'이다. 와, 참으로 비정하다. 그렇지만 추상적인 도덕관념 따위는 감히 비집고 들어올 수 없는 더할 나위 없이 냉철한 생존 의식이 아닌가! 이런 관점에서 숲을 바라볼 수 있는 자라면 금방 인식하게 될 것이다. 내가 지금 어디에 있고, 누구와 있고, 무엇을 해야 하는지를 말이다.

동화가 제시하는 '거대한 혼돈과 부분적 연대'라는 공식은 화석화된 게임의 룰이 아니다. 요즘도 이런 규칙은 소설이나 게임, 또는 영화를 만드는 기본 원리로 작동한다. 오쓰카 에이지(大塚英志)라고 하는 일본의 서브컬처 문화연구가는 현대의 게임이나 만화 등을 분석해서 이야기의 구성 문법을 정리했다(『스토리 메이커』,『캐릭터 메이커』,『이야기 체조』 등). 오쓰카 에이지에 따르면 대중이 강력하게 원하는 이야기의 문법은 신화 속 영웅의 일대기와 같다고 한다. 오쓰카 에이지가 참고하고 있는 것은 인류의 여러 신화를 몇 가지 원형으로 정리했던 제임스 프레이저(James George Frazer)의 『황금가지』(*The Golden Bough: A Study in Comparative Religion*, 1890)와 인류의 민담을 '영웅의 고귀한 출생, 불행한 추락, 조력자와 방해자의 등장, 모험의 완수, 왕의 귀환'과 같은 몇 가지 형태로 정리한 블라디미르 프로프(Владимир Пропп)의 『민담형태론』(*Морфология сказки*, 1928)이다.

굳이 오스카 에이지까지 가지 않더라도 우리는 알 수 있다. 『반지의 제왕』이나 『해리 포터』와 같은 환상적인 이야기들을 지탱하는 것은 여전히 가진 것 없는 아이가 낯선 공간에서 '타자들과 손 잡고 문제를 해결한다'는 구조라는 것을. 오쓰카 에이지는 무라카미 하루키와 미야자키 하야오의 서사를 분석하기도 했는데 오스카 에이지, 『이야기론으로 읽는 무라카미 하루키와 미야자키 하야오』, 선정우 옮김, 북바이북, 2017, 오늘날 대중이 욕망하는 이야기들도 결국은 동화의 법칙들을 따르고 있다고 한다. 자 정리해 보자. 이 세상 모든 이야기는 하나의 굳건한 인생관을 품고 있다. 인간이 선택할 수 있는 유일한 길은 반드시 집을 떠나 고생하면서, 남과 함께 살아갈 방도 하나를 깨닫기라고.

이처럼 『그림 동화』에서 추출할 수 있는 법칙들이 동서고금의 온 이야기들을 관통한다. 그렇다면 이 구조를 촉발하는 것은 어떤 욕망일까? 사실 '동화'라는 말은 그림 형제가 19세기 초엽에 북독일 지역의 민담들을 채취하고 글로 옮겨 편찬하면서 붙인 이름이다. 그림 형제는 '메르헨'(Märchen)이라고 했는데, 아이들과 가정을 위한 이야기라는 의미를 부여했다. 하지만 형제가 수집한 민담은 정말이지 몇백 년도 넘게 그 지방에서 이 집, 저 골목, 또한 그 들판에서 끊임없이 향유되던 옛이야기다. 따라서 이들 옛이야기의 기원은 한없이 올라간다. 어디까지? 바로 현생인류인 호모 사피엔스가 처음 무리지어 살던 그때까지!

인류학자와 고생물학자 등의 연구에 따르면 호모 사피엔스 이전에 지구상에 존재했던 호모 헬메이 같은 직계조상이나 호모 네안데르탈렌시스 같은 호모 계열의 다른 종은 특별한 발성 기술 같은 것을 전혀 갖고 있지 않았다고 한다. 물론 이들에게서도 영적 특이성은 발견된다. 네안데르탈인들은 무덤을 만들어 매장을 했으므로 사후에 대해 관심을 가졌을 것이다. 고고학자들은 신체장애를 가진 채로 오래 산 네안데르탈인의 뼈를 발견했다. 이것은 네안데르탈인이 아프고 병든 가족이나 이웃을 돌보았다는 증거가 된다. 또 대뇌의 용량이 호모 사피엔스보다 훨씬 더 컸는데, 그들의 뇌는 언어적 인식의 부분, 사회적 인식의 부분, 동식물에 대한 박물학적 부분으로 특화되어 발달했을 것으로 추정된다.

하지만 이들에게는 뇌 속에서 서로 다른 인식 영역을 연결시켜 자유자재로 움직이게 하는 뉴런 네트워크가 형성되어 있지 않았다. 호모 사피엔스의 가장 큰 특징은 인지유동성이다. 스티븐 미슨, 『마음의 역사』, 윤소영 옮김, 영림카디널, 2001 호모 사피엔스와 함께 이 지구상에는 특정한 목적에 할당된 인지 영역들을 넘나들며 각각의 정보를 통합하는 능력이 출현했다. 호모 사피엔스의 유동적 지성은 언어 영역에 있어서 최고의 능력을 발휘했는데 한정된 수의 소리와 신호를 연결해서 각기 다른 의미를 지닌 무한한 문장을 만들어 냈던 것이다. 사피엔스와 함께 현실을 인지하고 나아가 그 사태를 추상화시켜서 한 차원 높은 의미를 생성시키는 것이 가능해졌다.

비교하자면 이렇다. 네안데르탈인은 동물의 뼈로 새총 같은 도구를 만들지는 못했다. 뼈는 탄성이 있어서 보다 유연한 무기도 만들 수 있고, 안이 비었으니 피리 같은 악기도 만들 수 있을 텐데 말이다. 하지만 네안데르탈인들은 뼈는 생명에 속하는 것이라는 인식에 붙들려 있었기 때문에 그것을 사물로 활용할 수 있는 길을 열지 못한 것이다. 네안데르탈인에게 "어머, 저 화난 사자 좀 봐, 완전히 뿔난 우리 엄마지?"라고 말을 건넨다면 그들은 맥락을 하나도 이해할 수 없을 것이다. 네안데르탈인의 뇌는 인간과 동물을 동일한 평면에 놓고 연결시킬 수 있는 힘이 없었기 때문이다. 하지만 호모 사피엔스는 이 농담에 박장대소할 수 있다. 그리고 바로 이 능력이 '개구리가 된 왕자 이야기'를 낳았다. 동화는 이처럼 상이한 이미지들과 상황을 연결시키는 호모 사피엔스의 원초적 연상 습관이 증폭되는 이야기의 장이다.

문제는 '법칙'이다. 호모 사피엔스의 유동적 지성은 왜 특정한 이야기 패턴을 만드는 일에 집중했는가? 여러 이야기가 특정한 사고 패턴을 반복적으로 쓴다는 것은 그 논리로 이해해야 하는 대상이 있음을 의미한다. 예를 들어 보자. 우리가 'red'를 '빨강'으로 번역하려면 'red'가 속한 언어의 규칙과 '빨강'이 속한 언어의 규칙을 동시에 알아야만 한다. 각 문화는 붉음의 농담과 채도를 다 다르게 이해한다. 개별 문화가 붉음을 어떻게 해석하는가는 그 문화 전체가 색채를 어떤 식으로 분류하고 활용하는지를 전반적으로 고찰할 때에만 파악될 수 있다. 위도가 높은 아메리카 북서해안 콰키우틀족의 'red'와 적도 가까이에 있는 태평양의 마우이족의 'red'는 다르다. 설령 노을을 보고 똑같이 "빨갛다"고 하더라도, 그 붉음에 대한 감각 인상이 같다고 할 수는 없다. 설산과 대비되는 붉음과 대양과 대비되는 붉음이 어떻게 같으랴. 사물과 사건을 출현시키는 논리를 이해해야 그 대상을 내 의식 안으로 옮겨 볼 수 있다. 그런 논리화가 없다면 대상에 대한 이해란 불가능하다. 동화에서 반복적으로 발견되는 논리가 있다는 것은 인류가 이해하고자 하는 어떤 공통의 대상이 있음을 의미한다. 동화는 우주 자연과 그 안에서 살아가는 인간을 종합적으로 이해하기 위해 어떤 법칙을 찾으려 했던 것이다. 즉 동화를 추동한 것은 앎에의 의지였다.

동화는 거대한 카오스와 부분적 연대라고 하는 틀을 하나의 서사 법칙으로 가져간다. 동화는 우주만물에 대한 자신의 이해가 늘 부분적 인식일 수밖에 없음을 놓치지 않으면서도 매번 조금이라도 더 지혜를 발휘할 수 있는 방향으로 사건을 끌어가려고 했다.

2. 야생의 사고, 공생의 지혜를 구하다

그렇다면 동화가 가장 알고 싶어한 것은 무엇이었을까? 인류 최초의 서사시 『길가메쉬 서사시』를 한번 살펴보자. 『길가메쉬 서사시』는 기원전 2,500년 무렵에 나온 수메르인들의 옛이야기다. 단군 신화처럼 이 땅을 낳고 기른, 위대한 최초의 조상에 대한 찬미가이다. 이 이야기에서도 기본적으로는 동화의 문법을 확인할 수 있다. 주인공 길가메쉬는 반인반신으로서 인간계와 신계를 연결한다. 그는 왕국의 모든 사람을 끔찍한 생활고로 몰아넣었지만 모험을 통해 모두를 복되게 하는 영웅이 된다. 넓이를 가늠할 수 없는 삼나무 숲에도 갔다가, 깊이를 알 수 없는 저승 바다에도 갔다가. 길가메쉬는 계속해서 극단적인 카오스들을 주파한다.

길가메쉬가 온 세상을 바삐 돌아다니는 데는 다 이유가 있다. 그에게는 두 가지 욕망이 있었다. 첫번째는 '영생을 얻고 싶다', 두번째는 '죽음에 대해 알고 싶다'이다. 길가메쉬는 이 두

질문이 해결되어야 참된 행복이 가능하다고 믿었다. 결국 그는 생사가 깊이 연결되어 있음을 깨닫는다. 동화가 묻고 답하고자 한 것도 이와 다르지 않다. 그렇다면 과연 무엇과? 어떻게?

동화를 재미있게 읽던 무렵 나는 백제의 고도(古都)로 짧은 여행을 하게 되었다. 공주의 공산성에도 올라가 보고, 송산리 고분군의 무령왕릉 터에도 가 보았다. 그러다가 공주가 내려다보이는 강어귀에서 고마나루(곰나루) 전설에 관해 듣게 되었다. 옛날에, 아마 신석기 시대가 아닌가 싶은데 지금 공주 땅에는 곰이 많이 살았나 보다. 이야기는 이렇게 시작한다.

어느 날 암곰 하나가 금강 건너편에 사는 인간 남자를 몹시 사랑하게 되었다. 어찌어찌 사나이를 유혹하여 자기 동굴에 데리고 온 암곰은 남자에게 아이 셋을 낳을 때까지만 같이 살자고 한다(이 이야기에서 선녀와 나무꾼의 역할 바꾸기가 일어나고 있다). 아이 둘 낳고 알콩달콩 잘 살고 있을 무렵 암곰의 경계가 느슨해진 틈을 타 남자는 강을 건너 마을로 가 버렸다. 암곰은 두 새끼를 데리고 울며 돌아오라고 했으나 그는 오지 않았고, 슬퍼한 곰과 새끼들은 강물에 빠져 죽었다.

이 이야기는 무엇을 이해하려 하는가? 암곰과 인간의 관계다. 그런데 정말 재미있다. 이야기의 주인공은 인간이 아니라 암곰이다. 암곰과 인간의 관계가 궁금한 것은 인간일 터인데도 말이다. 이 이야기가 노리는 효과는 금방 이해할 수 있다. 고마나루 전설을 만들었던 인간은 인근에 자주 출몰하는 곰들에게 "실은 내가 네 남편이다, 동네 사람들은 다 네 시댁 식구들이다"라고 말하고 싶었던 것이다. '그러니 거칠게 해치지 말라!' 이야기의 파장은 여기에 그치지 않는다. 이 이야기 덕분에 인간도 곰을 함부로 잡을 수가 없게 되니까 말이다. 왜냐하면 곰은 나의 아내이고 저 어린 곰들은 나의 새끼이다. 이처럼 인간과 곰은 결혼 이야기를 통해 서로를 깊이 이해하는 사이가 된다. 이렇게 고마나루 전설은 짐승과 인간이 만들 수 있는 공생의 윤리를 고민했다.

얼마나 곰이 많이 출현했고 무서웠으면 이런 이야기까지 만든 것일까? 그런데 한편으로 이 이야기에서는 자연과 맞짱뜨고 있는 어마무시한 말의 힘도 느껴진다. 옛사람들은 그저 말일 뿐인 이야기를 통해 곰이라고 하는 자연의 압도적 폭력성을 길들이려고 했다. 그들은 말의 그물 안으로 야수를 데리고 들어옴으로써 곰의 욕망을 이해 가능한 것으로 바꾸었을 뿐만 아니라 곰과 인간 사이에 가로놓인 종(種)의 장벽도 뛰어넘었다.

더 놀라운 것은, 사내가 결국은 마을로 돌아온다는 점이다. 고마나루 전설은 곰과 인간의 경계를 무너뜨리지는 않는다. 전설은 곰이 인간을 먹을 수밖에 없다는 것을, 인간도 곰을 잡아서 목숨을 연명해야 한다는 것을 부정하지 않는다. 이야기는 이 엄중한 생명 간의 투쟁을 인정한다. 서로가 각기 다른 욕망을 지닌 존재임을 존중한다. 고마나루 전설은 자연과 인간 사이의 비대칭을, 이야기를 통해 대칭적 관계로 바꾸어 낸다. 전설 안에서 인간은 곰보다 우월하지도 않고 열등하지도 않다. 남녀의 역할이 다르듯 자연 안에서 각자 차지하는 위치가 다를 뿐이다. 전설은 강조했던 것이다. 너(곰)의 자리가 확보되어야 나(인간)의 자리도 마련될 수 있다는 것을. 우리는 때로 서로를 죽이거나 살리지만, 각자 잘 살기 위해서 최선을 다해 서로를 이해하고 배려해야 한다는 것을.

고마나루 전설은 아름다운 동화다. 곰과 인간의 차이를 금강이라고 하는 도도한 강물을 통해 응축해서 표현한다. 공주를 가로지르는 이 현실의 강은 존재하는 것들의 차이를 보존해 주는 훌륭한 상징이 된다. 고마나루 전설과 함께 금강이 얼마나 넉넉하고 아름다워 보이던지. 공주는 곰주다. 웅진(熊津; 곰 나루터)이라는 옛 이름을 가진 도시다. 지금도 공주에는 도처에 귀여운 곰 조형물이 있어 인정 많은 도시 분위기를 느끼게 한다. 목숨을 위협하던 적을 도시의 수호 영물로 만드는 힘, 이것이 동화의 능력이다.

『길가메쉬 서사시』도 연결의 문제를 고민했다. 영웅이 등장하는 탓에 스케일 크게도 그것은 생과 사의 연결이 된다. 죽음의 입구에 도착한 길가메쉬는 깨달음 하나를 얻는다. 우투나피쉬팀이라는 영생자(永生者)를 만났기 때문이다. 왜 하필 그 사람일까? 우투나피쉬팀은 대홍수 때 방주를 지어 많은 동식물을 살렸다. 그는 대홍수라는 큰 죽음에 맞서 온 생명을 살리기 위해 자신을 던진 최후의 인간이었다. 길가메쉬는 인간과 죽음 사이의 비대칭적 관계는 죽음이 갖는 저 무거운 허무를 생기로운 삶의 활기를 통해 균형을 맞춤으로써 해소된다는 것을 알고 왕국으로 돌아오게 된다.

3. 만물을 웃기는 이야기의 힘

동서고금의 모든 이야기에는 어느 정도 비슷한 패턴이 있다. 그것들이 모두 공생의 윤리를 사고한다면 꼭 『그림 동화』가 아니어도 되지 않을까? 차라리 고대의 서사시나 그리스 로마 신화 등을 읽어도 될 텐데 나는 왜 계속 『그림 동화』로 돌아가게 되는 것일까?

하하하. 물론 인류고금의 온갖 이야기들을 찾아서 읽을 계획이 다 있다! 하지만 내가 그 무엇보다 동화에 주목하는 이유는 신들이 나와서 초능력을 발휘하는 그리스 로마 신화나, 영웅이 나와서 세계를 휘어잡으려고 하는 서사시, 여우와 두루미가 나와서 원칙이나 도덕을 강조하는 우화보다 동화가 훨씬 더 웃기기 때문이다. 왜 웃기는가? 그것은 동화의 형식이 만드는 웃음이다. 동화는 끝을 모르는 채 사건을 이어 가면서 앞에서 벌어진 일의 의미 따위는 가차 없이 차 버리고 딴 사건에 돌입하기를 좋아한다. 백설 공주는 안전한 난쟁이의 집 안에 가만히 있지를 못하고 문 밖에서 두드리는 노크 소리에 자꾸 마음이 동한다. 집 밖에서 누군가 만든 코르셋끈, 빗, 사과의 유혹을 이기지 못하는 것이다. 금은보화를 다 얻은 소년은 "그렇다면 이제 세상 구경을 좀 해봐야지" 하며 가벼운 마음으로 길을 나선다. 동화 속 존재들의 걸음걸음은 의무의 중력에 시달리지도 않고, 목적의 자력에 끌려다니지도 않아 경쾌하다. 읽을 때마다 은근히 웃음을 지을 수밖에 없는데 그것은 동화가 중요하다고들 하는 기존의 모든 가치로부터 자유롭기 때문이다.

조금 더 자세히 설명해 보겠다. 동화는 신화나 서사시처럼 시작과 끝이 완전한 모습으로 갖추어져 있지 않다. 또 우화처럼 단발적인 교훈에 집중하느라 단순한 사건을 제공하는 것에 그치지도 않는다. 동화의 가장 큰 특징은 어쩌다 시작해서 급히 "오래오래 행복하게 살았습니다"로 마무리된다는 점인데, 이야기 안으로 들어가 보면 실은 얼마든지 사건들이 확장될 수 있음을 알 수 있다. 동화 속에는 각자의 공주와 왕자를 구하기 위해 미션을 치러야 하는 상황이 많이 나온다. 대표적인 것으로 「세 개의 황금 머리카락을 가진 악마」 이야기가 있다. 태어날 때 양막을 뒤집어쓰고 나온 아이가 공주와 결혼하게 된다는 이야기이다. 소년은 왕의 속임수에 넘어가 강물에 빠져 죽을 뻔하기도 하고, 지옥에 가서 악마의 머리카락을 가져와야 하기도 한다. 그 와중에 광장의 샘은 왜 말랐는지, 황금 사과가 열리는 나무가 왜 열매 맺기를 멈추었는지, 뱃사공은 왜 강을 떠날 수 없는지 같은 신비로운 일들의 이유를 알아 오라는 미션도 함께 해결해야 한다. 이 동화를 따라가다 보면 공주를 만나는 일보다 소년이 치러야 할 미션의 종류를 자랑하려고 지어진 것은 아닌가 하는 의심까지 든다.

그런데 자세히 들여다보자. 이 많은 미션들이 서로 무슨 관계가 있는가? 황금 사과나무의 생장과 뱃사공의 영업 사이에는 어떤 직접적인 관계도 없다. 각각의 미션은 사실 서로 아무런 상관이 없다. 우리의 옛이야기 「바리데기」도 떠오른다. 바리데기는 아버지의 목숨을 구하기 위해 드넓은 밭을 가느라 삼 년, 검은 빨래는 희게, 흰 빨래는 검게 하느라 삼 년을 보내야 했다. 밭을 잘 간다고 해서 빨래를 잘할 수 있는 것은 아니다. 어쩌면 밭 가는 습관을 빨리 버려야 빨래를 더 잘하게 될지도 모른다. 수준별 단계별 학습에 익숙한 우리와는 전혀 다른 성숙의 논리라고나 할까. 자신이 얼마나 많은, 매번이 다른, 그런 삶을 살 수 있는지를 증명해야만 한다는 듯 동화 속 주인공들은 길모퉁이 도는 일을 주저하지 않는다. 그러면서 더 많은 문턱을, 매번 다른 방식으로 넘는 주인공은 유명한 동화의 주인공으로 널리 이름을 날리게 된다. 백설 공주도, 바리데기도 그래서 살아남은 영웅들이다. 목숨을 걸고 지켜야 할 진리? 그런 무거운 것을 들고 돌아다니다가는 멋지고 긴 이야기의 주인공이 될 수 없느니라~.

형식이 확장적이라는 점 말고도 동화 속 주인공들은 실제로 많이 웃는다. 할머니의 아궁이 옆에서 겨우 살아난 지푸라기와 숯과 콩은 개울가에 이르러 큰 봉변을 당하게 된다. 건너갈 길을 찾다가 지푸라기가 다리처럼 개울의 양쪽으로 길게 누웠는데, 성질 급한 숯이 쓰윽 발을 내딛다가 그만 지푸라기가 타고 숯도 물에 떨어지고 만다. 그런데 조심스럽게 개울가에 남아 있던 콩이 큰소리로 웃는 것이다. 세상에, 동고동락(同苦同樂)한 친구들이 빠져 죽는 것을 보고 웃는 배신자 콩이라니. 아니, 얘는 왜 이렇게 크게 웃는 것일까? 어쩌면 이 작은 콩은 삶을 통찰한 것일지도 모르겠다. 죽음의 우연성과 필연성, 그리고 삶의 무상함. 콩은 생의 아이러니를 온전히 긍정한 것이다.

현대 중국의 작가 위화(余華)가 쓴 『인생』이라는 소설이 있다. 신산(辛酸)한 삶의 주인공 푸구이는 노름빚으로 집을 말아먹고 아버지를 똥통에 미끄러져서 돌아가시게 한 것을 시작으로 전쟁 통에 몇 번이나 죽을 고비를 넘기고 간신히 살아 돌아온다. 그렇지만 과도한 헌혈로 아들이 죽고 가난으로 아내가 죽고 출산으로 딸이 죽고 운송사고로 사위가 죽고 굶다가 많이 먹은 콩으로 손자가 죽는 등 줄줄이 이어지는 죽음을 겪는다. 푸구이는 평생 근근이 먹고 살면서 사랑하는 모든 사람들을 잃는다. 그런데도 끝에는 자신의 삶을 노래한다. 작가 위화는 여기에 대해 다른 설명은 남기지 않는다. 하지만 우리는 알 수 있다. 너무나 힘든 이 삶이 푸구이에게 인생이 어떤 것인지에 대한 가르침을 주었다는 것을. 푸구이는 좋은 일, 나쁜 일을 판단하기에 급급하지 않았다. 도덕적인 판단을 내려놓고 일체의 사건들을 이해했기에 고통스런 과거를 음미하면서도 여유를 갖고 인생을 찬미할 수 있었다.

동화는 푸구이의 경우처럼 콩이 어떻게 운명애를 깨우치는지를 보여 주지는 않는다. 그저 콩 한 알이 크게 웃었다고만 한다. 그래서 더욱 놀랍다. 콩 하나가 생사의 모순과 필연을 통찰하는 장면을 단 한 줄로 압축할 수 있다니! 나는 지켜야 할 그 어떤 최후의 도덕률도 없기에, 만물의 운명이 갖는 온갖 모순을 두려워하지 않기에, 동화가 좋다. 동화는 인간이 돌아다닐 수 있는 세계가 한없이 넓다는 것을, 그 안에서 잘 살아 보기 위한 삶의 길이 참으로 다채롭다는 것을 깊이 이해한다. 그래서 읽을 때마다 입가에 미소가 끊이지 않는다. 매일매일 읽고 싶다. 나는 수술실에서 아이를 낳고 산후조리원에서 육아법을 익히며 엄마로서 첫발을 내딛었지만, 정말 배워야 할 것은 옛이야기 속에 있음을 강력하게 느낀다.

1부
우리는 모두 고아다

자기 운명의 주인이 된다는 것. 누구나 원하는 바다. 요즘 육아서들은 특히 이 점을 강조한다. 아이도 엄마도 자존감 수업을 받을 필요가 있다 하고, 독립심을 기르기 위해 각자 노력해야 한다고들 한다. 그런데 어떻게 내 운명을 찾아갈 수 있는 것일까? 모두가 칭찬하는 삶을 성실하게 사는 것 즉, 엄마가 시키는 대로 학원을 돌고 주변에서 좋다고 하는 학과에 진학해서 남들이 다 하는 취미 등을 전전하는 것도 운명의 주인이 되는 방법일까?

2020년 우리 식구는 서울을 떠나 지방으로 이사를 했다. 코로나가 터져서 6월 초가 되어서야 새 학교에 갈 수 있었다. 야호! 드디어 친구다, 친구! 그런데 등교의 첫 주 내내 아이들의 불평은 하늘을 찔렀다. 선생님은 자신들이 얼마나 열심히 수업을 듣는지 몰라주셨고, 앞에 앉은 친구는 덩치가 너무 커서 내가 칠판 보는 것을 방해했고, 옆에 앉은 친구는 너무 작은 목소리로 말을 건네는 바람에 내가 신경을 지나치게 많이 쓰게 했다는 것이다. 나도 불만이 올라왔다. 처음에는 "응~ 그런 일이 있었구나"라고 대꾸도 했는데 불평의 내용이 너무 사소한 데다 끝도 없이 이어질 기미를 보이자 초조함이 몰려왔다. 적응을 못 하나? 왜 더 노력을 안 하지? 결국, 내(엄마)가 뭘 잘못 가르친 거지? 하는 데까지 이르게 되었다.

헌데, 겨우 일주일이다. 겨우! 나는 왜 이리 걱정이 많은 걸까? 아이들의 언어란 말 하나가 내포하는 바가 너무나 크고 복잡해서 즉각적으로 이해하기가 어렵다. 뇌세포가 폭발적으로 증가하고 몸이 하루가 다르게 성장하기 때문에 인식하고 느끼는 양과 질이 시시각각 달라진다. 그 때문에 그들의 언어는 몸과 마음이 달라지는 속도를 잘 못 따라갈 때가 많다. 커 갈수록 짜증과 화가 폭발하고 사방으로 나부대지 않으면 안 되는 저 온갖 땡깡질의 배경에는 다 그럴 만한 사연이 있는 것이다. 새 학교에 대한 저 자잘한 불평도 꼭 학교 때문이랴? 사태를 다각도로 관찰할 필요가 있다.

그런데 나의 주의를 끈 것이 두 개가 있었다. 첫째, 아이들이 '불평'을 했다는 점이다. 아이들은 옛 학교와 새 학교를 비교하면서 그 어떤 학교도 절대적으로 옳고 좋을 수가 없다고 생각하게 되었다. 내가 속한 이 세계가 절대적이지 않다는 것을 알게 된 것이다. 그러고 보니 아이들의 짜증은 그들의 오래된 세계 즉, 엄마를 향해 있는 것 같기도 하다. "엄마는 나를, 이해를, 못해!" 『이방인』의 작가 카뮈는 주인에게 불평하며 '반항'하는 노예는 단지 그 주인이 지배하는 세상이 틀렸다고 생각하는 것이 아니라 그 세상 바깥에 주인조차 따르지 않으면 안 되는 고귀한 가치들이 있음을 아는 것이라고 했다.알베르 카뮈, 『반항하는 인간』, 김화영 옮김, 책세상, 2003, 31~34쪽 이제 십대다, 시작인가? 그들의 눈에 이 집이라고 예외일 리가 없다. 집은 절대적으로 옳고,

마땅한 세계가 아니다. 큰다는 것은 자기 세계가 얼마나 작고 협소했던가를 발견해 가는 과정인지도 모른다.

둘째는 그 불평이 '피해자의 진술'을 닮았다는 것이다. 내가 얼마나 열심히 공부했는데! 내가 얼마나 친절했는데! 엄마도 선생님도 친구들도 이런 나를 제대로 봐주지 않는다! 타인에게 인정을 구하는 것 자체야 사람 사이에서 당연한 일이다. 하지만 상대방이 나의 '열심'을 인정해 주어야만 한다는 이 강박은 억지스럽다. 무엇을 열심히 하고 있는지, 왜 그것을 열심히 해야 하는지에 대한 일말의 의심이 없어야 저토록 자신의 억울함을 강변하게 된다.

'나도 피해자다'라는 생각이 나 역시 가끔 든다. 아이들이 어렸을 때에는 육아를 전적으로 엄마 몫으로 만든 세상을 정말 많이 원망했었다. 이렇게 열심히 애쓰고 있는데 아이들은 점점 더 말을 안 듣고, 온갖 방송이며 책에서 어쨌든 엄마가 더 열심히 할 수밖에 없다며 독려하는 데에 게거품을 물 때도 많았다. 날더러 뭘 더 어쩌란 말이야? 제발 알아줘 날! 그런데 사람을 키우는 일을 두고 가해와 피해를 따지는 것 자체가 이상한 상황이 아닌가? 나의 아이, 나의 육아, 나의 삶이 피해자의 것이 되다니? 육아에서 가해의 원인을 찾는 것은 의외로 쉽다. 임금 노동과 그림자 노동의 자본주의적 배치. 전근대적 가부장제의 잔존. 그러나 그저 나날이 쌍둥이 키우기에 바쁜 이 엄마 하나가 저 커다란 사회제도와 무슨 수로 싸울 수 있나? 게다가 그런 부당한 사회제도는 과연 '어디'에 있는가? 내비게이션을 아무리 찍어도 그곳은 나오지 않는다. 부당함과 억울함이 없는 세상은 없다. 도대체 어떤 관점에서 가해와 피해라고 하는 선악구도가 만들어진 것일까?

나는 생각해 보았다. 동화 속 주인공들은 모두가 주어진 조건, 그것도 압도적인 결핍과 대책 없는 폭력에 노출되어 있으면서도 스스로를 피해자라고 생각하지 않는다. 반면에 나는 각종 교육 상품과 육아 용품이 넘쳐나는 세상에서, 아이들을 위한 음식이며 학원이며 내 마음대로 선택하고 있는데도 자꾸 피해의식이 생긴다. 삶에 대한 이 다른 태도를 결정짓는 것은 무엇일까? 누가 동화의 주인공이 되는가? 그의 자질은 무엇이며 그의 걸음걸음은 어떤 메시지를 우리에게 던지는 것일까?

1. 작은 것들은 트랜스포머

동화 속 존재들은 모두 작다. 지푸라기 한 올, 그 한 올에 올라탈 수 있을 정도로 작은 숯덩이 하나, 두 눈 커다랗게 뜨고 보아야 겨우 찾을 수 있는 콩 한 알. 동화는 정말 미세한 세계를 다루기를 좋아한다. 사람도 엄지 공주, 엄지 동자로 나온다. 자식 중에도 막내가 늘 주인공이다(「황금 새」 등). 어리숙했지만 가장 아름다운 양탄자와 가장 아름다운 여인을 구해 올 수 있는 것도 셋째아들이다(「세 개의 깃털」). 아버지 말 안 듣고 뭐든 제 복에 달렸다며 대문 탁 차고 나가는 소녀도 셋째딸이다.

이 작음에는 어떤 의미가 있을까? 부모가 없고, 받은 재주가 없고, 하여 가진 것이 없다. '작다'는 곧 '없다'의 동의어다. 할 줄 아는 것이 없으니 세상의 이치를 따를 수도 없다. 그들은 팽팽 돌아가는 세상에 뿌리를 내리고 서 있는 몸집이 큰 존재들과 결코 같지 않다. 즉 이들은 척도 바깥의 존재이다. 그들은 척도의 시선이 미치지 않는 장소를 용케 찾아내 온갖 잡다한 것들로 '쓸데없이' 꾸미고 노는 일을 즐긴다.

「엄지 동자」를 보자. 자식 없이 가난한 농부 부부는 빌고 또 빌었다. "아이가 단 하나라도 있었으면 엄지손가락만큼 작아도 난 만족하겠어요." 그렇다. 존재한다는 것이 중요하지 크기는 중요치 않다. 이끼는 작아서 별 볼 일 없고 소나무는 커서 귀한가? 그렇지 않다. 숲에는 둘이 똑같이 필요하다. 엄지 동자는 일곱 달 만에 나오느라 몸집이 작았다. 하지만 눈은 총명하고 생각은 영리했으며 몸은 날렵했다. 엄지 동자는 기가 막히게 부모를 돕고 자기 앞가림을 했다. 숲으로 나무를 하러 가기 위해 말을 몰아야 했을 때에는 말의 귓속에 들어가 말을 시키며 말을 부릴 줄 알았다. 사람 없이 혼자 마차를 모는 말을 본 사나이들이 엄지 동자의 존재를 발견하고는 도시로 돈벌이 시키러 데려갔을 때에는 흙더미 사이로 도망을 가 목숨을 구했다. 금과 은을 훔치려던 도둑들을 사람 눈에 잘 안 띄는 자리에서 큰소리로 쫓아 보내기도 했다. 물론 쉽지 않은 일이었다. 건초 위에 잠을 자다가 소의 여물이 되어 하마터면 소 위장 안에서 질식할 뻔하기도 했다. 엄지 동자는 소의 위를 꿀꺽한 굶주린 늑대의 위로 자기 몸을 옮기게 되고, 결국 그 뱃속에서 야단법석을 부리다가 마침내 아버지에게 구조를 받게 된다. 집으로 돌아온 엄지 동자는 이렇게 말한다. "아버지, 세상을 많이 돌아다니고 왔어요. 쥐구멍에도 있었고요, 암소 위 속에도, 늑대 뱃속에도 있었어요!" 작으면 작을수록 돌아다닐 수 있는 길은 많아진다.

「엄지 동자」 바로 앞에 실린 이야기로 「요술 식탁과 황금 당나귀와 자루 속의 몽둥이」가 있다. 이 이야기에도 영특한 막내아들이 요술 식탁, 황금 당나귀, 자루 속 몽둥이를 다 차지하는데, 그 끝에 까까숭이 염소 이야기가 하나 덧붙어 있다. 염소가 자신의 털 없는 머리가 부끄러워 어느 여우굴에 들어가서 눈을 땡그랗게 뜨고 바깥을 보고 있었다. 그런데 사정을 모르는 곰이랑 여우가 동굴 속 빨간 두 눈을 무서워해 벌벌 떨었다. 이것을 보고 벌이 곰에게 무슨 일이냐고 걱정을 하며 물었다. 하지만 벌을 작다고 무시한 곰이 시원찮게 대답을 잘 해주지 않자 벌은 이렇게 말한다. "딱하구나, 곰아. 너희들은 내가 불쌍하고 약한 벌레라고 나를 길에서 만나도 쳐다보지도 않지만, 내가 너희들을 도울 수도 있다고." 그리고 벌은 염소의 반질반질한 머리 위에 침을 한 방 놓아준다. 곰과 여우는 비명을 지르며 굴 밖으로 튀어나가는 염소를 볼 수 있었다. 그저 크다고 능사는 아닌 것이다. 작은 것은 큰 것과 함께 맞물려서 세상을 돌아가게 한다. 이처럼 동화 속 엄지 동자, 셋째아들, 막내들은 아버지나 형들의 세계관, 고정관념에 딴지를 건다. 정말 그렇게 겁이 많아 쓰겠냐면서.

소녀는 울지 않는다 : 「재투성이 아셴푸텔」

동화는 이처럼 삶에 목적을 두지 않는 세계관을 강조하기 위해 주인공의 사이즈를 줄인다. 그래서 대부분 주인공은 아이들이다. 그동안 동화는 아이들이나 읽는 이야기다, 라고 많은 오해를 받았는데 돌아다니는 사람들이 다 어린이들이어서 더욱 그렇게 되었을 것이다. 그렇지만 구전문화가 지배적이었던 전근대 사회에서는 오늘날 우리가 아침저녁으로 드라마를 보듯 동화를 이야기하며 여유시간을 보냈는데 어른들 역시 온통 어린이밖에 없는 이 이야기를 즐겼다고 한다. 게다가 어린이라고 하면 순진무구하고 연약한 존재라고 생각하기 쉽지만 과거 사람들에게 어린이는 그리 어리숙하지만은 않은 존재였다. 필립 아리에스(Philippe Ariès)는 순수함의 결정체로 받아들여지는 어린이관은 근대의 발명품이라고 한다.필립 아리에스, 『아동의 탄생』, 문지영 옮김, 새물결, 2003. 야만에서 문명으로 인류의 발달이 단선적으로 전개되

듯, 인생의 각 시기도 유년에서 장년으로 발전적으로 전개된다고 하는 상식이 일반화되어야지만 사회화되기 전 단계에 놓여 있는 무색무취의 인간 즉 아동을 떠올릴 수가 있다는 것이다.

그러니 한번 따져 보자. 정말 동화 속 아이들이 순진한지. 그들은 백설 공주나 재투성이 아셴푸텔처럼 계모 밑에서 세상의 속악함을 일찍부터 배운다. 장화 신은 고양이의 주인인 셋째 아들처럼 때로는 남도 속이면서 살길을 찾는다. 이들의 작고 어림은 사회가 중시하는 도덕과 권력의 무게를 치고 빠지는 역할을 한다. 누가 이렇게 자기 살길을 스스로 찾고, 자기 처지를 스스로 책임지는 이들을 어리다 하는가?

매인 것이 없어서 아무 곳이나 주파할 수 있는 자. 동화 속 주인공의 이러한 부유함을 상징하는 것이 부모의 부재다. 나는 동화 속 어린이들을 가진 것 없는 자, 그 중에서도 최고의 울타리인 부모가 없는 자라는 의미에서 모두 고아라고 명명해 본다. 이들의 고아성은 단지 친엄마가 빨리 돌아가신다는 점에서만 드러나지는 않는다. 동화에서 고아가 될 때는 주로 친엄마가 일찍 돌아가시는 것으로 나온다. 대신 아버지는 있어도 별 존재감이 없다. 「재투성이 아셴푸텔」이 이를 잘 보여 준다. 아버지는 금방 계모와 이복 여동생을 집에 데리고 들어와 버리기 때문에 아셴푸텔은 자기 집에서 이방인처럼 살게 된다.

부모와의 관계가 툭 끊어지고 나야 이야기가 시작된다면 형제 사이는 어떻게 풀릴까? 동성 형제 간에는 반목이 심하다고 나온다. 왕의 세 아들은 서로 못 잡아먹어서 안달일 경우가 많다. 여자 형제들이 한 집에 있을 때에는 이복 간이라 질투가 또 극심하다. 고개를 조금 돌려 전근대 한반도의 옛이야기 「장화 홍련」도 생각해 보자. 장화와 홍련의 어머니도 일찍 돌아가시는데 이 자매는 유독 우애가 좋았다. 그런데 우애가 좋으면 뭐하나? 엄마를 너무나 닮은 장화는 계모의 질투에 우물에 빠져 죽고, 엄마와 엄마를 닮은 언니를 너무 그리워한 홍련이도 그 우물에 떨어져 죽는다. 이렇듯 동화는 동성 간의 지극한 가까움을 오히려 꺼리는 것처럼 보인다.

형제가 사이가 좋은 경우는 오누이에 한한다. 그런데 그 오누이라는 것도 오빠들이 까마귀나 사슴이 된다거나 아예 화덕 안에서 죽을 위기에 처하는 등, 둘이서 알콩달콩 잘 살 수 없는 경우뿐이다. 오누이의 행복은 온갖 고생을 다한 뒤 마지막 행복으로 예고되는 정도다. 부모도 뒷바라지해 주지 않고 형제도 버팀목이 되어 주지 않는 상황에서 홀로 동분서주하는 것이 동화 속 주인공의 운명! 그러므로 이들은 혈혈단신(孑孑單身) 고아이다.

그런데 여기서 또 하나의 성질을 더 꼽자면 그 중에서도 고

아들 대부분은 여자아이라는 점이다. 소녀들은 어떤 모험을 하게 되나? 백설 공주는 그냥 숲으로 내쳐진다. 헨젤과 그레텔의 경우도 숲의 깊은 곳, 마녀의 아궁이 근처에 이르게 되자 그레텔이 훨씬 더 큰 힘을 발휘한다. 동화 속 주인공이 부모 없는 여자아이인 경우에 소녀는 숲과의 친연성이 대단히 높은 것으로 나온다. 빨간 모자도 숲에 들어가자마자 온갖 예쁜 꽃들에 정신이 팔렸다.

왜 동화는 어린 여자아이를 주인공으로 삼기를 좋아할까? 동화만이 아니다. 일본 애니메이션계의 거장인 미야자키 하야오(宮崎駿) 작품의 주인공 대부분이 어린 소녀들이다. 초기작인 〈폼포코 너구리 대작전〉이나 〈루팡 3세〉 정도를 제외하면 〈마녀 배달부 키키〉, 〈원령공주〉, 〈바람계곡의 나우시카〉, 〈센과 치히로의 행방불명〉, 〈벼랑 위의 포뇨〉에 이르기까지 주인공은 모두 소녀다. 이들도 대부분 부모 없는 상황에서 남자 친구들의 한시적 도움을 받고 자기 길을 개척하는 모험가이다. 말괄량이 삐삐도 있다. 삐삐의 아버지는 선원으로 아직도 먼 바다에서 돌아오지 않고 있다. 『소공녀』는 또 어떤가? 인도에 가신 아버지는 왜 갑자기 돌아가시나? 자, 왜 이야기는 어린 여자아이에게 더 주목하는가? 어리다, 고아다, 소녀다 — 이 세 항의 공통점은 무엇인가?

이것들은 모두 질서의 바깥을 상징한다. 특히 어린 여자아이는 문명의 가장 바깥에 위치한 존재이다. 숲과 밀접한 존재이기에. 어째서 그레텔이 마녀의 속마음을 그렇게 잘 이해할 수 있었을까? 재투성이 아셴푸텔의 친구인 비둘기, 호도매, 개암나무는 숲의 존재들이다. 동화 속 숲이 원초적 카오스이자 생멸의 힘을 그대로 뿜어대는 장소인데 소녀는 이 힘을 고스란히 느끼는 존재라는 의미다. 미야자키 하야오도 소녀들이야말로 중심에서 가장 먼 자리에 있기에 그들이 주파할 수 있는 세계가 더 크고 넓고 깊다고 본 것이리라.

마지막으로 동화의 소녀들을 근대의 소년들과 비교해 보고 싶다. 19세기 말과 20세기 초에 동화처럼 구전되어서 전해지는 이야기가 아니라, 한 사람의 작가가 자기 문제의식을 투사해서 새롭게 대두된 자본주의-시민사회 안에서 어떻게 살아가야 할지를 고민한 예술 장르가 있다. 근대 소설이다. 그런데 『적과 흑』, 『고리오 영감』을 비롯해서 『데미안』, 『호밀밭의 파수꾼』 등 소설의 주인공들은 주로 부모님의 영향력으로부터 일찌감치 독립한 남자아이들이었다. 우리나라 최초의 근대 소설이라고 할 수 있는 이광수의 『무정』에서도 주인공 이형식 군은 조실부모한 고아로 나온다. 왜 어린 소년이었을까?

근대 소설은 시장에서 하나의 상품이 되어 있었다. 그 탓에 그 안에서 화폐적 가치만을 좇는 사회의 비참이 나오든 비판이 나오든 사회의 상식이 이야기의 배경이 되고 만다. 고아 소년은 구태의연한 아버지로 대표되는 전근대 사회의 낡은 습속을 과감히 끊고 나와서 입신출세한다. 소년은 부모가 없는 탓에 과거의 관습으로부터 자유롭다. 새롭게 도래한 자본주의 질서에 융화되기가 훨씬 쉽다. 근대 소설에 등장하는 고아 소년들이 유달리 학업 성적이 뛰어나고 자기 성취욕이 강했던 점을 떠올려 보자. 소년들은 학교를 통과해서 최종적으로 대학이나 회사 앞에 도착한다.

반면 동화의 소녀들이 자신의 능력을 시험하면서 주파해야 할 시공은 먼 숲과 깊은 강이다. 그들도 왕국으로 돌아온다. 하지만 그들은 사회적 질서에 자신을 맞추는 것이 아니라 숲의 지혜로 왕국의 새 길을 연다.

누가 스핑크스의 수수께끼를 푸는가? : 「숲속의 세 난쟁이」

어린이, 무엇보다 소녀는 야생의 아이콘이다. 프랑스의 구조주의 인류학자 클로드 레비스트로스(Claude Lévi-Strauss)는 현대의 크리스마스 축제를 분석하면서 어린아이의 존재성에 대해 설명한 적이 있다. 레비스트로스, 「산타클로스의 처형」, 『우리는 모두 식인종이다』, 강주헌 옮김, 아르테, 2015 참고. 크리스마스 때 산타클로스는 왜 아이들에게 사탕을 줄까? 요즘 부모들은 자식들에게 돈 쓰기를 제일 좋아하니까, 자본주의의 무의식이 발동해서 아이들을 위한 소비 패턴을 만든 것일까? 레비스트로스는 그런 상업 자본의 감각이 전 세계 부모와 아이들이 12월 25일을 떠받들고 살게끔 하기는 했지만 미국식 선물공세의 크리스마스 문화가 유럽을 비롯해 전 세계인의 마음을 치고 들어간 것은 인류의 원형적 무의식이 반영된 결과라고 한다.

크리스마스의 상징인 나무는 전 세계에 널리 퍼져 있는 나무 숭배에 기원을 두고 있다. 특히 크리스마스 트리는 드루이드교*의 유물이다. 산타클로스는 니콜라우스 성자, 노엘 할아버지처럼 너그럽고 자상한 모습을 하고 있는데, 수렵과 농경 시대의 겨울 축제 주관자였던 크로크미덴(매질하는 할아버지)을 닮았다. 산타의 썰매를 끄는 순록 역시 전통적으로 북유럽 지방에서 숭배되던 동물이었다. 레비스트로스는 이런 전통이 때와 장소

* Druidism: 고대 갈리아 및 브리튼섬에 살던 켈트족의 종교. 드루이드라고 불리는 일군(一群)의 사제들이 창시한 것으로, 영혼의 불멸·윤회(輪廻)·전생(轉生)을 믿고 죽음의 신을 세계의 주재자로 받들었다.

를 달리하며 계속 전승되어 오는 것은 인간의 의식 저편에서 세계를 해석하는 어떤 방법이 있기 때문이라고 보았다.

어른들은 왜 아이들에게 사탕을 나누어 주고 싶나? 레비스트로스는 크리스마스 때에 특히 사탕을 나누어 주는 이유를 아이가 문화 바깥의 존재이기 때문이라고 본다. 레비스트로스는 크리스마스와 거의 같은 전통을 갖고 있는 미국 남서 지역 푸에블로족의 예를 든다. 푸에블로족은 주기적으로 남자들이 전통 의상을 입고 가면을 쓴 뒤 마을에 들어와서 춤을 추고 아이들에게 상을 주거나 벌을 준다. 아이들은 변장한 어른들이 자신의 가족이나 이웃인 것을 모른다. 우리가 어린아이들에게 산타의 존재를 믿게 하듯 그들 또한 아이들에게 부족 바깥에서 선물을 받는다는 환상을 심어 준다. 이것을 카치나 의식이라고 하는데 카치나는 이 변장한 존재를 뜻한다. 원주민 신화에 따르면 카치나는 선조들이 이주하던 시기에 물에 빠진 어린아이들의 영혼이라고 한다. 따라서 카치나는 죽음을 뜻한다.

카치나 의식에서 부족민들은 왜 아이들에게 상과 벌을 주는 것일까? 죽음을 달래려고 해서다. 매년 가면과 춤으로 카치나를 위로할 테니 카치나가 저승에 그대로 머물러 달라고 부탁하는 것이다. 레비스트로스는 변장한 어른들이 아이들이 겁먹을까 봐 가면 속 자신들의 모습을 숨기는 것이 아니라고 한다.

현실에서 죽음을 연출할 수 있는 존재는 부족의 질서 바깥에 사는 이여야 했고, 통과의례를 치르기 전의 아이야말로 질서의 '바깥'이었다. 레비스트로스는 원시 부족 사회에서 여성, 아이, 이방인은 언제나 부족 바깥의 존재로서 제의 때 죽음의 역할을 맡곤 했다고 한다.레비스트로스, 『슬픈 열대』, 박옥줄 옮김, 한길사, 1998.

이런 신화적 상상력을 체화하고 살던 사람들은 아이를 죽음의 세계에서 막 이 세계로 들어온 자, 아직 그 몸에 죽음의 흔적이 남아 있는 존재라고 보았다. 그런데 조금 더 생각해 보자. 아이는 이 세계 사람이다. 다만 완전히 이 세계에 속하지 않았을 뿐이다. 왕좌야말로 가질 만한 권력이라든가 돈이야말로 최고의 보루라든가, 이런 세속 논리에 크게 휘둘리지 않으니 말이다. 그래서 아이들은 저편과 이편에 이도 저도 아닌 상태로 한 발씩 걸쳐 있는 양의적 존재다. 동화의 고아와 소녀들도 마찬가지다. 그들은 가족과 사회의 영향력을 가장 적게 받는다. 그런 무정형성과 이중성 덕분에 이들은 자유롭게 마을과 숲을 넘나들 수 있다.

아이는 자신의 이중적 성격을 통해 문명과 야만을 잇는다. 레비스트로스는 원시 부족 사회는 그런 이중적 존재를 이용하여 숲이라고 하는 자연의 카오스적 힘을 달래고 길들이면서 문화에 생기를 불어넣으려고 했다는 점을 강조한다.

신데렐라 형태의 이야기는 왜 전 세계적으로 퍼져 있을까? 나카자와 신이치(中沢新一)는 신데렐라의 유리구두에 주목한다. 그녀는 요정의 도움으로 파티에 갔다가 그만 유리구두 한 짝을 두고 나오게 된다. 신발을 한 짝밖에 신지 못하고 돌아다니게 되었다는 점에서 절름발이라고 할 수 있다. 인간은 흙으로부터 나와 완전히 제 두 다리로 돌아다닐 수 있게 되었는데, 나카자와 신이치에 따르면 신데렐라의 절름발은 그녀가 반쯤은 땅과 연결된 존재라는 것을 뜻한다.

오이디푸스라는 이름도 어원적으로 보면 절름발이라는 뜻이 들어 있다고 한다. 그래서 그는 스핑크스의 수수께끼를 푸는 자가 될 수 있었다. 왜냐하면 반쯤은 인간이 아니기 때문에 상이한 장면들을 접속시키는 능력을 발휘할 수 있는 것이다.나카자와 신이치, 『신화, 인류 최고의 철학』, 김옥희 옮김, 동아시아, 2003. 동화에 뱀은 또 왜 그렇게 많이 나올까? 뱀은 고래로부터 지혜의 상징이었다. 왜냐하면 그는 지표면에 딱 붙어 있으면서 땅 밑과 땅 위를 모두 살펴볼 수 있는 존재이기 때문이다(「하얀 뱀」).

여기서 우리는 왜 동화 속 고아 소녀들의 미션이 그토록 별스러웠는지를 이해할 수 있다. 「숲속의 세 난쟁이」를 읽어 보자. 계모에게 구박받는 이 소녀도 고아다. 아버지는 힘이 없다. 계모는 딸을 죽일 계획으로 하얀 숲에 가서 딸기를 따오라고 한다. 봄에 나는 딸기를 흰 겨울에 찾아오라니? 그런데 소녀는 모든 생명이 숨죽이고 있는 겨울과, 모든 생명이 숨 틔우는 봄을 이어 버림으로써 미션을 완수한다. 이 소녀를 통해 겨울과 봄이라는 대립항은 스윽 연결되고 만다.

동화는 표면적으로 권선징악을 내세운다. 착한 아이가 복을 받고, 나쁜 아이나 어른이 벌을 받는다고 한다. 그런데 정말 무엇이 착하다는 걸까? 「숲속의 세 난쟁이」의 소녀는 세상 물정 모르는 순둥이가 아니다. 왕자를 따라간 것도 계모랑 살기 싫어서이지 왕자가 좋아서는 아니었다. 소녀는 자신의 처지를 냉정하게 파악했고 출구를 찾을 줄 알았다.

소녀는 어떻게 성공하는가? 소녀는 숲속 난쟁이들과 빵을 나눠 먹었다. 계모가 던져 준 딱딱한 빵이었다. 그리고 숲의 존재인 난쟁이들과 함께 한 식탁에 앉았다. 그녀는 숲 한가운데로 마을의 빵을 가지고 간 것이다. 그다음 소녀는 난쟁이들이 시키는 대로 빗자루를 들고 바깥 뒷문 앞을 깨끗이 쓸었다. 숲의 일상사에 참여한 것이다. 덕분에 깨끗해진 숲 바닥에서 빨간 딸기를 구할 수 있었다. 그런데 같은 소녀라 해도 친엄마의 빵빵한 후원을 받고 있는 의붓동생은 이 미션을 완수하지 못한다. 엄마가 걱정하며 싸 준 빵과 과자는 누구와 나누기에는 너무나 달고 맛있었기 때문이다. 딸은 그 맛에 길들어 있어서 숲의 거친 맛을 느낄 수 없었다. 이럴 지경이니 난쟁이네 뒷문 앞을 쓸 수도 없었겠지. "어휴 참, 기가 막혀서. 직접 하시지. 난 너희 집 하녀가 아니야." 그녀는 자기 몸 안으로 숲의 신선한 기운을 밀어넣지 못했다.

「숲속의 세 난쟁이」에서 소녀는 난쟁이와 함께 살지 않는다. 백설 공주에게도 일곱 난쟁이들의 집은 중간 경유지였다. 난쟁이의 친구인 이 소녀도 백설 공주도 일단 숲에 들어간 뒤에 다시 인간세계로 돌아나온다. 백설 공주가 왕비가 되는 결론은 잘 알려져 있으니, 세 난쟁이의 친구인 이 소녀의 귀환을 좀 더 들여다보자.

소녀는 난쟁이들을 도운 덕분에 세 가지 선물을 받는다. '나날이 예뻐지는 것', '말할 때마다 입에서 금 조각이 나오는 것', '왕이 와서 아내로 삼는 것'. 아름다워지고 부유해지고 결국은 최고로 고귀한 자가 될 것이라는 예언이다. 하지만 소녀는 바로 이 모든 것을 얻지는 못한다. 왕비가 되었지만 질투에 눈이 먼 계모와 의붓동생이 다시 찾아와서 그녀를 흐르는 강물 속으로 던져 버리기 때문이다. 하지만 그녀는 오리로 변신했다가 다시 인간으로 환생함으로써 왕의 곁으로 돌아간다. 마을과 숲을 연결시킬 수 있었던 그녀였기에 이번에는 왕국과 강을 연결시킴으로써 만물을 주재하는 자, 즉 왕의 옆 자리까지 가게 되는 것이다. 따라서 동화 속 작은 것들의 운명은 복을 받는 데에 있지 않고 중단 없이 만물을 접속시키는 데에 있다고 할 수 있다.

2. 영웅, 죽음의 문턱을 넘어오는 자

동화의 주인공들은 박탈, 상실, 그러니까 결핍에서부터 자기 운동을 시작한다. 그리고 자기가 던진 문제에 자기가 답하는 것이 아니라 남이 던진 문제에 달려들어 자기 길을 찾는다. 많은 주인공들이 저주에 걸려 허우적대지 않던가? 왜 왕자는 개구리가 되어야 하는지, 오빠는 까마귀가 되는지, 라푼첼이랑 눈이 맞은 이유로 왜 마녀의 괴롭힘을 당해야 하는지, 충분히 궁금해할 법한데도 주인공들은 누가, 왜, 하필 자신에게 저주를 내리는 것인지 그 이유를 찾아 나서지 않는다. '저주에 걸렸다면, 좋아! 거기서 시작해 보지!'이다.

그들을 두고 '능동적이다', '주체적이다'라고 평가하기는 좀 곤란해 보인다. 심지어 그들은 꿈도 없다. 커서 뭐가 되겠다든가 하는 희망 따위는 아예 마음에 품지를 않는다. 현대처럼 자기가 자기를 바라보는 의식으로 똘똘 뭉쳐 있지 않았던 사람들의 시대가 만든 이야기이니까 그렇겠지. 그런데 근본적으로 생각해 보면 동화가 인간을 이해하는 방식 자체가 우리 시대와 다르다.

동화가 인간을 바라보는 방식 중 가장 큰 특징은 인간을 자유의지의 화신으로 생각하지 않는다는 점이다. 동화 속 주인공들은 상황을 선택할 수가 없다. 결핍에서 시작한다는 것 자체, 저주라고 하는 주어진 조건을 있는 힘껏 껴안고 가는 것 자체가 이 점을 증명한다.

그뿐 아니다. 운명 자체가 남의 손에 달려 있다. 내 저주를 내가 풀 수 없는 경우가 많기 때문이다. 개구리 왕자는 어떻게든 공주의 환심을 사기 위해 비굴할 정도로 자신을 들이밀 수밖에 없었다. 까마귀로 변한 오빠들은 여동생이 칠 년의 시간을 무사히 자기들 가시옷 짓기를 바라면서 기다릴 수밖에 없었다. 만약 우연히 왕자가 그 숲을 지나지 못했다면 어떤 일이 벌어졌을까? 백설 공주도, 장미 공주(「잠자는 숲속의 공주」)도 아직까지 깊은 잠에 빠져 있을 것이다. 내 운명이 남의 손에 달려 있을뿐더러 그것도 전적으로 우연에 달려 있다니, 요즘의 우리 같으면 정말 맥 빠지고 답답한 상황이 아닐 수 없다. 동화는 왜 이렇게 주어진 조건에 반작용밖에 할 수 없는 식으로 인간의 길을 그렸을까?

왕관의 무게, 죽음의 무게 : 『길가메쉬 서사시』

주어진 조건에서 어쨌든 살아남는 자, 보물을 차지해서 왕이 되는 자에게는 어떤 특징이 있을까? 동화는 피해자들이 돌아다니는 세계가 아니다. 그렇지만 피해가 없는 것도 아니다. 신데렐라도 백설 공주도 계모 때문에 온갖 간난신고를 다 겪는다. 차이는? 신데렐라와 백설 공주에게는 피해자 의식이 없다. 소녀들은 자신의 결핍과 상처를 하나의 조건으로 받아들인다. 그들에게는 영웅의 아우라마저 느껴진다. 예로부터 신화 속 영웅들에게는 어떤 필수 코스가 있었다. '고귀한 출생, 비참한 축출, 조력자와의 만남, 각종 미션 수행, 마침내 해피엔딩.' 신데렐라와 백설 공주도 비슷한 스텝을 밟는다. 이들은 어째서 그 피해 상황과 함께 영웅이 되는 것일까?

그래서 동화 속 영웅들의 원류를 찾아보았다. 무려 4,500년 전의 동화, 『길가메쉬 서사시』다. 『길가메쉬 서사시』는 인류 최초의 문자를 만들었던 수메르인들의 옛이야기다. 길가메쉬는 수메르 문명이 자랑했던 왕국 우룩의 왕이며, 이 서사시를 통해 수메르 최고의 영웅, 나아가 인류의 영웅이 된다. 그럼 길가메쉬에게 영웅의 자격에 대해 물어보자.

우선 길가메쉬의 탄생은 과잉이다. 3분의 2는 신이며 3분의 1은 인간인 길가메쉬는 너무나 완벽한 외모에 엄청난 힘으로 사방을 압도한다. 길가메쉬는 자신의 힘을 사방으로 뿜어내기를 좋아하며, 그 누구에게도 자신의 행위를 허락받지 않는다. 그는 자기 좋음에만 충실하다. 자신이 신의 일원인지 인간의 일원인지 묻거나 따지지도 않는다. 나는 나다! 천상과 지상의 모든 법이 그 안에서 융합과 해체를 반복한다. 여기서 영웅의 첫 번째 조건이 나온다. 영웅은 자기를 비춰 줄 거울을 필요로 하지 않는다(그래서 자기 모습을 어디 비추길 좋아하는 백설 공주의 계모는 영웅이 될 수 없다).

그런데 길가메쉬에게 과잉은 결핍 이상으로 괴로운 일이 된다. 주체할 수 없는 에너지 때문에 도처에서 사고를 치고 말기 때문이다. 그의 충만한 에너지에 화를 입을까 두려워 남자도 여자도 숨어서 전전긍긍이다. 총각들은 길가메쉬가 이유 없이 벌이는 전쟁 때문에, 처녀들은 밤마다 길가메쉬가 쳐들어와 데리고 가 버리기 때문이다. 그럼 길가메쉬는 행복한가? 그럴 리가 있겠는가. 조절 안 되는 힘 때문에 그도 낮과 밤으로 피곤에

절어 있다. 결국 왕국의 신민들이 신에게 부탁을 드려 길가메쉬를 제압할 인간 하나가 창조되게 한다. 그것이 흙으로 빚은 인간 엔키두다(보통의 신화나 동화가 남녀의 결합을 통해 음양의 조화, 차이 나는 다른 힘들의 중재와 화합을 다루는 것과 달리 『길가메쉬 서사시』는 동성 남자들 사이의 결합을 다룬다).

엔키두는 자연(흙)을 빚어 나온 존재로 지혜를 상징하며, 카오스적 힘인 길가메쉬를 길들이는 역할을 맡는다. 길가메쉬는 황소만큼이나 힘이 세고 무녀만큼이나 지혜로운 엔키두에게 홀딱 반한다. 자신과는 전혀 다른 욕망으로 세상을 바라보는 엔키두를 보자마자 그 당당함과 세련됨을 자기 것으로 만들기 위해 달려든다. 여기서 영웅의 두번째 자격이 나온다. 영웅은 위대한 것, 크고 강한 힘과 마주치게 되는 것을 두려워하지 않을 뿐 아니라, 그것을 자기 것으로 만들지 못해 안달이다.

더 나아가 길가메쉬는 엔키두를 만나고부터 세상 어딘가에는 더 크고 강한 것이 있다는 생각이 든다. 엔키두 덕분에 그의 세계는 더욱 커지고 깊어진다. 이제 길가메쉬는 자신의 왕국에서 제 힘을 행사하는 것에는 더 이상 관심을 두지 않게 된다. 정말 낯설고 강력한 것, 그 누구도 넘보지 못한 바로 그것! 그의 온 관심은 죽음에 집중된다. 어떤 영웅도 극복하지 못한 바로 그 죽음을 이겨 보고 싶다! 그래서 길가메쉬와 엔키두는 곧장 숲으로 달려가 삼나무를 베기 시작한다. 숲은 생명의 원천이니 그 탄생의 에너지를 모두 파괴하면 죽음 역시 소멸하지 않겠는가? 4,500년 전의 이야기이지만 죽음을 정복해서 영생을 얻으려 하는 이 둘의 오만은 현대인의 그것과 닮았다.

그러나 웬걸? 숲의 신을 없애자마자 권태와 허무가 길가메쉬를 엄습한다. 이제 그는 손가락 하나 까딱하고 싶지 않은 허무주의자가 되어 사랑과 전쟁의 여신이 아무리 꼬드겨도 흥미를 못 느낀다. 결국 이 여신의 분노를 사고 말아 엔키두가 죽는다. 왜 길가메쉬가 혼나지 않고 멀쩡한 엔키두가 벌을 받는가? 그야 엔키두가 주인공이 아니니까 그렇지! ^^ 사실 문제는 조금 복잡하다. 여기서 엔키두가 '자연을 가공한 도구이자 지혜'로 상징된다는 점을 떠올릴 필요가 있다. 고대 수메르인들은 인간과 자연 사이에 놓인 이 도구와 기술(엔키두)의 과용을 위험한 것으로 보았다.

길가메쉬는 자신의 분신과도 같은 엔키두마저 죽음을 피할 수 없다는 것을 알게 되자 자신의 과제를 바꾸기로 한다. 죽음이 무엇인지를 이해해 보고 싶은 마음이 든 것이다. 이때부터 서사시는 제2부로 들어가는데, 길가메쉬는 온 세상을 떠돌며 죽음의 비밀을 묻는 여행을 한다. 나중에 고대 그리스의 오디세우스나 중세 유럽의 단테, 근대의 파우스트는 이런 길가메쉬의 모험을 뒤따른다고 할 수 있다.

마침내 길가메쉬는 어딘가에 죽음을 극복한 인간이 하나 있다는 소식을 듣게 되는데, 그가 바로 노아보다 훨씬 앞서서 대홍수로부터 인류를 구한 '우투나피쉬팀'이다. 그는 어떻게 신들로부터 영원을 선물받게 되었을까? 우투나피쉬팀은 만물의 삶을 돌보려고 자신이 죽기를 마다하지 않았다. 그는 대홍수의 한가운데에서 존재하는 모든 것을 살리기 위해 목숨을 바치려 했다. 우투나피쉬팀은 길가메쉬에게 죽음을 이렇게 설명한다.

> "인간, 그들의 자손들은 갈대처럼 부러진다. 잘생긴 젊은이와 귀여운 소녀들도 죽음은…. 아무도 죽음을 알 수 없고, 아무도 죽음의 얼굴을 볼 수 없고, 아무도 죽음의 소리를 들을 수 없다, 비정한 죽음은 인간을 꺾어 버린다. 얼마나 오랫동안 우리가 가정을 이끌고 갈 수 있겠는가! 얼마나 오랫동안 형제들이 상속받은 재산을 나누어 갖겠는가! 얼마나 오랫동안 증오심이 마음속에 남겠는가! 얼마나 오랫동안 홍수로 일어난 강물이 흘러넘칠 것이며, 잠자리들이 강물 위에서 표류할 것인가! 태양의 얼굴을 바라보는 얼굴은 결코 영원히 존재할 수 없는 법. 잠자는 자와 죽은 자가 얼마나 똑같은가! 죽음의 현상은 그 무엇으로도 표현할 수 없도다! 바로 그것이다. 너는 인간이다! 범인이

든 귀인이든, 꼭 한번은 인생의 종착역에 도착하고 하나처럼 모두 모여든다." 김산해, 『최초의 신화 길가메쉬 서사시』, 휴머니스트 2005, 289~290쪽

죽음이란 알 수 없는 것이다. 이것을 깨달은 자가 영원을 산다. 영원한 것이 어디에도 없음을 아는 자가 영원을 얻는다. 아, 어려운 말이다. 영원이 없다면 무엇이 있는가? 있는 것은 지금이다. 오직 지금. 지금 형제와 나누고 가족을 꾸리며 기쁨도 슬픔도 고스란히 껴안으면서 집착하지 않는 것. 영원을 사는 자는 지금 이렇게 산다. 소박하기 이를 데 없는 진리다. 마지막에 길가메쉬는 현자로부터 죽음에 가까이 다가간 대가로 회춘의 풀을 선물받는다. 하지만 그것도 잠시, 우연히 마주친 뱀에게 그것을 빼앗기고 만다(그래서 뱀은 허물을 벗으며 영원히 회춘한다). 결국 그는 젊음도 잃고, 친구도 잃고, 더 큰 세상에 대한 호기심마저 잃은 뒤 주름 많아진 몸뚱이를 끌면서 우룩으로 돌아올 수밖에 없었다. (그런데 갑자기 뱀은 왜 나타났을까? 저승의 문턱을 넘은 길가메쉬를 이승으로 데려오기 위해서는 양의적 존재인 뱀의 도움이 필요했기 때문이다.)

고대 수메르인들의 영웅은 삶의 무상함을 깨닫는 자였을까? 그들의 영웅은 혈기 왕성한 고난 극복자가 아니라, 죽음과 삶이 동전의 양면임을 깨달은 노인의 모습을 하고 있다. 나는

여기에서 신화와 동화가 고민했던 삶의 모범, 영웅의 세번째 자격을 본다. 영웅은 죽음을 사유하는 자다. 사유한다고 해서 철학자들처럼 죽음을 정의하려고 하지는 않는다. 이야기 속 영웅들은 죽음과 함께함으로써 죽음을 사유한다.

우리 전래 무가에 나오는 여신 바리데기도 그랬다. 바리데기는 죽음의 언덕을 넘고 넘어 죽은 아버지를 다시 살린다. 이처럼 죽음을 껴안고 그것에 대해 고민하는 자는 죽어가는 모든 것, 영원할 수 없는 이 유한한 운명에 연민 가득한 눈길을 둔다. 그럼으로써 영웅이 된다.

뭉치면 살고 흩어지면 죽는다 : 「배낭과 모자와 뿔피리」

『그림 동화』에는 길가메쉬나 바리데기처럼 홀로 결단하고, 멋지고 훌륭한 것을 탐내며, 죽음까지 사유하는 어마무시한 공력의 영웅은 나오지 않는다. 동화는 저 위대한 신화 속 주인공들을 최대한 세속화시키고 있기 때문이다. 게다가 동화는 파편적으로 이 고장 저 고장에서 부분부분 음미되었기 때문에, 동네 영웅으로 변한 인물들을 통해서 길가메쉬와 같은 영웅성을 추출하기도 쉽지 않다. 하지만 영웅의 흔적을 여기저기 묻히고 돌아다니는 다양한 존재들이 있다.

먼저 첫번째 자격. '영웅은 자기를 비춰 줄 거울을 필요로 하지 않는다'에 대한 최고의 예는 백설 공주네 계모가 될 것이다. 그녀는 끊임없이 거울을 찾았다. 내가 얼마나 예쁜지, 혹시 나보다 더 예쁜 존재는 있는지 꼭 확인을 해야 성이 차는 것이다. 반면 백설 공주는 자기가 예쁜 줄을 모른다. 여기서 우리는 동화의 숨은 논리를 생각해야 한다. 공주는 실제로 예쁜데 겸손한 척하는 것이 아니다. 동화는 자기 처지에 연연하지 않고 살길만 생각하는 담대한 소녀를 '예쁘다'라고 한다.

영웅의 두번째 특징은 '강한 것을 탐내다'이다. 여기에 가장 적합한 작품은 「배낭과 모자와 뿔피리」이다. 이 작품의 주인공은 정말이지 착하지도 않고 악하지도 않은 이상한 성격을 지녔다. 옛날 세 형제가 살고 있었다. 집안 형편이 어려워 결국 셋이서 행운을 찾아 길을 떠나기로 했다. 첫째는 은으로 된 산을 발견하고는 자기 행운으로 보고 귀환해 버린다. 둘째는 조금 더 길을 가다가 금으로 된 산을 만나 자기 팔자를 고친다. 주인공인 셋째는 어떠했을까? 그는 은이나 금 따위보다 더한 행운이 있을 거라고 생각한다. 그리고 결국 원하기만 하면 언제라도 훌륭한 음식을 뚝딱 내주는 식탁보를 얻는다.

먹을 것이 가득 차 있는 냉장고가 없으니 숲에는 늘 굶주리는 자들로 드글드글이다. 그래서 숲에서는 식탁보를 얻는 자가 최고의 영웅이 된다. 식탁보는 끊임없이 먹을 것을 만들어 내는 물건이니 숲의 막강한 생명력, 생산력을 상징하는 존재라 할 수 있다. 그러므로 셋째는 숲의 영을 얻었다 할 수 있다. 재미있는 것은 셋째가 친절하거나 착해서 식탁보를 줍는 게 아니라는 점이다. 「배낭과 모자와 뿔피리」는 그냥 어쩌다 셋째가 이것을 얻었다고만 말한다. 동화는 주인공이라면 무조건 권력의 자장으로부터 멀리 있는 존재라고 보았으니 시시콜콜 셋째가 착하다느니 친절하다느니 하는 설명을 안 달아도 된다.

그런데 이 셋째는 여느 셋째들과도 다르다. 숲에서 자기 식탁보로 거래를 하는데, 첫번째 숯쟁이를 만나 한 번 두드릴 때 군사 일곱 명이 나오는 배낭과 식탁보를 바꾸기도 하고, 두번째 숯쟁이를 만나 열두 대의 대포에서 포탄이 발사되는 모자와 바꾸기도 하고, 세번째 숯쟁이를 만나 불기만 하면 성곽이란 성곽은 다 무너지는 뿔피리와 바꾸기도 하는 것이다. 아니 식탁보 하나로 무슨 거래를 이렇게 많이 하나? 그렇다. 셋째는 식탁보랑 배낭·모자·뿔피리를 바꿔 놓고는 계속 배낭 속 군사들을 풀어 식탁보를 되찾아 왔던 것이다. 이 이야기에서 세 숯쟁이들은 셋째에게 어떤 나쁜 짓도 하지 않았다. 호의로 그를 맞아 주었고 기쁘게 거래도 하려 했다. 하지만 돌아오는 것은 배신뿐이었다. 물론 셋째는 이 배신의 대가를 혹독하게 치른다. 배낭 속 군사를 동원해서 왕국의 공주를 차지했지만, 비천해 보이는 남편이 못마땅했던 아내에 의해 배낭과 모자를 다 빼앗기게 되기 때문이다.

「배낭과 모자와 뿔피리」는 숲의 생명력을 마구 탐했던 셋째를, 왕국의 법도를 통해 하나하나 벌준다. 결국 셋째는 아내의 배신에 극노하여 자신의 뿔피리로 벽이건 요새건 도시건 마을이건 모든 것을 무너뜨리고 왕이 된다. 그렇게 왕이 되기는 했는데 나라도 왕비도 모두 없앤 뒤였다.

이 이야기는 일단 동화가 숲과 왕국의 대칭성을 맞추기를 좋아한다는 점을 잘 보여 준다. 공주가 숯쟁이를 어찌 알았겠는가? 이 동화는 숲에서 일어난 배신을 왕국의 배신으로 상쇄한다. 숲에서 훔쳐 나온 것으로 왕국을 불리는 일은 일어나지 않는다. 동화의 주인공, 즉 최종적으로 왕이나 왕비가 되는 존재는 마을과 숲의 비대칭을 맞추고 서로를 연결하는 역할을 한다. 이 셋째처럼 숲의 생명력을 전유하려는 자는 왕이 되더라도 얻을 것이 별로 없다.

어쨌든 영웅의 자격 측면에서 보면 셋째도 동화의 영웅이다. 그는 두 형들을 모범으로 삼지 않았다. 게다가 식탁보라고 하는 생명력을 얻고 난 뒤에는 더 큰 힘, 보다 더 큰 힘을 얻기 위해 물불을 가리지 않았다. 마지막에 셋째가 자신의 비극을 반성했을까? 그런 일은 없다. 그는 배신을 해서라도 더 크게 힘을 키우는 길을 선택했다. 다만 그 방법이 접속을 끊기였기에 반-영웅이 되고 말았지만 말이다.

영웅의 세번째 자격, 즉 죽음을 사유한다는 것은 사실 더 설명이 필요 없을 정도다. 백설 공주도 장미 공주도 엄지 동자도 매 순간 숲의 마녀와 도적들로부터 목숨을 내놓으라는 요구를 받기 때문이다. 그런데 굳이 죽음을 사유하는 작품 중 최고를 꼽으라면 나는 「두 형제」를 선택하겠다. 「흥부놀부」처럼 부자 형과 가난한 동생의 이야기다. 동생에게는 쌍둥이 아들이 있었는데, 쌍둥이는 매일 아침 베개 밑에서 금괴 한 덩어리를 나오게 하는 황금새를 먹게 되었다. 그런데 아버지는 아들들의 운을 기뻐하지 않고 오히려 두려워했다. 동생네의 금을 질투한 형이 악마가 아들들을 조종하는 것이라고 한 말 때문이었다. 동화 속 아이들은 가난해도 버림받고 부자여도 버림받는다.

그런데 이 두 아들은 한 사냥꾼에 의해 길러지고 좀 크자 함께 모험을 떠나게 된다. 자신들이 굶어 죽을 처지인데도 이들은 토끼를 잡으려다 구해 주고, 여우를 잡으려다 구해 주고, 늑대를 잡으려다 구해 주고, 곰을 잡으려다 구해 주고, 사자를 잡으려다 구해 줌으로써 두 마리의 새끼 토끼, 두 마리의 새끼 여우, 두 마리의 새끼 늑대, 두 마리의 새끼 곰, 두 마리의 새끼 사자를 다시 얻게 된다. 쌍둥이는 각 동물들을 한 마리씩 갖고 다른 길로 모험을 떠나게 된다. 첫째아들은 토끼가 찾아오는 양배추, 여우가 들고 오는 닭을 먹고 늑대와 곰이 위협을 막아 주어 자신을 지키면서 어느 왕국의 근심거리인 용을 처치하고 공주를 얻을 기회를 얻게 된다. 그런데 왕국의 사악한 궁내장관이 첫째의 목을 자르고 그 공을 가로챈다. 피곤해서 잠을 잤던 토끼, 여우, 늑대, 곰, 사자는 사태가 이렇게 된 것을 파악하고 떨어진 주인의 목을 붙이면서 궁내장관도 처치하고 첫째가 왕위를 차지할 수 있도록 돕는다. 하지만 행복도 잠시 하얀 암사슴을 쫓던 첫째는 마녀의 꾐에 빠져 숲속으로 사라져 버리고, 형에게 좋지 않은 일이 일어난 것을 안 둘째가 형으로 변장해 마녀를 퇴치하고 형을 제자리에 돌려놓게 된다.

길기도 긴 이 모험담에서 형제는 정말 다양한 미션을 돌파하는데 특히 첫째는 목이 날아가고 몸이 돌로 변하는 등 죽었다 살아나기를 몇 번이나 반복한다. 그런데 내가 주목하는 것은 첫째가 한 번도 아니고 두세 번이나 죽다 살아났다는 점이 아니다. 첫째의 곁에는 함께 죽었다가 살아나는 토끼, 여우, 늑대, 곰이 있었다. 동물들은 직접 죽지는 않고 깊은 잠에 빠져 주인의 목이 잘리는 것을 눈치채지 못한다고 되어 있다. 그들의 주인도 자다가 목이 베였으니, 동물들과 첫째는 함께 생의 저편에 몸을 담을 수밖에 없었던 공동 운명체인 셈이다.

쌍둥이는 죽음을 사유한다. 하지만 '좋은 죽음은 뭘까?'라든가 '어떻게 죽을 것인가?'를 고민하지는 않는다. 첫째의 생사는 전적으로 숲에서 살고 죽는 그들에게 달려 있었다는 점이 중요하다. 죽을 수 있는 존재만이 살 수 있다. 죽음이라는 생명 고유의 한계 앞에서 내 삶은 너의 삶에 달려 있다. 「두 형제」는 바로 이런 지혜 하나를 품고 있다.

3. 하인과 고양이의 양생술

동화 속 주인공들이 조실부모하는 등의 악운에 수동적인 것은 세계를 자기와 뭇 존재들이 아슬아슬 함께 살면서 만들어 내는 곳이라고 보기 때문이다. 그래서 이들은 주변 조건을 이해하는 것을 게을리하지 않는다. 자신이 왜 저주에 걸렸는지를 묻지 않고 먼저 자기 처지를 해석한다. 까마귀가 되었으니 무엇을 할 수 있고 무엇을 할 수 없는지를 먼저 살피면서 문제를 돌파하는 것이다.

이런 수동성을 또 하나 표현하는 것이 바로 동화 속 하인들이다. 「개구리 왕자」는 뜬금없이 왕자의 마법이 풀린 것을 시종 하인리히가 크게 기뻐하는 것으로 끝난다. 이 하인은 이야기의 본 줄거리에는 등장조차 하지 않았는데 말이다. 또 저 유명한 장화 신은 고양이가 있다. 이들은 자기 운명을 찾기 위해 발버둥치지 않고 다만 남의 행복만을 바라는 것처럼 보인다. 주인이 착해서라든가, 내가 주인에게 빚을 져서라든가 하는 이유를 따로 대지 않는다. 그냥 타인의 운명에 적극적으로 개입해 들어간다. 이런 동화의 이면에서 작동하는 논리는 무엇일까? 동화는 신분제 사회의 이야기였으니 하층민들에게 주인을 위해 열심히 봉사해야 한다는 가르침을 주려고 했던 것일까?

이 하인들 역시 조실부모한 동화 속 주인공들처럼 권력의 중심으로부터 멀리 떨어져 있다. 또한 이들은 여러 가지 봉사의 기술을 가지고 있어서 주인의 생사에 깊숙이 관여할 수 있다. 즉 이들도 신데렐라처럼 양의적인 존재라고 할 수 있다.

하인은 충성한다, 자연의 법칙에 : 「충성스런 요하네스」

하인들은 요하네스, 하인리히, 한스 등으로 불린다. 『그림 동화』를 읽다가 '한스'가 나오면 그들을 하인이라고 보면 된다. 먼저 「충성스런 요하네스」를 읽어 보자. 옛날 옛적 한 늙은 왕이 있었다. 죽어 가면서 어린 왕자를 걱정한 왕은 충성스런 신하 요하네스에게 아들을 부탁한다. 왕의 유언은 다음과 같았다.

왕자가 왕국의 온갖 보물을 다 누리게 하되 긴 복도 끝에 있는 마지막 방만은 보여 주지 말라. 하지만 동화이니만큼 말 안 듣는 이 왕자는 당연히 그 방을 보여 달라고 요하네스를 조르겠지? 결국 왕자는 비밀의 방에서 황금 궁전 공주의 초상화를 보고 상사병에 걸린다. 요하네스는 결국 황금 궁전의 공주를 꼬드겨 왕자와 결혼하게 만든다.

그때부터 문제가 발생한다. 공짜 점심은 없는 법! 어찌 황금을 거저 얻을 것인가? 사실 요하네스에게는 까마귀의 말을 알아들을 수 있는 재주가 있었다. 인간인데 동물의 말을 듣다니, 이 설정 자체가 그의 양의성을 말해 준다. 가만히 듣자 하니 까마귀들이 다음과 같이 말한다. 왕이 공주와 결혼하기 위해 적갈색 말을 타게 될 텐데 그러면 말은 왕을 태우고 허공으로 사라져 버릴 것이다. 물론 누군가 다른 사람이 왕 대신에 말에 올라타 말을 쏘아 죽이면 왕을 구할 수는 있다. 하지만 그 사연을 '말하는 자'는 발끝에서 무릎까지 돌이 될 것이다.

까마귀들은 계속 말한다. 어찌어찌 말이 죽는다 해도 황금 궁전의 공주와 결혼하기 위해 왕자가 예복을 입는 순간, 금실과 은실로 짠 것처럼 보이는 예복은 유황과 역청의 모습으로 변해 예복을 입은 자를 뼈까지 녹이리라! 물론 이 위협으로부터도 왕을 살릴 방법은 있다. 누군가 장갑을 끼고 그 옷을 집어 불 속에 던져 버린다면 젊은 왕을 구할 수 있다. 그러나 전후 사정을 왕에게 전하게 되면 그는 무릎에서 가슴까지 몸 절반이 돌이 되어 버릴 것이다. 뿐만 아니다. 이러저러하게 신랑 옷을 태워 버린다 해도 결혼식이 끝나고 무도회가 시작되면 춤을 추던 왕비가 죽어 버릴 듯 쓰러질 것이다. 이때 왕비의 가슴에서 세 방울의 피를 빨아내 뱉어 버리면 그녀는 살 수 있다. 하지만 역시나 이 사실을 누설하는 사람은 머리끝에서 발끝까지 온몸이 돌이 될 것이다.

왕을 너무나 걱정했던 요하네스는 세 번의 위험 모두를 막기는 하지만 대신 자신이 죽게 될 처지에 처한다. 왕은 처음 두 번은 요하네스의 충성을 믿었다. 하지만 세번째에 이르러 요하네스가 왕비의 가슴에서 피를 뽑는 것을 보고 격노하여 사형선고를 내리고 만다. 요하네스는 억울해하며 형장에서 목이 잘리기 전에 사형수의 권리로 한 마디만 하게 해 달라고 청한다. 그리고 까마귀에게 들은 사실을 고하는데 순간 온몸이 돌이 된다.

세월이 흘러 왕과 왕비는 쌍둥이 아들을 낳았다. 어느 날 충신을 잊지 못하는 왕이 요하네스의 석상을 붙들고 "너를 살리고 싶노라"고 고백을 한다. 그러자 석상이 말을 하기 시작하는데 폐하의 가장 소중한 것을 바치면 자신이 살아날 수 있다는 것이다. 그 가장 소중한 것이란 무엇일까? 그렇다, 목숨과도 바꿀 수 있는 존재 바로 쌍둥이 아들들이다. 왕은 충성스런 요하네스를 되돌리기 위해 즉시 왕자들의 머리를 베어 석상에 피를 바르고 요하네스를 살린다. 그러자 살아난 요하네스는 왕의 신의에 보답하기 위해 다시 두 아이의 머리를 몸 위에 얹고 상처에 그들의 피를 바르면서 왕자들을 살려낸다. 여기까지가 끝이냐고? 아직 아니다. 왕은 아들들이 죽었다 살아난 사태를 모르고 있는 왕비에게 다가가 이렇게 묻는다. 왕자가 죽는다 해도 요하네스를 살릴 것이냐? 오브 코오스! 왕비도 즉각 그것을 원한다고 대답하자 모두가 뛰어나와 기뻐하며 죽을 때까지 행복하게 살게 된다.

즉각적으로 보면 자기 일 아닌 일에 목숨을 걸고, 자식을 죽이고 남을 살린다는 이야기에 공감하기가 어렵다. 그런데 이 이야기를 도덕적으로 생각하지 말고 그저 일어난 사건, 반복되는 문제가 무엇인지만 두고 읽어 보자. 이야기는 황금을 얻기 위해서는 죽음을 감수해야 한다는 메시지를 기본 축으로 갖고 있다. 황금이 무엇을 뜻하는가는 간단하다. 물질적인 부임과 동시에 쌍둥이 아들이라고 하는 생명이다. 즉 삶이다. 까마귀들은 이 삶을 얻기 위해서는 누군가가 죽어야 한다고 말했던 것이다. 동화 후반부를 보면 왕에게 생명을 준 요하네스가 죽고, 요하네스가 죽자 쌍둥이가 태어나고, 쌍둥이가 죽자 요하네스가 돌아오고 한다. 마치 생명과 죽음에는 총량의 법칙이 있는 듯하다.

동화는 결론에서 쌍둥이도 요하네스도 다 산다고 한다. 이것이 어떻게 가능한가? 처음에 요하네스가 돌아온 것은 쌍둥이 아들이 죽었기 때문이다. 하지만 이 쌍둥이 아들이 살기 위해서는 요하네스의 마법에 더하여 하나의 장치가 더 필요하다. 바로 왕비가 선고하는 아들의 죽음이다. 왕비가 아들을 말로 죽였기 때문에, 직전에 아버지에 의해 죽고 요하네스에 의해 반쯤 살아났던 쌍둥이들은 비로소 현실계로 되돌아올 수 있게 된다. 이 세계에서 죽음으로 상실된 것이 저 세계로부터 온 생명에 의해 보충된다. 이 세계에서 탄생으로 인해 발생된 과잉은 누군가를 저 세계로 보냄으로써 상쇄된다. 이처럼 「충성스런 요하네스」는 삶과 죽음 사이에서 발생하는 비대칭을 요하네스라고 하는 인간이자 동물인 존재를 통해 밸런스를 맞추게끔 한다. 동화의 제목이 '충성스런 요하네스'다. 그런데 그가 진정 충성을 바치는 것은 생멸이 끊임없이 일어나는 이 세계이다.

고양이 장화와 숲의 에티카 : 「철의 사나이 한스」, 「장화 신은 고양이」

삶과 죽음의 비대칭을 조절하는 일을 왜 충신 요하네스가 맡는가? 여기서 요하네스의 설정값에 주의를 기울일 필요가 있다. 그는 하인이다. 그리고 까마귀들의 말을 들을 수 있다. 돌이 되기도 하고, 돌인 채 인간의 말을 하기도 한다. 요하네스는 인간과 조류, 광물의 영역을 넘나들 수 있는 존재이다. 인간의 세계에 속하기 위해서 까마귀의 말을 듣고도 못 듣는 척해야 하긴 하지만 기본적으로 그는 어떤 분류에도 갇히지 않는다. 그렇기 때문에 삶과 죽음 사이에 비대칭을 만들 수도 있고 그것을 회복시킬 수도 있다.

『그림 동화』 속에는 요하네스 말고도 많은 하인들이 등장한다. 그 중에서 가장 요하네스를 많이 닮은 것은 철의 사나이 한스이다. 한스는 몸이 철로 된 거인인데 이야기에서는 '숲의 야만인'으로 나온다(「철의 사나이 한스」). 왕이 한스를 위협적으로 느껴 감금하지만 왕자가 그를 풀어 주자 한스는 왕자를 데리고 신비로운 정령의 숲으로 간다. 그리고 나중에는 왕자가 필요로 할 때마다 나타나서 그를 돕는다. 이때 한스는 특히 군대를 동원하는 능력으로 왕자를 도와 그가 적을 무찌르고 다시 왕이 되도록 돕는다.

한스가 철인이라는 것은 그의 도구적 본성에 대해 생각해보게 한다. 미르치아 엘리아데(Mircea Eliade)의 연구에 따르면 예부터 신화 속 광물질은 지모(地母)의 신성성을 나누어 가지고 있었다고 한다. 야금술이 발달했던 고대 문화의 사람들은 광석도 태아와 똑같이 대지라는 모태 속에서 '성장'한다고 보았다. 야금술은 광석의 성장 리듬을 가속화시키면서 자연이 '보다 빨리 출산하도록' 돕는 산과학(産科學)의 성격을 갖고 있었다. 미르치아 엘리아데, 『대장장이와 연금술사』, 이재실 옮김, 문학동네, 1999. 철인 한스는 인간도 자연도 아닌 중간자적 존재이며 대지로부터 에너지를 뽑아내고 증식시킴으로써 인간에게 힘을 가져다준다. 한스는 이러한 능력으로 비천한 지경에 빠진 왕자를 원래 자리로 되돌린다.

「장화 신은 고양이」도 한번 보자. 물레방앗간 주인에게는 세 아들이 있었는데 죽으면서 이 아버지는 막내에게 고양이 하나만을 남긴다. 그런데 이 고양이가 주인에게 장화 한 켤레만 만들어 달라고 하면서 이야기가 시작된다. 그리고 결론은 우리가 다 알듯이 '고양이의 온갖 재치로 빈털터리 막내가 부귀를 누리게 된다'이다. 첫째아들이 아니라 셋째아들에게 고양이가 주어진다는 사실에서부터 위계와 부의 비대칭을 조절하기 위해 동화에서 고양이가 요청되었다는 점을 알 수 있다. 그런데 고양이는 인간을 바로 도울 수가 없다. 녀석는 반드시 장화를 받아야만 한다. 장화란 무엇인가? 발에 신는 것. 그런 점에서 재투성이 신데렐라의 유리구두와 같다. 유리구두도 장화도 존재가 처한 비대칭적 상황을 회복하게 해주는 도구다.

충성스런 요하네스의 이야기는 이러한 도구적 존재의 역할을 분명하게 밝히고 있다. 도구는 자연으로부터 그 힘을 빌려온다. 요하네스는 까마귀의 이야기를 듣는 능력이 있었을 뿐이다. 까마귀가 알려 주지 않으면 그도 왕자를 살릴 수 없다. 그렇게 자연의 힘을 빌린 도구는 문명사회가 가진 힘의 양을 증대시킬 수 있다. 그런데 이것은 위험한 것이다. 인간과 그 바깥의 것들, 문명과 자연, 삶과 죽음 사이에 비대칭을 만들게 되기 때문이다. 왕자도 요하네스도 계속 죽음의 위협을 받지 않던가. 동화는 모름지기 도구란 문명과 자연 사이에 계속해서 발생하는 비대칭성을 회복하기 위해 쓰이는 것이라고 말한다.

4. 계모의 편집증과 백설 공주의 분열증

앞에서 우리는 동화 속 주인공들이 생과 사, 마을과 숲을 연결하는 존재들이라는 점을 살펴보았다. 이번에는 이 연결을 둘러싼 딜레마와 위험에 대해 살펴보자. 만약 연결을 거부하고 어느 한쪽으로부터 힘을 빼앗아 오는 식이라면 그는 큰 곤경에 처하게 된다. 그런데 연결만을 줄기차게 욕망했다가는 그것도 큰일이 된다. 계속 숲속에, 숲속에만 머물게 되기 때문이다. 동화가 왕국의 도덕법칙을 따지지는 않지만, 주인공이라면 반드시 '어떤' 왕국으로든 귀환해야 한다. 만물을 연결하는 가운데 자기 위치를 확보할 수 있어야 하는 것이다. 이 점을 동화가 즐겨 다루는 모녀관계로 설명해 보자.

공주와 왕비의 정신병 : 「백설 공주」

『그림 동화』 속에도 많은 엄마들이 등장한다. 크게 친모와 계모로 나눌 수 있다. 친모와 계모는 모두 그레이트 마더의 변형들이다. 즉 살리기도 하고 죽이기도 하는 자연의 생멸을 상징하는 지모신의 세속적 모습들이라 할 수 있다. 왕국이나 집에서는 엄마의 모습을 하지만, 집 바깥인 숲에서 이 모성은 할머니로 화하여 아이들을 잡아먹는 등 만물의 제 모습이 풀어헤쳐지도록 하는 괴력을 발휘한다(「헨젤과 그레텔」).

생모와 계모의 차이는 낳은 엄마냐 기른 엄마냐, 착한 엄마냐 나쁜 엄마냐로 단순히 나눌 수 없다. 생모가 워낙 빨리 치고 빠지는 탓에 계모보다 덜 주목받아서 그렇지 따지고 보면 생모와 계모는 같은 본성을 지녔다. 우선 둘 모두 아이를 집 밖으로 내모는 역할을 한다. 백설 공주의 생모는 아이를 낳자마자 죽어 버림으로써 아이에게서 생의 최초의 울타리를 없애 준다. 신데렐라의 계모는 온갖 구박을 통해 아이가 객식구나 하인 즉 남으로 살게 하는 특권을 부여해 준다. 동화는 엄마를 아이를 바깥으로 내보내는 존재로 본다. 집 안에 가두는 것이 아니라.

두번째, 이 엄마들은 욕망이 똑같다. 이를 가장 잘 보여 주는 작품이 「백설 공주」다. 예를 들면 백설 공주의 엄마는 "눈처럼 하얗고, 피처럼 빨갛고, 흑단처럼 검은 아이를 가졌으면" 하고 바란다. 계모도 똑같다. 딱 그렇게 자신만 예쁘고 싶고 자기보다 더 아름다운 사람을 못 견딘다. 둘 모두 결벽증을 가지고 있어서 자기가 보고 싶지 않은 뭔가가 조금이라도 눈에 띄면 참지 않는다. 아름다운 것만 찾아서 보여 주는 계모의 거울은 엄마의 오만한 자기애가 얼마나 강한지를 말해 준다. 처음부터 끝까지 자기욕망에만 편집증적으로 몰두하는 존재로서 남편도 자식도 눈에 들어오지 않는 존재가 동화 속 엄마다. 백설 공주는 바로 이 엄마들로부터 나왔다.

공주에게서 발견되는 특징은 분열증이다. 공주는 집이라는 정체성의 틀을 거부한다. 그녀는 숲속으로 훽 들어가서 달리고 또 달린다. 그러다가 일곱 난쟁이를 만나는데 그 중 하나와 결혼한다든가 하지는 않고, 일곱 개의 관계를 따로 구성하면서 집을 긴장과 활력의 소굴로 만든다. 예를 들면 이렇다. 아래에 나오는 의자, 접시, 빵, 야채, 포크, 칼, 잔은 모두 식사 때 필요한 사물들인데 공주는 이 각기 다른 것들을 자기의 욕망에 맞게 변용해서 소화한다. 난쟁이들이 다 다른 이유로 투털댄다는 것은 그들의 욕망과 능력이 다 다르다는 것을, 공주는 그 다른 지점들과 각기 다르게 접속했음을 뜻한다.

첫번째 난쟁이가 말했다. "누가 내 의자에 앉았지?"

두번째 난쟁이가 말했다. "누가 내 접시에서 먹었지?"

세번째 난쟁이가 말했다. "누가 내 빵을 뜯어먹었지?"

네번째 난쟁이가 말했다. "누가 내 야채를 먹었지?"

다섯번째 난쟁이가 말했다. "누가 내 포크를 썼지?"

여섯번째 난쟁이가 말했다. "누가 내 칼을 썼지?"

일곱번째 난쟁이가 말했다. "누가 내 잔으로 마셨지?"

그림 형제, 「백설 공주」 『그림 형제 민담집: 어린이와 가정을 위한 이야기』, 김경연 옮김, 현암사, 2012, 301~302쪽(*이하 이 책에서 인용시 이야기 제목과 쪽수만으로 표기)

난쟁이들은 모두 산에서 땅을 파고 광석을 캐는 광부들이다. 땅속에 무작위적으로 파묻힌 광물들 속에서 필요한 것을 찾아내어 지상 위에서 그것을 다른 목적에 맞게 변형시킬 수 있다. 그래서 이들은 다른 동화에 출몰하는 대장장이나 숯쟁이와 같은 계열에 속한다. 또 자연의 깊고 위대한 힘에 접속할 수 있다는 점에서 고대 사회의 샤먼과도 닮았다. 우리는 백설 공주가 한 명이 아니라 일곱 명이나 되는 난쟁이와 접속한다는 점을 통해, 숲에 들어가면 사물과 접속할 수 있는 능력이 폭발적으로 강해진다는 것을 알 수 있다.

백설 공주는 편집증적으로 예쁜 것만 찾는 엄마의 왕국에 살지 않은 덕분에, 또 숲에서 난쟁이들과 함께 있다 보니 도처의 존재들과 접속하는 능력이 세지기도 해서 분열자가 된다. 공주는 왜 난쟁이들이 일하러 나가는 동안 식사 준비, 침대 정리, 빨래 등 집안일을 해도 불만이 없을까? 자기 자신에게는 뭔가 따로 추구해야 할 욕망이 없기 때문에 이 온갖 일들에 기꺼이 동참할 수가 있다. 나처럼 하고 싶은 것을 저 바깥에 따로 두고 육아와 가사를 평가절하하는 사람은 뜨악할 일이다. 여기서 백설 공주가 그림자 노동을 하고 있다고 보기는 어렵다. 어둠의 세계로 들어가는 것은 오히려 난쟁이이며 백설 공주는 훤한 대낮에 창문 다 열어 놓고 새들을 불러 모아 자신의 삶을 노래하고 즐기기 때문이다. 동화를 잘 보면 백설 공주는 아주 많은 시간을 온갖 여유를 부리며 다 즐기고 있다는 생각이 든다.

백설 공주는 그렇게 팔자가 편했는데도 병이 도지고 만다. 자신을 보호해 주는 일곱 난쟁이의 집도 갑갑하게 느껴졌던 것이다. 낯선 사람을 집 안에 들이지 말라고 난쟁이들이 아무리 당부해도 변신해서 대문을 두드리는 계모를 떨쳐 버리지를 못한다. 방물장수로 변한 마녀의 코르셋끈에 허리가 졸리고 독이 묻은 빗에 정신을 잃고 독사과가 목에 걸려도 기어코 문을 열고 밖으로 고개를 내민다. 백설 공주의 입장에서는 다행이었다. 무시무시한 엄마가 없다 보니 난쟁이 하우스를 가출할 명분이 없어 곤란했는데 마침 계모님이 찾아오셔서 집을 벗어나게 해주었으니 말이다.

이야기의 끝은 해피엔딩이다. 공주는 우연히 지나가던 왕자의 도움을 받아 독사과를 토하게 되고 결혼도 하여 왕비가 된다. 그럼 백설 공주는 어떤 왕비가 될까? 숲속에서 분열하던 백설 공주는 왕국에 들어가는 순간 자신의 생모나 계모처럼 편집증을 앓게 될 가능성이 높다. 그녀는 울타리란 울타리를 다 거절하면서 도처의 접속 지점을 찾아 활짝활짝 자신을 열던 분열자였다. 그렇지만 방물장수의 코르셋끈이나 빗, 빨간 껍질과 눈부신 하얀 속살을 가진 사과에 본능적으로 이끌린다는 점에서 그녀 안에도 어느 정도는 외모 편집증이 있다고 할 수가 있다. 내가 만약 「백설 공주」로 영화를 만든다면 동화의 끝부분에 예쁘게 미소 짓는 백설 공주의 모습을 그 엄마들의 얼굴과 오버랩시키면서 마무리할 것이다. 아, 생각만 해도 짜릿하다!

유리구두 밑에서 한없이 뻗어나가는 인연

『그림 동화』 속 엄마들의 편집증은 「백설 공주」 외에도 많다. 신데렐라의 전신이랄 수 있는 「재투성이 아셴푸텔」의 계모도 화려하게 자신을 치장하기에 바쁘다. 아셴푸텔도 최고로 아름다운 여성이 되어 왕국에서 왕자와 만난다. 동화는 왜 대지의 압도적 생명력을 외모 강박으로 압축할까? 그리고 아이를 세상 밖으로 밀어내는 힘을 굳이 모성의 편집증으로 설명할까?

고개를 돌려 우리의 옛이야기를 한번 보자. 심청과 바리데기, 장화홍련 말이다. 심청의 어머니도 예쁜 아이를 원했다. 그런데 청이는 숲으로 달아날 필요가 없었다. 마을의 많은 엄마들이 기꺼이 동냥젖을 주고 키웠기 때문이다. 청이는 대감마님 마음에 들어 양녀가 될 뻔도 한다. 그런 식으로 청이의 주변에는 그녀를 살리는 엄마들이 넘쳐난다. 심청이는 눈먼 아버지를 구하기 위해 인당수에 빠진 뒤 어찌어찌 왕비가 되는데 아비를 찾으려고 나라의 모든 거지들을 먹이는 잔치를 연다. 그녀에게 왕비의 일은 백성 즉 임금의 모든 자식들을 한도 끝도 없이 보살피고 살리는 것을 의미했다. 심청이야말로 그레이트 마더다.

우리 무가(巫家)에서 신으로 모셔지는 바리데기도 마찬가지다. 그녀는 죽어 가는 아버지를 구하기 위해 온갖 고생을 마다하지 않는다. 3년 동안 누군가의 밭을 갈고, 3년 동안 누군가의 빨래를 하며, 불쌍한 남자의 아이를 낳기도 하다가 마침내 서천을 돌아 아버지를 살린다. 그녀는 자기 아버지를 구하기 위해 떠난 길의 끝에 결국 지상의 모든 존재가 지닌 애환을 듣고 보듬는 신이 된다. 바리데기도 그레이트 마더다.

한편 우리 전래 동화 중에 '엄마'가 지니는 무시무시한 자력(편집증)을 경고하는 것도 있다. 『그림 동화』와는 조금 다른 방식으로 전개된다. 장화와 홍련을 떠올려 보자. 여기에서는 엄마가 문제가 아니라 엄마만 찾고 있는 딸들이 문제가 된다. 장화는 친엄마를 너무 많이 닮아서 계모로부터 미움을 받아 죽는다. 계모는 자기가 못생긴 탓에 예쁜 의붓딸을 못 견뎌 했는데 그녀 역시 외모 편집증을 앓고 있다고 할 수 있다. 장화가 죽은 이유는 엄마처럼 예뻐서다. 그런데 홍련이가 죽는 이유는 다르다. 그녀는 어려서 엄마를 여읜 터라 엄마에 대한 기억이 없다. 그런데 언니를 엄마처럼 여긴다. 홍련이는 자나 깨나 언니(엄마) 생각에서 헤어 나오지를 못해 그들 모두를 비춰 주던 연못에 빠져 죽는다. 모성의 늪에 잠겨 버리는 셈이다. 이 이야기는 엄마밖에 모르는, 다시 말해 자기 집이 세상의 전부라고 생각하는 딸의 편집증을 겨냥하고 있다. 아이야, 엄마만 보지 말아라.

나는 서양 동화에 나오는 엄마들은 다 정신병을 앓고 있는데 우리 동화 속 엄마들은 사랑이 커서 존재를 품어 살린다는 식으로 대비하려는 것이 아니다. 두 동화들 모두 자신이 태어난 자리에 딱 붙들려서 한 걸음도 발을 떼지 못하는 어리석음을 경고한다. 유독 「백설 공주」 쪽의 편집증이 극단적인 외모 편향에 치우치는 것은 오히려 시대상황 때문이 아닐까 싶다.

편집증도 분열증도 강박이 강하게 작동하는 사회에서 하나의 '병'으로 출현하게 된다고 한다.나카이 히사오 , 『분열병과 인류』, 한승동 옮김, 마음산책, 2015. 특정한 구심과 강한 제도적 자력이 작동해야 문화라는 것이 만들어지고 사회가 형태적 안정성을 가질 수가 있다. 제도와 상식은 어느 정도는 편집증적이어서 사람들을 그것만 고집하도록 끌어당긴다. 동화 속 소녀들이 집이나 왕국에만 들어가면 뭔가에 집착하게 되는 것은 이러한 생각을 뒷받침해 준다.

하지만 고대의 인류와 중세 전반기까지의 민속 문화는 이 문화적 편집증을 다양한 의례와 축제를 통해 중화하는 지혜를 발휘했다. 고대의 샤먼은 분열증적 존재라고 할 수 있어서 마을에 들어오지 않고 그 바깥에서 살며 자연의 온 존재들과 교감했다. 그들은 식물학과 동물학, 천문학을 비롯 다양한 주술에도 밝아 만물과 교감할 수 있었기에 부족의 문화 안에 갇혀 있을 수가 없었다. 고대인들은 우주의 지혜를 흡수하고 체화하는 수련자 샤먼의 도움을 받아 수렵을 하고 몸을 치유하면서 행복한 삶을 모색했다. 또 중세 유럽의 카니발은 왕은 천민이 되고 부자는 거지가 되며 바보가 왕이 되는 퍼포먼스를 주기적으로 펼치는 장이었다. 중세인들은 온갖 인습과 약속들이 풀어지고 유령들이 출몰하는 한때를 만들어서 제도의 강박을 털고 생기발

랄한 숲의 원천적 기운을 들이마셨다.

서양 중세의 중반기부터 마녀의 수난시대가 시작되었다고 한다. 이 무렵 마녀는 숲과 마을을 떠도는 여자들, 도시 사람들은 잘 모르는 비기(祕技)를 꾸미고 다니는 여자로 설정되었다. 대학의 발달과 연금술의 후퇴 등, 마법에 대한 기대가 현격히 추락했던 것도 연관이 있었을 것이다. 민중들 사이에서 마녀가 받은 가장 큰 혐의는 주로 수확에 대한 것이었다. '올해에는 곡식이 잘 자라지 못했다', '암소가 젖을 내지 않는다', '달팽이가 양배추 밭을 망쳤다' 등 생산성 하락이 민중들의 가장 큰 고민이었다. 중세 중반기 무렵 관료제적 체제가 안정화되면서, 대지를 달래며 감사를 표현하고 먹을 것을 구해야 하는 주체가 '땅에 발붙이고 사는 사람들'에서 '책상 위에서 서류 작업하는 관료'로 바뀌었다. 마녀를 지목하여 간단히 희생양으로 만드는 것이 농민 쪽에서나 관료 쪽에서나 편이한 일이 되었다.

18세기 후반이 되면 계몽사상가들이 등장하는데 이들은 미몽(迷夢)에 허덕이는 민중을 구해야 한다면서 마녀 사냥에 더욱 열을 올렸다. 약화되어 가던 교회가 자기 권위를 회복하기 위해 종교의 이름으로 마녀를 몰아세우기도 했다. 기사 계층이 쇠락하기도 하고, 페스트가 돌거나 한랭이 일어나는 등 먹고살기 힘들어지는 일이 빈번했다. 사람들은 그 원인을 명확히 찾기가 힘든 상황에서, 숲과 마을에 동시적으로 출몰하는 수상하고 불결한 여성에 초점을 맞추었다. 마녀는 기근 뒤에 어쩌다가 찾아오는 풍작 속에서 열린 카니발에서 군중에 의해 불태워졌다. 마녀 사냥은 농촌의 생산력 감퇴를 해결하기 위해 종교적, 관료적, 계몽적 주체들이 숲이라고 하는 야생의 힘을 적대화하려는 시도였다고 할 수 있었다.나카이 히사오, 「마녀사냥이라는 현상」, 『분열병과 인류』 참고.

그림 형제가 동화를 채록한 것이 19세기 전반기이다. 「백설 공주」에서처럼 엄마가 자식을 구박하는 이야기는 그 이전부터 있어 왔을 것이다. 하지만 그림 형제가 이야기를 수집하던 무렵의 사람들은 숲을 마을이나 도시와 극단적으로 대립하는 '자연'으로 여기기 시작했다. 동화 속 마녀들도 퇴치의 대상이 되었다. 여기서 우리가 더 주목해야 할 점은 동화 속 마녀들이 너무나 '자기'라는 것을 가지려는, 즉 자기의 집을 유지하려는 강박에 시달리고 있다는 것이다. 중세 내내 마녀란 법질서나 제도화된 상식의 자력으로부터 자유롭다는 이유로 조리돌림당하고 화형에 처해졌다. 백설 공주 같은 행보를 보이는 소녀들이야말로 어린 마녀라며 손가락질 속에서 화형을 당했다.

이와 반대로 19세기 전반에 채록된 민담은 자기 집을 예쁜 것으로만 채우려는, 반짝반짝 눈에 보이는 가치에만 편집증적으로 몰두하려는 욕망을 '마녀'로 보면서 도덕적으로 단죄한다. 산업사회, 근대국가가 막 태동하려는 무렵에 신분제가 해체되면서 혈연, 지연의 사슬로부터 풀려난 사람들이 도시로 몰려들기 시작했다. 이들은 하나같이 속악한 바깥 세계로부터 자기 한 몸 안전하게 누일 수 있는 스위트 홈을 꿈꾸었고 그것을 갖기 위해 돈을 벌었다. 이런 독자들을 만족시켜 준 동화는 이런 집 집착적 강박을 전적으로 부정하지는 못했다. 하지만 그것이야말로 '마녀성'이라며 강하게 비판했던 것이다.

왕국의 주인이 된 백설 공주는 어떻게 될까? 마음대로 후속편을 꾸며 보자. 아마 공주는 새 왕국의 마녀가 될 것이다. 왕자와의 사이에서 눈처럼 예쁜 아이라도 낳는다면 일찍 죽게 될 것이다. "알고 보니 그 왕자는 유부남이었어!"라고 전개되기라도 한다면 계모로서 의붓딸을 구박할 것이다. 그렇게 백설 공주는 자기 왕국의 새끼들을 저 바깥의 숲으로 내보내면서 난쟁이들과 놀기도 했던 자신의 숲 생활을 회상하게 되겠지. 왕비가 된 공주는 걷는 만큼 인연이 펼쳐지던 때를 그리워하며 의붓딸을 질투하다 타 버리고 말 것이다.

2부
미로의 시련

동화는 언제까지 읽는 이야기일까? 우리 집 아이들은 초등학교 4학년이다. 스윽 책장을 훑어보니 온통 그림책과 만화책뿐이다. 한 페이지 글밥도 너무 작고 그림만 가득하다. 갑자기 초조함이 올라온다. 너무 동화만 읽고 있는 건 아닐까? 주변 학원의 독서교실 광고를 보니 세계명작을 읽는 프로그램도 있다. 프란츠 카프카의 『변신』, 조지 오웰의 『1984』, 톨스토이의 『사람은 어떻게 사는가?』 등 커리큘럼이 대단하다. 고전도 빨리빨리 읽어 두는 것이 좋지 않을까? 아직도 동화책만 읽고 있으면 어쩌냐는 걱정이 스멀스멀 뻗쳐 온다.

동화는 아이들이나 읽는 이야기라고들 한다. 하지만 언제까지 아이라고 할 수 있을까? 부모로부터 독립할 때까지? 그러면 그것은 경제적 독립인가, 정신적 독립인가? 텔레비전 프로그램이나 영화에는 연령별 등급 같은 것이 있다. 과도한 폭력성, 복잡한 인간사 등이 표현되어 있다면 좀 천천히 보라고 권한다. 아이들은 정말 무도한 사이코패스, 오로지 욕망에만 탐닉하는 인간 군상의 이야기를 봐서는 안 되는 것일까? 이런 의문도 든다. 동화는 마치 순진무구한 아이들을 속악한 세계로부터 보호하기라도 하듯 철통같이 유년의 상상력을 지켜 주는 것 같다. 하지만 정말 동화가 순수한 세계일까?

동화가 어린이의 상상만을 다룬다는 근거는 무엇일까? 여기에는 첫째 어린이를 얕보는, 즉 세상 살아갈 준비가 덜 된 존재여서 미숙하다는 인식이 작동하고 있다. 둘째는 동화 자체가 답이 없는 이야기이기 때문이다. 권선징악이라는 교훈이라도 얻어 갈 수 있으면 좋으련만 도처에서 출몰하는 것은 사냥꾼과 사기꾼들뿐이다. 게다가 황금공을 줍다가 공주 발에 차여 왕자가 된다고 하는, 전혀 납득할 수 없는 인과관계는 그저 떠오르는 대로 마구 장면을 이어 붙인 옛사람들의 비합리적 사고처럼 느껴지기도 한다.

그런데 『그림 동화』에는 동화의 역사가 천 년도 더 되었다는 자랑이 나온다. 도대체 어떤 사람들이 신데렐라나 개구리 왕자 이야기를 천 년 이상 읽어 온 것일까? 불충분한 인과로 엮이는 사건들, 뜬금없이 불행하다가 어쩌다 행복해지는 이야기의 구조들, 동화의 이런 형식은 도대체 어떤 메시지를 품고 있기에 이토록 질긴 생명력을 가지게 된 것일까? 2부에서는 동화가 펼쳐 놓는 사건의 논리를 한번 따라가 보도록 하자. 동화는 카프카의 세계보다 미숙해서가 아니라 카프카의 세계와는 완전히 다른 '사건의 논리'를 가지고 있을지도 모른다.

1. '갑자기' 그리고 '어쩌다'의 세계

출발지도 없어, 목적지도 없지 : 「개구리 왕자」

동화에서는 시간이 이상하게 흐른다. 과거에서 현재, 그리고 미래로 이어지는 단선적 시간관은 없다. 동화는 늘 갑자기 시작하고 어쩌다 끝나기 때문이다. 동화가 기원이나 종점에 관심이 없다는 사실은 다음 두 가지로 확실히 설명된다.

첫째는 친엄마의 죽음이다. 「백설 공주」나 「재투성이 아셴푸텔」을 떠올려 보자. 오늘의 나를 있게 한 어제의 그 근원은, 이야기의 시작과 함께 사라진다. 왕비는 그토록 바랐던 '눈처럼 하얗고, 피처럼 빨갛고, 흑단처럼 검은 아이'가 태어나자마자 돌연 죽는다. 착하고 예쁜, 아셴푸텔의 어머니도 이야기가 시작하자마자 캑! 죽어 버린다. 엄마와 나로 이어지는 시간의 연속은 거칠게 끊어진다.

동화 속 주인공들은 삼형제의 막내라거나 노부부의 늦둥이, 양막을 뒤집어쓰고 나오는 아이, 엄지손가락만큼이나 작은 아이 등, 비정상의 아이콘들이다. 대부분은 고아처럼 부모의 집에서 크지 않고 숲에서 난쟁이와 악마와 함께 큰다. 금수저도 흙수저로 시작해야 할 정도로 가진 것 없이 떠나는 존재가 동화 속 주인공들이다.

그런데 이들을 처음부터 '고아다!'라고 하면 될 것을, 왜 이야기는 맨 처음에 부모가 갑자기 사라지는 장면을 과장하는 것일까? 동화는 의도적으로 이렇게 시점(始點)을 뭉개는 전략을 쓴다. 아이는 부모가 낳는 것이 아니다, 부모는 존재가 세상 밖으로 나오는 입구이기는 하지만 그 이상은 아님을 강조하는 것이다. 사람은 자기 힘으로 큰다!

우리 옛이야기 중에 「내 복에 산다」가 있다. 부잣집 셋째 딸은, 언니들 모두가 아버지 덕으로 산다고 하는데도 자신은 자기 복에 산다고 말하다가 집에서 쫓겨난다. 이야기의 결론은 우리 짐작대로다. 막내는 처음에는 고생을 좀 하지만 결국 자신의 지혜와 복으로 훌륭한 남편을 얻고 부귀를 누리며 잘 살게 된다. 마지막에는 어버이 은혜를 모른다며 화를 냈던 아버지를 봉양하는 효녀도 된다. 동화에도 시작은 있다. 그러나 동화는 그 시작이 무엇이 되었든 안 중요해~ 라고 말한다.

둘째, 동화에서는 시작의 의미가 무화될 뿐만 아니라 끝도 끝이 아닐 때가 많다. 대부분 공주와 왕자의 간난신고는 행복한 결혼으로 마무리된다. 그런데 동화에는 끝에 뜬금없이 없던 존재가 출현해서 이야기 자체를 전혀 다른 국면으로 데리고 가는 경우도 많다. 예를 들면 「개구리 왕자」가 그렇다. 「개구리 왕자」에서 기원은 중요하지 않다. 왕자가 왜 개구리가 되었는지에 동화는 관심이 없다.

나에게 「개구리 왕자」는 『그림 동화』의 베스트 파이브 안에 들어가는 작품이다. 왜냐하면 개구리 왕자가 공주의 달콤한 키스를 받고 저주를 푸는 것이 아니라, 엉덩이를 한 대 맞고서 원래 모습으로 돌아오기 때문이다. 그럼 개구리 왕자가 불쌍하냐? 그것도 아니다. 개구리는 정말 공주가 화가 나지 않을 수 없게끔 깐족거리면서 비위를 긁어 댔다. 공주도 많이 참았다. 개구리가 한 대밖에 안 맞는 것이 이상할 정도다. 『그림 형제 민담집』을 펼치자마자 나오는 이 이야기는 동정심 없는 공주와 계산에 능한 개구리의 결합을 보여 줌으로써 순수한 동심으로 가득 차 있을 것 같은 동화의 이미지를 콱 깨 버린다. 아주 시원하게!

「개구리 왕자」는 끝도 아주 이상하다. 왕자의 마법이 풀린 다음 날 뜬금없이 왕자의 시종 충성스런 하인리히가 나타나기 때문이다. 하인리히는 개구리가 연못을 몇 번이나 들락날락하면서 고생할 때에는 나타나지도 않더니 마지막에 갑자기 모습을 드러내고는 그동안 정말 가슴이 아팠다고 엉엉엉이다. 그것도 모자라 개구리가 왕자로 돌아오자 기쁨을 참지 못하여 고통 때문에 묶어 두었던 자기 마음의 강철 끈을 터뜨린다. 「개구리 왕자」는 개구리가 된 왕자의 모험만큼이나 끝에 가서는 하인리히의 고난도 비중 있게 다룬다. 그러니까 「개구리 왕자」는 개구리 이야기와 하인 이야기를 이어 붙였다고 할 수 있다. 이처럼 동화는 끝인 척하다가 갑자기 새로운 이야기를 붙여 버릴 때가 많다. 동화의 끝은 늘 새로운 이야기의 시작을 예비한다.

끝이 확정적이지 않기 때문에 이야기가 전개될 때는 결론을 암시하는 어떤 복선도 깔리지 않는다. 개구리가 왜 저주에 걸렸는지 언급이 없는 것도 그 때문이다. 그리고 왜 굳이 이 고집쟁이 공주네 샘에 개구리가 살게 되었는지에 관한 정보도 나오지 않는다. 하인리히 정도로 충신이라면 적어도 이야기의 도입부에 개구리 근처에 뭔가 강철 끈이라도 놓여 있다든지, 공주가 신경질 부릴 때 강철 끈이 어디서 공주를 귀찮게 한다든지 하는 암시라도 있을 법한데, 그것도 없다. 「개구리 왕자」는 주인공의 운명에 관한 어떤 일관성 있는 정보도 순차적으로 제공하지 않는다. 이것은 서사 안에 온갖 복선과 암시를 깔면서 주인공이 맞이할 결론을 만들어 가는 근대 소설은 흉내도 못 낼 이야기 전개 방식이다. 동화는 다른 성격을 지닌 장면들을 교차 편집한다. 그래서 그 중의 한 장면을 다른 이야기 안에 스윽 집어넣어도 티가 안 난다.

덕분에 하나의 동화가 그 자체로 완결이 잘 안 된다. 어떤 지점에서 멈춘 이야기가 전혀 다른 이야기 안에서 계속 생명을 이어 가기 일쑤이다. 예를 들면 「충성스런 요하네스」는 개구리 왕자에 나오는 하인리히의 다른 버전이다. 여기서 요하네스는 개구리 왕자를 구하지 못한 자기 능력을 업그레이드 시키기라도 하듯, 이번에는 주인이 처한 곤경을 어떻게든 해결하기 위해 동분서주한다. 요하네스는 주인은 못 듣는 까마귀의 말을 해석해서 공주를 구할 비법을 찾고 마침내 주인을 구한다.

충성스런 하인리히의 다른 버전으로 「장화 신은 고양이」도 있다. 장화 신은 고양이도 마을 사람들을 부리고, 주인을 개울에 빠지게 하는 등 재치를 발휘해서 불쌍한 셋째아들의 혼사를 돕는다. 하인리히 계열에 속하는 동화 속 하인들은 한스 등으로 이름을 바꾸기도 하지만 개구리 왕자에게 빚이라도 진 듯 주인의 결혼 문제에 적극적이다. 어쩌면 우리는 하인리히를 주인공으로 『그림 동화』를 완전히 다시 쓸 수도 있을 것이다. 이렇듯 동화는 어떤 이야기의 의미를 한 작품 안에서 최종적으로 확정하지 않는다.

동화의 이 같은 전개 방식을 우선은 구전문화의 특징으로 설명할 수가 있다. 과거에는 이야기가 사람들의 입에서 입으로 전해졌다. 아무리 스릴 넘치고 흥미로운 이야기라도 혼자 음미하기보다는 식구들과 마을 사람들과 옹기종기 모여 앉아서, 서로서로 이야기를 이어 가며 함께 즐겼다. 그러다 보니 사람들이 「개구리 왕자」 이야기를 나누다가, 그 중 누군가에 의해 뜬금없이 하인 시리즈를 말하게 되기도 하고, 그런 식으로 그때그때 분위기에 따라 다양한 방식으로 이야기들을 이어 붙일 수 있었다. 근대의 소설처럼 한 사람의 작가가 책이라는 물질 안에 자신의 관점이나 주장을 밀어 넣는 방식은 아니었던 것이다. 열고 닫을 수 있게 만들어진 책은 시장의 상품이 된 뒤에는 독자 혼자서 첫 페이지부터 끝 페이지까지 읽어 나가게 하면서 이야기를 사적으로 소유하는 느낌을 주었다. 그런 독서 훈련을 거쳐 근대의 독자는 시작과 끝이라고 하는 단선적 전개에 익숙해지게 되었다. 그러나 남녀노소 동네 어귀마다에서 즐겼던 고래의 민담에는 그런 이야기 틀이 있을 수 없었다.

시작도 끝도 없이 사람들이 모여서 이야기를 향유하는 지금만 있다. 그림 형제가 이렇게 구전된 문화를 글로 옮기기는 했지만 그 안에는 이 같은 과거의 구비문화적 전통이 간직되어 있다.

동화는 시간과 끝을 별로 중요하지 않게 다루는 동시에 지금이라고 하는 바로 여기를 크게 강조한다. 「무서움을 배우려고 길을 떠난 젊은이 이야기」를 읽어 보자. 어떤 아버지에게 두 아들이 있었다. 큰아들은 영리하고 분별이 있었으며 무슨 일을 시켜도 잘 했지만 작은아들은 그러지 못했다. 동네에 바보가 났다는 소문이 파다할 정도였다. 어른들이 무슨 말을 해도 알아듣지 못했고 배우지도 못했다. 그런데 이 둘째에게 한 가지 능력이 있었으니 무서움을 못 느낀다는 것이다. 아버지가 밤늦게 무슨 일을 해야 했을 때나 교회 묘지같이 으스스한 곳을 지나야 했을 때는 늘 작은아들이 대신했다. 저녁에 불 옆에서 귀신 이야기 같은 것을 나눌라치면 모두들 눈을 동그랗게 뜨고 "어이구! 등골이 오싹해!" 했지만 작은아들은 콧구멍을 파면서 느긋했다.

그런 작은아들이 무서움을 배워야겠다며 길을 나서게 되었다. 처음에 성당지기를 따라나섰다. 성당지기가 한밤중 교회의 종 근처에서 유령으로 분장하고 작은아들을 놀라게 하려 했으나 불가! 두번째로 그가 이른 곳은 교수대 아래였다. 작은아들은 교수대에 처형당해 매달린 사람들을 보게 되었는데, 밤이 되자 시체가 추울까 봐 하나하나 풀어 내려서 함께 불을 피우고 앉아 버렸다. 어쩌다 시체에 불이 붙었는데, 아들은 시체들이 부주의하다며 크게 화를 내고 그곳을 돌아 나왔다. 정말 대단한 담력이다.

숲으로 더 걸어간 아들은 어느 성에서 공주의 신랑감을 찾는다는 소식을 듣는다. 왕국에는 굉장한 보물이 있는데 나쁜 귀신들이 지키고 있어서 누구도 손을 댈 수 없으므로 귀신을 물리친 자에게 공주를 준다 한다. 작은아들은 요물스런 고양이, 벌겋게 달구어진 사슬을 건 개들을 힘들이지 않고 물리치고, 상반신 하반신 따로 돌아다니면서 붙기도 하고 떨어지기도 하는 귀신들과는 볼링 비슷한 놀이를 했다. 관 안에서 갑자기 튀어나온 못난이 사촌형 영혼의 멱살을 잡고 던져 버리기도 하고 기다란 수염이 달린 늙은 괴물을 쇠몽둥이로 때리기도 했다. 이 작은아들은 참으로 두려움을 몰랐다.

그런데 작은아들이 통과한 두려움의 문턱들을 다시 생각해 보자. 무서움이 과연 무엇인지를 이해할 수 있는 단서가 있다. 작은아들을 제외한 모두가 두려워한 것은 성당, 심판대, 죽음, 억울한 영혼, 무지막지한 자연의 폭력이다. 내 삶을 규정하고 재단하는 심판의 목소리, 사후 세계, 잊히지 않는 과거의 기억, 그리고 자연 안에 회오리치는 무차별적인 우연. 작은아들이 이 모든 것을 두려워하지 않은 까닭은 그것들 전부가 나의 바깥에서 내 삶을 규정하는 요소들이기 때문이다. "너는 하느님의 자식이니 이렇게 살아라"라고 말한 자는 내가 아니다, 과거는 이미 지나가 버렸다, 죽음은 아직 오지 않았다, 우연은 내가 어찌해 볼 수 없다!

아버지는 둘째를 이렇게 걱정했다. "너도 곧 키가 크고 힘이 센 어른이 될 텐데 제 밥벌이를 하려면 뭔가를 배워야지. 봐라, 네 형은 아주 애를 쓰고 있지만, 넌 아무짝에도 쓸모가 없지 않느냐." 「무서움을 배우려고 길을 떠난 젊은이 이야기」에 따르면 쓸모 있는 인간은 밥벌이를 할 줄 아는 사람이다. 벌이는 그가 얼마나 신과 법정, 지나간 과거의 과오와 오지 않는 미래에 전전긍긍하느냐에 달려 있다. 그런데 왕국은 누구의 차지가 되는가? 두려움 없이 돌아다니는 이 소년의 것이 된다.

결국 작은아들은 두려움을 배운다. 왜냐하면 왕비가 작은아들이 끊임없이 불러대는 "한 번이라도 등골이 오싹해 봤으면"이라는 노래가 지겨워진 까닭이다. 왕비는 잠자는 왕의 이불을 벗기고 몸 위에 찬물과 물고기들을 확 쏟아부었다. 그러니까 이 동화에 따르면 내 배를 때리는 이 차가움, 물고기들의 펄떡거림이야말로 두려워할 만한 것이다. 지금 내가 느끼는 것, 내가 먹고 싸는 것, 이 구체적인 순간만이 우리가 정말 예민하게 주시해야 하는 지점이다. 어떻게 살아야 잘 사는 것인지 교회나 정부에 묻지 말고 기억이나 희망에 의지하지도 말고 순간에 집중하자! 동화는 이런 식으로 지금을 강조한다.

2. 차이와 반복, 개구리의 영원회귀

끝도 없이 미션이 밀려오네 : 「황금 새」

「무서움을 배우려고 길을 떠난 젊은이 이야기」는 지금에 충실하라고 말한다. 지금부터는 동화가 이 지금이라는 시간을 어떻게 사유했는지 살펴보자. 동화에 시작과 끝이 없다지만, 시간이 아예 흐르지 않는 것은 아니다. 재투성이 소녀는 빛나는 왕비가 되고 미약한 셋째는 강건한 왕이 되니까 뭔가 사람이 자라는 것 같기는 하다. 그런데 이 '자란다'라고 하는 말의 이미지는 초등학생이 중학생, 고등학생 되고 성인이 되는 것과는 다르다.

동화 속 시간을 떠올리려면 이런 질문을 던져 보는 것으로 충분하다. 백설 공주는 왕자와 결혼하기 위해 계모의 집에서 쫓겨났던 것일까? 난쟁이의 집에서 그림자 노동을 하지 않았더라 면 왕자를 못 만났을까? 그렇지는 않을 것이다. 계모는 자기 욕망을 못 이겨 공주를 죽이려 했고, 난쟁이는 일손이 달리던 터라 백설 공주를 붙들 수밖에 없었다. 왕자도 하필 그 시간에 공주의 관 근처를 지나갔을 뿐이다. 모든 일은 우연의 연속이고, 공주와 왕자의 행복한 결혼도 친엄마의 죽음만큼이나 갑작스런 사건이다. 이처럼 동화 속 사건들은 기승전결의 방식으로 이어지지 않는다. 앞에서 벌어진 일은 뒤따르는 일의 원인이 되지 않는다. 개별 사건들 사이에는 비약이 넘쳐난다.

동화는 기본적으로 미션을 완수하는 모험담이다. 백설 공주도, 셋째아들도 살아남아야 한다는 지상의 과제를 수행하기 위해 길을 나선다. 얼마나 다채로운 미션이 주어지는가에 따라 동화의 볼륨과 수준이 결정된다. 그리고 이 미션들 각각은 서로 아무런 관계가 없다. 초등학교를 나와 중학교를 거쳐 고등학교, 그리고 최종적으로 대학까지 나와야만 어른이 된다고 생각하는 우리 시대 성장관과는 달리 동화에서 주인공이 치르는 개별 미션은 단계별 수준별로 주어지지 않는다. 무작위적이라고까지 할 수 있다. 다만 다양한 종류의 미션을 통과할 수 있느냐, 없느냐가 관건이 된다.

「황금 새」를 읽어 보자. 황금은 빛이 난다는 점, 쉽게 변하지 않는다는 점 때문에 예부터 고귀한 것으로 가치평가를 받아 왔다. 『그림 동화』에도 황금 이야기는 많이 나온다. 황금이 문제가 되는 동화일수록 미션이 많아지고 그 복잡함의 강도도 세진다. 동화는 황금의 가치를 미션의 크기로 설명했나 보다. 황금에 관해서는 뒤에서 다시 다루기로 하자.

「황금 새」도 단도직입적으로 시작한다. '오래전 일이다. 왕의 궁전에 황금 사과가 열리는 나무가 있었다.' 왕에게는 몇 명의 아들이 있어야 되겠는가? 그렇다. 세 아들이다(동화 속 임금님은 왜 늘 아들이 셋 있는지, 이것도 참 궁금한 주제다. 참고로 공주는 늘 외동이다). 왕은 황금 사과를 귀하게 여겨 한 알도 잃어버리지 않으려 했는데 어느 날 보니 하나가 없어져 있었다. 자, 이제 이야기가 시작된다. 아마 잃어버린 황금 사과를 찾으러 누군가 떠나게 될 것이다. 과연 누가 최종 우승자가 될까? 당연히 셋째아들이겠지. 동화는 막내를 좋아하니까. 하여 사건은 이렇게 전개된다. 미션의 종류에 따라 번호를 한번 붙여 보겠다.

먼저 밤에 누가 황금 사과를 따먹는지를 관찰하려고 첫째 아들이 나섰으나 졸음이 와서 실패. 당연히 그 다음 날 둘째도 졸음이 와서 실패. ①결국 미덥지 못한 막내가 나섰으나 오호! 막내는 달빛 속에서 몸이 전부 금빛으로 빛나는 새가 사과를 물고 날아오르는 것을 볼 수 있었다. 막내는 화살로 새를 쏘았으나 겨우 황금 깃털 하나를 얻는 데에 그쳤다.

이제부터 본격적인 모험의 시작이다. 상황을 파악한 임금님은 사과는 됐고, 황금 새가 갖고 싶어졌다. 그래서 다시 첫째 아들부터 차례로 새를 찾아 보냈는데 첫째도 둘째도 숲속의 여우가 알려 주는 팁을 무시하고 그만 흥청망청 여관에 발이 묶여 세월을 다 보내게 된다. 여우는 왜 나타났나? 모른다. 일단 형제들을 도우러 나오는 것으로 되어 있다. ②결국 막내가 출발하게 되는데 작고 연약한 존재여서 그랬는지 막내 왕자는 작은 여우의 말에 귀를 기울여 울창한 숲을 통과할 수 있었다. 그리고 병사들이 지키고 있는 황금 새의 성까지 이르게 된다. 여우가 주는 팁은 단순했다. '보이는 것이 전부가 아니다, 그러니까 황금처럼 빛나는 것만을 좇아가지 말라!' 그래서 황금 새를 보게 되면 황금 새장을 선택하지 말고 볼품없는 새장에 데리고 오라는 것이다. 앞의 숲속 여관도 마찬가지였다. 겉으로 좋아 보이는 여관에 들어가면 평생 그곳에서 못 나오니까, 황금 새를 찾으려거든 볼품없는 여관에 가라는 충고였다. 그랬건만 두 형들은 보기 좋은 여관에 들어갔던 것이고.

그런데 이 지점에서부터 셋째가 변한다. 그도 형들처럼 좋아 보이는 것을 놓지 못하게 된다. ③결국 황금 새장에 황금 새를 옮기려다가 새가 날카로운 비명을 지르는 바람에 성의 병사들에게 들켜 혼나게 된다. 재미있는 것은 이렇게 미션에 실패하는 바람에 다음 미션이 열린다는 점이다. 형들은 실패했는데 그 미션의 구간 안에 갇히고 막내는 실패함으로써 다음 미션으로 나아가니까, 동화는 무조건 막내를 편애한다는 것을 여기서도 확인할 수 있다.

그건 그렇고, 황금 새의 주인인 왕은 황금 말이 갖고 싶다며 셋째에게 도전을 권한다. ④황금 말을 가져다주면 목숨도 살려 주고 황금 새도 주겠다는 것이다. 그래서 셋째는 황금 말을 찾으러 가고 여기서 또 여우의 도움을 받는다. 이때 주의점이 무엇이겠는가? 볼품없는 안장을 얹어야지 황금 안장을 얹으면 안 된다. 셋째가 이 경고를 지킬까? 당연히 못하겠지. 그래야 미션의 길이 또 열리니까.^^

⑤이제 황금 말의 왕은 황금 성에 사는 공주를 데리고 오면 목숨도 살려 주고 황금도 주겠다고 한다. 허나, 어허허허, 셋째는 여우의 조언을 어기고 또 실패한다. 여우의 조언이란 공주가 작별인사를 하려고 할 때 허락하지 말라는 것이다. 하지만 셋째는 공주의 눈물에 마음이 약해져서 그 바람을 들어주다가 다시 미션에 실패한다. ⑥상황을 파악한 황금 성 공주의 아버지는 성 앞의 산을 없애 놓으면 공주를 주겠다고 한다. 정말 여우 입장에서는 기가 찰 노릇이다. 얘는 왜 이렇게 말귀를 못 알

아듣지? 하면서 말이다. 그래도 여우는 모시기로 한 주인을 포기하지 않는다. "당신은 돌봐 줄 가치가 없는 사람이군요"라고 한숨짓지만 자기 손에 흙 묻혀 가면서 산을 없애 주인을 돕는다. 동화 속 주인공인데 셋째는 너무 하는 일이 없어 보인다. 동화는 성취를 주인공 몫으로 돌리는 것도 좋아하지 않는가 보다. 네 성과가 다 네 거냐? 하면서 말이다.

이 시점부터 「황금 새」에 나오는 미션의 수준이 달라진다. 지금까지는 황금이 황금을 부르는 미션들이었다면, 이제부터는 ⑦ 공주 얻기 미션이 된다. 여우는 황금 성 공주의 아버지를 잘 꼬시면 황금 성의 공주, 황금 말, 황금 새, 황금 사과까지를 모두 되찾을 수 있을 것이라며, 실패한 각 단계에서 왕들의 눈을 속여 모든 것을 되찾으라고 한다. 셋째는 모두 성공한다.

그런데 아직도 미션이 남았다. 여우는 뜬금없이 교수대의 살코기를 사지 말고, 샘물가에 앉지 말라는 마지막 조언을 준다. ⑧결국 살코기는 형들로 밝혀졌는데, 셋째는 교수대에서 형들을 내려 준 덕분(!)에 샘물에 빠지고 만다. 황금 성 공주는 당연히 형들 손에 끌려가게 된다. 우리의 여우는 이 지점에서 또 나타난다. 지치지도 않는지 원! 형들은 왕궁의 병사들에게 셋째의 모습을 한 사람은 봐주지 말고 죽여 없애라는 명령을 내린다. 셋째는 여우가 알려 준 분장술로 궁에 들어가 누명을 벗고 황금 성 공주와 결혼함으로써 왕국을 차지하게 된다.

셋째가 통과한 미션들 정리만 하는데도 헉헉, 힘이 든다. 그런데 잘 따져 보자. 각각의 미션은 서로 아무 상관이 없다. 황금 사과, 황금 새, 황금 말, 황금 성 공주까지 말이다. 셋째왕자가 이 모든 것을 다 차지하게 됨으로써 겉으로 보면 부의 축적이 이루어지는 것 같다. 그러나 이들 미션은 왕자가 부자가 되는 이야기를 위해 마련된 것이 아니다. 지금 이 셋째아들은 식물의 관점(사과), 창공의 관점(새), 대지의 관점(말), 산의 관점(산), 그리고 공주(여성)의 관점 등 다양한 차원을 관통하고 있다. 이 차원들은 변증법적으로 종합되는 왕좌의 하위 단계들이 아니다. 사과를 누가 따먹는지 관찰하는 능력은 날아가는 새를 잡는 능력과 다르다. 말을 몰 수 있다고 해서 산을 옮길 수 있는 것은 아니다. 셋째는 각각의 미션을 통과하면서 스펙을 쌓고 있지 않다. 아니 오히려 그 반대다. 지상에서 새 보는 능력을 빨리 내려놓을 수 있어야 말 위에서 풍경을 조망하는 능력을 얻을 수 있을 테니까. 이처럼 성질이 다른 문제영역을 통과하기 위해서는 전 단계에서 배우고 익힌 능력을 빨리 잊어버리는 것이 훨씬 도움이 된다.

『그림 동화』만이 아니다. 쫓겨난 아이 바리는 부모를 원망하지도, 보상을 바라지도 않는다. 그 아비의 자식으로 태어났다는 생의 근원적 조건을 인정할 뿐이다. 바리는 묻는다. '내가 하필 왜 저런 부모 밑에서 태어났냐?'가 아니라 '그렇다면 어떻게 살아야 하나?'라고. 삶은 수저가 아니라 실천이다. 엄마 찾아 삼만 리를 헤매는 마르코처럼, 약물을 찾으러 가는 바리의 여정은 아버지를 위한 모험이 아니다. '아버지'라는 이름으로부터 촉발된 길이지만 바리가 알고 싶은 것은 그저 길 위의 삶, 자신의 운명일 뿐이다.

바리데기는 곧바로 시험대에 오른다. 길은 길섶마다 모험을 준비하고 있지롱! '바리데기'는 한반도 전역에 퍼진 이야기이고, 지역마다 다양한 편차를 보이지만 바리가 수행한 미션도 대략 다음 다섯 가지로 정리해 볼 수 있겠다. 우선 ①몸 바꾸기. 바리데기는 '오구대왕 구하기'에 나서자마자 옷을 바꾸어 입었다. 여기에는 전근대 사회에서 여성이 아버지의 집이나, 공동체의 울타리를 벗어나기가 거의 불가능했다는 역사적 이유도 있을 것이다. 그러나 바리의 남장은 일차적인 조건을 벗는다는, 길의 서사란 무엇인지를 가장 잘 보여 주는 장치이다. 동화 속에서 집은 사람을 특별한 성, 특별한 위치(남편이나 아내, 형제자매들 사이의 서열)에 가두지만 길은 존재를 포장해 주던 껍데기를 벗긴다. 누군가의 무엇으로 존재할 필요가 없고, 가진 것으로 자신을 설명할 까닭도 없는 것이 길의 도(道)다.

바리데기는 아버지가 자식들을 낳기 위해 시주했던 절의 스님들 도움으로 약물을 향한 첫번째 시험대에 오르게 된다. ②백발노인의 백여 마지기 밭 갈기! 바리데기는 하늘에서 내려온 땅 두더지의 도움으로 겨우 이 미션을 수행한 뒤 천태산 마고할미를 만나게 된다. ③바리데기는 마고할미가 부려놓은 빨래들을 몇날 며칠을 바쳐 흰 것은 검게, 검은 것은 희게 빨아놓기도 하고, 나중에는 할머니의 이까지 잡아드린다. 이후에도 바리데기는 쉽지 않은 길을 계속 걷는다. ④천상사람인 동대청의 동수자와 결혼하여 아들을 셋 낳고, ⑤남편과 자식을 두고 사지생살문에서 우두나찰, 마두나찰을 만나 삼천 리를 더 걷는다. 그런 연후에 비로소 약수를 구한다.

나의 아이들에게 자신들과 무관해 보이는 사람들을 이유도 모른 채 계속 도와가며 살라고 하면 어떤 반응이 돌아올까? 그들의 엄마인 나도 바리데기처럼 살 수 있을까? 삶에서 성취해야 할 것을 재기에 바쁜 현대인들에게는 불가능한 미션이다. 현대인들에게 익숙한 미션은 입신출세다. 이것은 일찍 산업화와 도시화를 경험한 유럽의 소설들에 의해 만들어졌다. 우리가 텔레비전 드라마나 유튜브의 핫한 동영상을 보면서 대중문화의 최신 트렌드를 익히듯이 19세기 도시 노동자의 세계관과 감수성을 좌지우지했던 것은 소설이었기 때문이다. 플로베르가 쓴 『마담 보바리』(1857)는 의사 보바리 씨와 결혼하게 된 아가씨 엠마의 비극을 다루는데 그녀는 자기만을 사랑해 주는 한 남자를 꿈꾸면서 인생의 환멸을 경험하고 해결할 수 없는 빚을 짊어지는 등 고생하다가 비소를 먹고 자살한다. 플로베르는 이 소설을 쓰면서 엠마 보바리라고 하는 한 여성이 어째서 자살에 이를 수밖에 없는가를 소설 도입부에서부터 천천히 쌓아 나갔다. 소설은 엠마의 개인사를 읊기도 전에 남편 보바리의 외골수적 기질과 무겁고 갑갑한 시골 공기부터 묘사할 정도로 치밀하게 엠마의 죽음을 예비한다.

그런데 동화를 보자. 셋째아들이나 바리데기가 이런 미션들을 통과해서 '어떤' 주체성을 갖게 되는지, 어떤 성품과 개인적 특질을 지닌 사람이 되는지에 대한 인과적 설명이 없다. 셋째와 바리데기의 미션 수행은 근대 교육에서 강조하는 '성장' 개념으로 설명할 수가 없다. 근대의 청춘 서사는 존재가 미성숙에서 성숙으로(야만에서 문명으로), 단계별 진화한다고 하는 성장 단계설에 의지하고 있다. 그 성장의 끝에 시민사회나 국가가 있음은 더 말할 필요도 없다. 반성장소설이라고 할 수 있는 헤르만 헤세의 『데미안』조차 집에서 학교로, 나아가 국가로 이어지는 생의 서사 안에서 분투하는 소년 싱클레어의 의식 변화를 다루고 있지 않던가?

동화 속 주인공들은 이런 단계별 진화론에 매여 있지 않다. 그들은 마치 적립금을 쌓듯이 삶의 문턱들을 넘지 않는다. 인간은 미숙했다가 성숙하게 되는 것이 아니다. 사람은 발달이 덜 된 아이의 단계에서 시작해 교육을 받고 능력을 갖춘 어른이 되는 것이 아니다. 단계별 진화 모델은 삼각형의 프레임을 갖는다. 성장의 마지막 열매는 한정되어 있고 그 희소성 때문에 아이들은 끊임없이 경쟁하면서 위로, 더 위로 올라가야 한다. 삶을 이런 구도로 바라보게 되면, 자란다는 것은 어떻게든 한 번 이상의 실패를, 복구 불가능한 좌절을 껴안고 가는 일이 된다. 셋째아들의 미션에는 인과가 없다. 각각의 시험은 서로가 서로를 보충하는 전개과정이 아니다. 즉 승급심사가 아니다. 각 단계는 누군가로부터의 인정이나 승인을 꼭 필요로 하지도 않는다. 따라서 실패했다고 해서 좌절감을 느낄 필요도 없다. 동화 속에서는 허다하게 미션에 실패하는 아이들이 나오지만 그들은 개의치 않는다. 길 위에는 미션이 널려 있으니까.

게다가 미션의 성패를 좌우하는 것은 내가 아니다. 내가 열심히 한다고 해서 일이 되어 가는 것이 아니다. 삶은 내 길에 여우가 나타나느냐 아니냐, 등이 굽어 밭일을 못하는 할아버지와 빨랫감이 쌓인 할머니를 만나느냐 못 만나느냐에 달려 있다. 「황금 새」의 첫째형은 여우의 조언에 귀 기울이지 않았다. 그러니 다시 말하자면 동화의 메시지는 이렇게 된다. 네가 세상에서 얼마나 다양한 목소리를 들을 수 있느냐에 따라 네 운명이 결정된다! 이것이 셋째가 그토록 많은 과정을 통과해야 했던 이유다.

독자들이여, 놀라지 마시라. 「황금 새」가 아직 안 끝났다. ^^ 셋째에게는 아직도 풀어야 할 문제가 남았다. 마지막으로 여우가 자기를 쏘아 죽인 다음 머리와 발을 잘라 달라고 애원하는 것이다. 아니 나를 살려준 존재를 죽이라고? 그렇다. 동화는 살려준 존재에게 보답하는 길은 나만 보고 있던 그에게 다른 삶을 주는 것이라 한다. 여우의 말은 틀린 적이 없었으니 셋째는 여우의 뜻을 따를 수밖에 없다. 그러자 대반전이 일어난다. 여우가 황금 성의 왕자, 즉 공주의 오빠였음이 드러난 것이다. 여우도 자기 존재의 사슬을 풀려면 다른 사람의 운명에 동참하는 길밖에 없었다.

「황금 새」는 「개구리 왕자」에서처럼 황금 성의 왕자가 어떻게 여우가 되었는지 그 저주의 이유를 말해 주지는 않는다. 내가 지금 왜 이런 국면에 처해 있는지 그 원인 파악에 힘을 쏟지 않는 것이다. 내가 어떤 조건에 있건 간에 그것은 출발점으로서의 의미만 있다. 왜 지금, 여기에, 이 모습으로 있어야 하는지 그 원인을 하나하나 다 찾아 밝힌들 무슨 의미가 있으랴? 중요한 것은 '어떻게 이 문턱을 돌파할까'이다. 삶은 그런 식으로 매번 다른 문턱을 제시할 뿐이다.

왕자로 살다가 개구리나 여우로 살다가, 다시 왕자로 돌아온 존재에게 시간은 어떻게 흐를까? 여기서 개구리를 단순히 '불쌍한 처지'의 은유라고 생각해서는 안 된다. 정말 개구리는 봄, 여름, 가을, 겨울을 어떻게 느낄까? 동면하는 이 생물에게 사계는? 일출과 일몰은? 정말 어떤 느낌일까? 온갖 의례와 격식을 갖추고 살아야 하는 왕자와는 전혀 다른 시간이 개구리에게서 펼쳐지리라. 이처럼 동화는 한 사람의 삶이 인간의 시간과 개구리의 시간을 통과한다고 말한다. 완전히 질이 다른 시간이 한 인간에게 몇 번이나 주어진다고 보는 것이다.

「황금 새」를 나오면서 마지막으로 여우가 왜 공주가 부모님께 인사를 드리려는 걸 말렸는지도 생각해 보자. 부모는 과거이기 때문이다. 동화는 지나간 일, 이미 통과해 버린 사건에는 아무런 미련을 두지 말라고 한다. 이것은 『그림 동화』만이 아니라 전 세계 신화가 보편적으로 강조하는 메시지이기도 하다. 〈센과 치히로의 행방불명〉에서 다시 사람의 세계로 돌아가게 된 센에게 친구 하쿠가 말한다. 돌아보지 말라고. 질이 다른 시간을 통과해서 무엇을 얻느냐고? 돈이 불어나는 것도 아니고 스펙이 쌓이는 것도 아니다. 그들은 다만 들을 줄 아는 사람이 된다. 셋째왕자는 여우의 말을 잘 듣지 못해 고생을 많이 해야 했다. 하지만 모든 미션을 힘겹게 통과한 뒤, 마지막에는 자신을 죽여 달라는 여우의 말까지 들을 수 있는 사람이 된다. 동화는 말 그대로 인간이 개구리, 여우, 까마귀 등 다양한 존재의 시간 속을 돌아다니게 함으로써 점점 더 많은 말들에 귀 기울일 수 있는 사람이 되라고 한다. 이것이 동화가 말하는 성숙이다.

목적은 없어, 생성만 있지 : 「엄지 동자」

지금까지 살펴본 것처럼 동화는 기원과 종점을 중시하지 않는다. 오직 '지금'만을 강조하면서 그 안에서 벌어지는 다양한 사건에 주목하라고 한다. 과거와 미래로부터 자유롭고자 하는 동화의 이 세계관을 통해 우리는 무엇을 배울 수 있을까?

동화는 이 세계의 출현과 만물의 생멸에 어떤 목적도 없다고 본다. 자기 삶을 회고하는 근대의 자서전들은 내가 어쩌다 여기까지 왔나를 논리적으로 재구한다. 후쿠자와 유키치(福澤諭吉)라는 근대 일본의 사상가는 전근대 사회의 일본을 유럽 제국주의 나라들처럼 바꾸려고 베개도 없이 연구했다고 자서전에 밝혔다. 일본 변방 사족 출신이었던 자신의 배경, 집요하고 강직한 자신의 성품, 아찔한 사회 격변기 때마다 치밀하게 계산해서 내딛은 자신의 정치적 행보. 『후쿠자와 유키치 자서전』은 그런 '자기'를 이해하기 위해 과거의 온갖 사건들 중에서 의미 있는 것들을 추려낸다. 이런 자기 이해 방식은 동화를 읽는 데에는 전혀 도움이 안 된다. 동화 속 주인공들은 배경이 지워지고, 주어진 미션을 시키는 대로 수행하고, 정신 차려 보니 어느 왕궁에 이르는 등. 전부 예측불가의 소용돌이 속에서 어쩌다 자기 자리를 찾아가고 있기 때문이다. 다시 말해 가난한 방앗간 집 셋째가 왕이 되는 데에는 어떤 필연적 이유도 없다. 나는 왕이 되려고 방앗간 집에 태어난 것이 아니다.

『그림 동화』 중에 사물의 기원을 다룬 이야기가 있기는 하다. 「지푸라기와 숯과 콩」인데 콩의 몸 가운데 왜 줄이 그어졌는가라고 하는 존재의 비밀을 풀고 있는 이야기이다. 그런데 사연은 이렇게 전개된다. 불에 타 죽을 뻔했던 지푸라기와 숯과 콩이 우연히 살아남아서 강가에 이르게 되었다. 건너갈 길을 찾다가 지푸라기가 다리 역할을 했는데 열감이 남아 있던 숯이 성급히 발을 내딛는 바람에 지푸라기가 타서 둘 다 빠져 죽게 되었다. 콩은 이 장면을 보고 너무 웃다가 배가 찢어졌는데, 그것이 오늘날 콩의 모양이 이렇게 된 까닭이란다. 콩은 말한다. 존재는 웃다가 태어난다고. 존재의 비밀을 가득 채우는 것은 어떤 의무나 약속이 아니다. 그것은 우연이다. 너는 이러저러한 운명을 타고 이 땅에 태어났다니? 콩의 몸에 줄 그어질 정도로 웃기는 소리다. 콩은 해야만 하는 어떤 목적도 없이 이 대지에 출현했다.

스피노자(Baruch de Spinoza)는 『에티카』에서 목적론을 비판한 적이 있다. 눈은 왜 있는가? 보기 위해서. 이는 왜 있는가? 씹기 위해서. 식물과 동물은 왜 있는가? 먹기 위해서. 태양은 왜 있는가? 빛을 비추기 위해서. 바다는 왜 있는가? 물고기를 기르기 위해서.『에티카』 1부의 부록 이 목적론이 의미하는 바는 바로 이것이다. 세계는 왜 존재하는가? 신이 인간을 위해 바로 이 모든 것을 만들었다. 왜? 자신을 숭배해 줄 사람이 필요해서. 스피노자는 이런 초월론적 목적론을 비판하면서 신을 다시 정의한다.

존재함에 이유가 필요하다는 생각은 도대체 왜 나타나게 된 것일까? 「무서움을 배우려고 길을 떠난 젊은이 이야기」에 따르면, 두렵기 때문이다. 자연을 보고 있으면 우리는 금방 알게 된다. 바람은 얼마나 쉽게 자기 갈 길을 바꾸는가? 강물에 모습을 드러내는 소용돌이는 단 한 번도 같은 모양인 적이 없다. 올해 여름이 가물었다고 내년도 그럴 것이라고 생각하는 자가 있을까? 자연은 예외 없이 매번 다른 모습으로 우연의 거대한 파도를 일으키며 우리를 감싼다. 자연 안의 모든 존재는 이 점을 피부로 느끼며 산다. 그런데 이 실존의 조건을 직시할 용기가 없는 이들이 이유를 찾는다. '이 고생의 의미는 무엇일까?' '내가 겪는 곤경에도 뭔가 이유가 있겠지?' 지금 자신이 처한 조건 바깥에 마음을 두고 현재 상황을 판단함으로써 고생 자체를 돌파할 지혜 구하기를 게을리하는 것이다. 이것이 사는 것 자체를 두렵다고 본 아버지와 큰아들의 상태였다. 아버지와 큰아들은 돈 벌 궁리를 해야만 한다고 굳게 믿었다. 그들은 돈의 중력에 끌려다닌다. 그런데 작은아들은 다르다. 세상에는 그가 두려워할 만큼 절대적으로 중요한 진리가 없다. 그랬기 때문에 작은아들은 자기 힘으로 살아갈 방법을 찾았다. 유령은 놀리고 괴물은 때려 주면서 말이다. 작은아들은 무서운 것이 없다며 투덜대지만 어떤 의무에도 구속받지 않고 돌아다니는 것이 즐겁다.

삶에 어떤 목적도 부여하지 않기 때문에, 즉 삶에 어떤 척도도 도입하지 않기 때문에 동화에는 작은 것들이 많이 출현한다. 멍 때리고 느긋하게 걷는 산책이 의미 없다고 느껴질 때는 언제인가? 할 일이 있을 때다. 열심히 일을 해야 한다고 생각하는 개미의 눈에야 놀고먹는 배짱이가 한심해 보인다. 학생은 공부를 해야만 되고 어른은 돈을 벌어야만 된다고 하는 목적이 작동할 때에만 어슬렁거리는 청소년과 게으름 피우는 직장인의 모습에 눈살이 찌푸려진다. 삶에 목적을 부여하면 그 목적에 얼마나 가까이 다가가고 있는가로 자신의 현재를 평가하게 된다. '아, 오늘은 수학 시험에서 성적이 조금 더 올랐으니 좋은 날이야.' 이런 생각에 발동이 걸리면 성적이 안 나온 하루는 나쁜 날이 될 것이다. 그 하루에 만난 사람들, 했던 이야기, 쏟아지던 햇살과 갑자기 내리던 비 등. 이 전부가 성적이라는 기준으로 재단될 것이다. 하루 속 사건들이 사소한 일들과 중요한 일들로 나뉠 것이다.

그런데 동화는 하루를 다르게 본다. 백설 공주는 왕자를 만나기 위해 독사과를 먹는 것이 아니다. 난쟁이의 집도 싫증이 난 터라 바깥에 뭐가 좀 없을까 하다가 빨간 사과에 눈길이 갔을 뿐이다. 공주는 그날 창 밖의 신선한 공기와 괴상하게 생긴 노파와 이상하게 빛나던 붉은 과일을 맛보았고, 그 사과 덕분에 생전 청해 보지 못했던 놀랍고도 긴 잠에 들기도 했다. 공주의 하루는 독사과 한 알이 주는 의미로 다 수렴되지 않는다. 매 순간이 다 제각각의 빛깔을 띠는 사건들이다. 이는 동화 속 미션들 각각이 다 재미있는 점으로도 설명할 수 있다. 즉 동화는 사건들 사이에 어떤 위계도 설정하지 않는다. 중요한 일, 안 중요한 일이 따로 없다. 동화에는 끝이 없는 이야기, 계속해서 새로운 사건들이 이 구석 저 구석에서 태어나고 있을 뿐이다.

『그림 동화』에는 왕자와 공주만 나올 것 같지만 의외로 엄청난 종류의 동식물, 사물이 등장하는 이유도 그래서이다. 중요한 동물 안 중요한 식물이 따로 없기에. 이것은 동물과 식물, 바위, 산, 동굴이 있는 풍경 전체를 자신의 사회로 생각했던 인류의 옛 생각법을 따른 것이다.스티븐 미슨, 「인류문화의 빅뱅」, 『마음의 역사』, 윤소영 옮김, 영림카디널, 2001, 242쪽 참고. 동화는 이 근원적 관계에 대한 인류의 오랜 세계관을 품고 있다. 「브레멘 음악대」에 나오는 늙은 개, 수탉, 당나귀 중 누가 제일 훌륭한 동물인가? 이 음악대의 구성원들은 그런 서열을 전혀 따지지 않는다. 개와 수탉을 비교할 잣대란 없기 때문이다. 인간이 최고로 훌륭한 존재라는 전제를 먼저 세우고, 인간과 지력에서나 행동 양식에서나 가까운 존재를 우등하다고 보지 않는 한 코끼리와 거미를 비교할 수는 없다. 그래서 동화 속에서 왕들은 단명한다. 일찍 죽지 못하고 황금 쌓아 두려고 아들들을 내몰다가는 나중에 큰코다치기 쉽다. 동화 속 셋째아들과 개구리는 권력을 향한 왕의 집착으로부터 너무나 쉽게 고개를 돌린다.

3. 그들은 오래오래 행복했습니다?

"행복은 뭘까?" 언젠가 열 살과 열한 살 아이들 넷이 모여 앉아 있기에 물어보았다. 대답이 다양했다. "인류가 좋게 생각하는 거요. 특히 어린이가 기뻐하는 거요", "사람들이 기쁘고 서로서로 배려하는 것", "사람들이 기뻐서 폴짝폴짝 뛸 만큼 좋은 거요", "좋아하는 것을 갖게 되고, 원하는 곳에 가게 되는 거요."

행복이란 뭘까? 행복은 기쁨과 동의어다. 그럼 기쁨은 뭘까? 한 아이는 벌써 '인류'를 걱정한다. 기쁨은 나 하나의 것이 아니라 인류의 것. 그리고 그 인류를 대표하는 얼굴은 어린이다. 위의 대답에서 내가 가장 놀란 것은 아이들이 기쁨을 형용사가 아니라 동사로 이해했다는 점이다. 우리는 기쁘기 위해 서로를 배려해야 하고 온몸으로 그것을 표현해야 한다. 행복한 자는 온몸으로 말한다. 그리고 그 행복은 인류를 향해 퍼져 나간다. 놀라워라! 이 단순하고도 절대적인 진리를 깨우치기 위해 수많은 책을 독파하고 면벽 수련을 해야 할 필요가 없다. 아이들과 함께 놀면 된다.

동화는 노골적으로 '행복하자!'고 말하는 세계이다. "그래서 그들은 오래오래 행복하게 살았습니다"라고 한다. 그런데 잘 따지고 보면 동화는 행복의 상태를 거의 묘사하지 않는다. 깊고 어두운 숲에는 언제나 피가 뚝뚝 떨어져 있기 때문이다. 조실부모는 기본이고, 믿었던 할머니가 늑대로 돌변하여 달려드는 등 내 도끼에 발등 찍히는 일이 태반이다. 주인공들은 목이 잘리고, 등가죽이 뚫리고, 손가락 발가락이 가시에 찢어져서 피를 철철 흘리며 온 숲을 헤맨다. 백설 공주의 미래도 따지고 보면 정말 행복할까 싶다. 그녀는 자기 닮은 딸 낳고 일찍 죽게 되거나, 알고 보니 결혼한 왕자가 상처(喪妻)를 하고 혼자서 예쁜 딸을 키우던 차라 이번에는 자신이 계모가 될지도 모른다.

놀랄 만한 그들의 행복이란 이런 것이다. 개구리 왕자는 공주가 발로 뻥 차 준 덕분에 마법이 풀린다. 즉 행복의 조건은 오해와 발길질이다. 왕자의 하인 하인리히는 자기 팔자가 고쳐진 것도 아닌데 왕자의 마법 풀린 일을 가슴 터지게 기뻐한다. 여기에서 행복이란 결국 남의 행복이다. 이 장에서는 모든 동화를 열린 이야기로 만들어 버리는 장치인 '행복하게 오래오래'의 의미에 대해서 생각해 보자.

'행복', 뜬금없고 재미도 없는 이상한 상황 : 「라푼첼」

동화에서 행복하다는 것은 일차적으로는 결혼이 이루어졌다는 것을 의미한다. 동화는 남녀 간의 결합을 대단히 중요하게 생각한다. 그것도 아름답지만 불쌍한 재투성이와 훤칠하고 신분이 높은 왕자의 결합이라든가, 가진 것 없지만 지혜로운 청년과 말 못하는 공주의 결합같이 신분이나 능력의 격차가 상당히 큰 두 사람의 만남을 이야기의 큰 줄거리로 삼는다. 동성애에 대해서는 아예 언급조차 없다. 게다가 결혼을 하더라도 꼭 두 사람이 가난한 오두막으로 들어가지 않고 왕국에 입성한다. 언뜻 생각하면 동화 속 행복은 이성애 핵가족의 물질적 부를 뜻하는 것 같기도 하다.

그런데 동성애만 놓고 말해 보자면 동화는 이성애만을 찬미하지는 않는다. 사실 동화는 인간과 인간의 결합 이상의 것을 말한다. 오히려 인간과 인간이 어디 기차나 교회에서 자연스럽게 만나는 일 따위는 상상을 못한다. 그것은 너무 평범해서 동화의 재료로 적합하지 않다고 생각했던 것일까? 아니면 인간과 인간이라고 하는 두 항을 연결시키는 것을 위험하다고 본 것일까?

동화가 신분이나 처지가 다른 두 남녀를 결합시키려고 하는 까닭은 대단히 먼 거리에 있는 차이들에 관심이 있어서다. 「개구리 왕자」를 통해서도 알 수 있지만 동화는 남녀만이 아니라 동식물과 인간의 결합에 더 주목한다. 성탑 위에 혼자 갇혀 있는 머리 긴 소녀를 평범한 인간 여성이라고 볼 수는 없다. 라푼첼의 긴 머리는 식물이나 나무의 생명력을 상징한다. 라푼첼이라는 이름 자체가 상추라는 뜻을 가졌다. 또 왕자에게 반했을 때 인어공주는 사람이 아니었다. 왕자를 만나러 육지에 갈 때 그녀는 말을 하지 못했다. 그러니 보통의 사람-아가씨가 왕자와 결합하려 했다고 볼 수는 없다.

동화에서 언어는 인간성의 징표가 아니다. 동화에서는 인간과 까마귀가, 원숭이와 거북이가, 인간과 영혼이 충분히 말을 나누니까. 말을 못한다는 것은 존재와 존재 사이에 놓인 교통의 회로가 단절된 상태를 뜻한다. 결론부터 말하자면, 동화는 행복을 위해서는 어떤 결합이 이루어져야 한다고 보기는 한다. 그런데 그 결합은 접근하기 어려운 두 존재가 만나는 것을 뜻한다. 신분이 다른 남녀, 저주에 걸린 남자와 공주 등, 이렇게 차이가 설정되었을 때야 비로소 동화의 이야기는 운동을 시작한다.

그렇기 때문에 결합에서도 강조되는 것은 차이의 중화가 아니라 또 다른 차이의 생산이다. 동화에는 이야기의 본래 서사와 아무런 상관이 없는 동물이나 식물이 불쑥 끼어들어서 이야기를 열린 결말로 만들어 버리는 일이 흔한데, 이것은 동화라는 서사가 변증법적 종합을 지향하지 않는다는 것을 말해 준다. 동화는 질이 다른 두 항의 결합을 통해 예측할 수 없는 또 다른 차이가 생산되는 세계를 보고 있다. 「백설 공주」가 그 대표적인 예다. 자기만큼 착하고 예쁜 자식이 나오기를 바라는 엄마는 다 일찍 죽는다. 동화는 같은 것들이 자기 체적(體積)을 늘리는 것을 싫어한다. 따라서 동화가 말하는 '행복'이란 차이를 생산할 수 있는 상태, 끊임없이 예측 밖의 사건이 일어나는 상황을 의미한다.

「라푼첼」에 나오는 왕자도 상상이나 했겠는가? 상추 아가씨 때문에 탑 아래로 떨어져 가시에 눈이 찔리게 될 줄을? 돼지와 소고기만 먹었을 그는 풀뿌리와 산딸기밖에 먹지 못하게 되고, 눈으로 예쁜 것을 찾는 대신에 귀로 잃어버린 자식 소리를 찾게 된다. 라푼첼의 눈물 한 방울이 그의 눈을 다시 살리기 전까지. 가장 높은 자리에 앉아 있던 왕자는 세상 가장 낮은 데에서 풀들이 자라나는 것을 보게 된다. 왕자는 라푼첼과의 사랑

덕분에 다른 세계를 경험함으로써 참으로 마음 넓은 왕으로 돌아올 수 있었다.

소유가 아니라 접속! 어디에도 붙들리지 않는 인연 : 「수수께끼」

따라서 이 행복은 위험하다. 「개구리 왕자」가 하인 하인리히 이야기로 끝나듯 언제, 뭐가, 어떻게 변할지 모르는 카오스가 열리기만 한다. 이러한 혼란스런 상황을 잘 보여 주는 동화는 「수수께끼」이다.

'수수께끼' 하면 오이디푸스의 스핑크스가 떠오른다. 오이디푸스는 '아침에는 발이 네 개이고, 점심 때는 두 개이며, 저녁 때는 세 개인 존재는 무엇이냐?'라는 스핑크스의 수수께끼를 풀고 왕이 된다. 수수께끼란 나란히 놓일 수 없는 두 개의 다른 장면(차원)을 병치시킴으로써 새로운 의미를 발생시키는 언어 유희이다. 나카자와 신이치는 다음과 같은 예를 통해 수수께끼의 비밀을 설명한다. '먹어도 먹어도 줄지 않는 것은?'이라는 수수께끼의 답은 '나이'이다. 이 수수께끼는 '음식물을 먹는다'와 '나이를 먹는다'라고 하는 전혀 다른 상황을 '먹다'라는 동사로 급박하게 연결시킴으로써 음식 양의 줄어듦이 예상되는 자리에 시간의 줄어듦이라는 의미를 붙이게 만든다. 그럼으로써 먹음을 둘러싼 상식에 교란을 일으키고 웃음을 유발한다.

그런데 이것은 위험한 일이다. 남아메리카의 어떤 원시 부족은 오직 장례식 때에만 수수께끼로 놀 수 있다고 한다. 원래 같이 놓여 있을 수 없는 것들이 맞붙는다면 위험해지기 때문이다. 죽은 자가 산 자의 영역에 들어와서는 안 되고 끊어진 인연을 갑자기 이어 붙여서도 안 된다. 하지만 장례식 때에는 죽은 몸이 산 자의 공간에 잠깐 함께 있으니까. 이처럼 생사의 굳건한 벽이 허물어지는 때에만 수수께끼는 허용된다.나카자와 신이치, 『신화 인류 최고의 철학』, 184~185쪽 참고.

「수수께끼」라는 이야기는 크게 두 부분으로 나누어진다. 이 두 부분을 퀴즈-수수께끼가 연결한다. 첫번째 파트에서는 어느 날 갑자기 세상 구경이 하고 싶어진 왕자가 나온다. 그는 시종과 함께 우연히 숲을 지나다가 계모(마녀)의 구박을 받고 있는 소녀를 만난다. 왕자와 시종은 어쩔 수 없이 마녀의 오두막에 들어가게 되지만 소녀로부터 마녀가 주는 것은 어떤 것도 먹어서는 안 된다는 조언을 받는다. 붉은 눈을 가진 노파(그녀는 트루데 부인처럼 붉은색을 좋아한다. 빨간색은 타는 불을 상징하기 때문에 부뚜막과 관련된 모든 주인공들과 연결된다. 과자의 집 마녀에서부터 재투성이 아셴푸텔까지)는 왕자와 시종에게 술 한 잔을 권하는데 소녀의 말을 귀담아 들은 왕은 술잔을 놓침으로써 위기를 모면하지만 시종은 자신의 말 위로 술잔을 잘못 쏟아 말을 죽게 한다. 놀라서 달아났던 시종이 죽은 말이 있던 자리에 되돌아왔지만 벌써 까마귀 한 마리가 말의 시체를 뜯어 먹고 있다. 결국 시종은 까마귀를 데리고 왕을 따른다.

왕과 시종은 숲을 맴맴 돌다가 우연히 주막에 들어가게 되는데 알고 보니 살인자들과 마녀의 소굴이다. 그것도 모르고 왕과 시종은 주인장에게 까마귀를 자기들의 식사거리로 맡겨 놓는데 악당들이 까마귀 요리를 먼저 먹게 된다. 아뿔싸! 그 고기에는 이미 독이 퍼져 있었다. 그래서 모두 죽고 왕자와 시종만 살아남는다. 왕자는 살인자들과 마녀들이 숨겨 놓은 보물을 찾아 착한 주막집 딸에게 주고 무사히 숲을 빠져나오게 된다. 여기까지가 전반부이다. 여기서 왕자는 계모 밑에 억울하게 붙들려 있던 소녀와도 착한 주막집 딸과도 결혼하지 않는다.

문제는 후반부다. 오랜 여행 끝에 왕자는 한 나라에 도착한다. 그곳에는 예쁘기는 하지만 진짜 못된 공주가 살고 있다. 그녀는 자신이 알아맞히지 못하는 수수께끼를 낸 사람과 결혼할 것이라면서, 대신 맞힐 수 있는 수수께끼를 내는 자는 죽이고 있었다. 왕자가 도착했을 때는 벌써 아홉이나 죽고 난 뒤였다. 왕자는 공주의 미모에 반해 수수께끼를 낸다. "아무도 후려치지 않았는데도 열두 명이 죽은 것은 무엇이지요?" 왕자는 지금 독이 든 말고기를 먹고 죽은 까마귀의 고기를 먹고 살인자와 마녀 열두 명이 죽은 이야기를 수수께끼로 내고 있다. 우리는 이 답을 안다. 독자로서 진즉 이 사건에 대해 알고 있으니까. 그런데 공주는 답을 알 수 없다. 그 상황에 있지 않았으니까. 왕자의 수수께끼는 왕국의 공주라면 절대로 알 수 없는, 숲속에서의 사건을 들이밀면서 왕국과 숲을 연결해 버린다. 이렇게 차이 나는 두 세계가 연결될 때 결혼은 성사될 수 있다.

이야기는 여기서 끝나지 않는다. 공주는 잠든 척한 왕자로부터 답을 듣고는 자신이 맞힌 것처럼 꾸미려 했다. 그러나 왕자는 이를 눈치채고 공주의 망토를 붙들어 두었다. 다음 날 공주가 왕국의 대신들 앞에서 수수께끼의 답을 진즉 알고 있었다며 거짓말을 했지만 왕자는 망토를 보여 주며 공주의 거짓을 밝힌다. 결국 둘은 결혼하는데 이렇게 사악한 공주를 아내로 맞게 된 왕자는 행복할까? 원하지도 않은 남자랑 살게 된 공주는 행복할까? 동화는 이렇게 대답하겠지. 그걸 당신이 왜 궁금해하냐고. '나는 내 복에 산다'의 명제를 잊었냐고.

「수수께끼」에서 보듯이 공주는 왕자가 좋아서 결혼하게 되는 것이 아니다. 그가 수수께끼를 풀었기 때문에 둘은 결합한다. 왕자는 왜 착하디착한 두 소녀 대신에 이렇게 못된 공주와 결합하게 되는 것일까? 여기서도 알 수 있지만 동화는 착하고 못되고 그 자체에는 아무런 관심이 없다. 착한 것을 플러스(+), 못된 것을 마이너스(-)라고 할 때(착한 것을 마이너스라고, 못된 것을 플러스라고 해도 된다) 이 차이 나는 두 항이 접속하는 일이 중요하다. 그렇기 때문에 이야기 전반부에 등장했던 착한 소녀들과 착한 왕자가 결합할 수가 없었다.

그런데 왕자가 미모에 너무 집착하는 것이 아니냐고? 그렇다. 대체로 왕자들은 미녀를 밝힌다. 하지만 백설 공주, 신데렐라, 라푼첼, 그리고 「수수께끼」 공주의 미모는 양의적이다. 백설 공주가 왕자와 숲속에서 만났을 때, 그녀는 한참 그림자 노동을 하다 말고 독사과를 드신 뒤였다. 신데렐라는 화려한 드레스 안에 아궁이 옆에서 묻힌 재를 안고 있었다. 라푼첼도 왕궁이 아니라 깊은 숲 탑 위에서 짐승처럼 살고 있다. 「수수께끼」의 공주는 예쁘지만 성격이 별로였지. 명심하자, 동화에서는 보이는 것이 다가 아니다.

동화에서 공주가 "예쁘다"라고 말할 때 중요한 것은 공주가 예쁘다는 사실에 있지 않다. "예쁘다"라는 진술문은 예쁘지만 못됐다, 예쁘지만 팔자가 사납다, 예쁘지만 마술을 부린다 등 '예쁘다'와는 전혀 다른 의미를 향해 열려 있고, 열려 간다. 그래서 단지 착하기만 한 「수수께끼」의 소녀들은 절대로 주인공이 되지 못한다. 그래서 "그들은 오래오래 행복했습니다"라는 말도 '행복했다'라는 정태적 상태를 지시하지 않는다. '행복했는데~ 곤경에 처했다', '행복했는데~ 큰 모험을 떠나게 되었다', '행복했는데~ 희한한 동물들과 함께 살게 되었다' 등, 이 행복은 온갖 상황과 접속이 일어나는 분기점이 된다. 그래서 그들은 어떻게 되었느냐고? 어떤 길을 선택해도 만만치 않으리. 그러니 걱정도 기대도 소용없다.

행복이 나 하나만의 문제가 되고 소유와 관련되기 시작한 것은 언제부터일까? 문득 저 유명한 『안나 카레니나』(톨스토이, 1877)가 떠오른다. 안나 카레니나는 자신의 행복을 위해 남편도 아들 세료자도 다 버리고 애인 브론스키를 향해 돌진한다. 안나는 고상한 드레스와 위압적인 저택에 앉아 남편이 벌어다 주는 돈으로 화려하게 치장을 하고 가문의 위세를 드높이는 것은 자신이 행복할 길이 아니라고 생각한다. 목숨보다도 더 귀한 아들을 보살피며 그 옆에서 흐뭇하게 바라보는 일도 자신이 행복할 길이 아니라고 생각한다. 안나에게 행복은 오직 훤칠하고 준수한 브론스키의 사랑을 받는 것, 세상 그 누구도 관심을 두지 않았던 그녀 영혼의 아름다움과 순결함을 봐주는 단 한 남자 품에 있었다.

불륜 커플로 낙인이 찍혀 러시아의 모든 사교계로부터 거절당한 안나-브론스키 커플은 점차 세상으로부터 고립되어 간다. 정말이지 둘밖에 모르는 방 안에 유폐되게 되는데 그때부터는 서로가 서로에게 감옥이 되는 지옥을 경험한다. 게다가 당대 러시아 귀족 사회는 미혼인 브론스키의 연애에는 관대하면서도 기혼인 안나의 불륜에는 훨씬 더 가혹했다. 결국 안나는 질투와 의심, 망상에 사로잡혀 기차에 몸을 날리게 된다.

톨스토이는 '자기의 행복'만을 고집하는 이 안나를 가차 없이 단죄한다. 『전쟁과 평화』에서부터 『안나 카레니나』에 이르기까지 톨스토이가 줄곧 질문했던 것은 '어떻게 살 것인가?' '무엇을 할 것인가?'였다. 톨스토이만큼 행복한 삶에 골몰한 작가도 없을 것이다. 톨스토이는 과연 어떠한 태도가 우리를 지복으로 이끌 것인가를 두고 평생을 고민했다. 『안나 카레니나』에서 그 답을 제시하는 인물은 귀족 지주 레빈이다. 그는 귀족이지만 러시아의 광활한 대지에 매료되어 있다. 톨스토이는 러시아 농민들과 함께 땀을 흠뻑 흘리며 일하는 레빈을 통해 대지의 생명력에 감탄하는 인간, 자기의 소유가 아니라 타인을 이해하기 위해 노력하는 인간에게 진정한 행복의 길이 열리리라고 보았다. 톨스토이는 『안나 카레니나』를 두고 자신이 쓸 수 있었던 최고의 소설이라고 했다. 더는 불가능할 정도로 완벽한 소설. 이것은 그가 한 인간이 경험할 수 있는 모든 희로애락을 입

체감 있게 철저하게 묘파해 보았다는 뜻이다. 톨스토이가 이해하는 인간의 성숙은 『그림 동화』가 말하는 성숙과 다르지 않다. 우리는 남을 이해하고, 자연을 이해하면서 자기를 키워 갈 수밖에 없다. 최고의 근대 소설 안에도 석기 시대부터 이어져 온 인류의 행복관이 깊이 간직되어 있다.

3부
아이는 숲에서 자란다

동화는 침대 옆 이야기다. 생기발랄했던 하루를 마감하면서 엄마는 잠자리에서 아이들을 데리고 동화를 읽어 준다. 밤은 깊어 가고, 이야기도 깊어 간다. 동화는 밤으로의 여로다. 어둡고 깊은 시간으로 부모와 아이를 데리고 간다.

동화를 읽는 시간이 밤이기도 하지만, 실제로 동화는 밤의 이야기이기도 하다. 모든 사건이 깊은 숲속에서 일어나고, 왕자와 공주는 밤의 악령들과 싸우는 모험을 나서게 되기 때문이다. 동화는 어두운 숲속에서 벌어지는 사건을 다룬다. 왜 숲일까? 왜 밤일까? 지금까지 동화 속 주인공들과 그들의 사건사고를 따라가 보았다. 이제부터는 시야를 조금 넓혀서 동화의 어두운 배경을 깊이 음미해 보자.

1. 숲, 창발하는 생명터

『그림 동화』 속으로 들어가 보자. 동화의 공간은 크게 집-숲으로 나누어 볼 수 있다. 그런데 집은 이야기에서 큰 비중을 차지하지 않는다. 주인공들은 일단 집을 나오고 보기 때문이다. 조실부모한다든가, 집이 너무 가난하다든가 하는 초반의 비극적 설정은 모두 아이들을 집 밖으로 내보내는 장치가 된다. 그럼 집 밖은 어디인가? 바로 숲이다. 중간은 없다. 백설 공주, 빨간 모자, 헨젤과 그레텔은 모두 숲으로 들어간다. 동화는 숲이라는 깊고 어두운 세계를 그리기 좋아하지, 집 안에서 가족끼리 오붓하게 앉아 있는 밝고 안락한 세계에 대해 말하고 싶어 하지 않는다. 「철의 인간 한스」나 「브레멘 음악대」를 떠올려 보자. 일단 식탁 앞에 누가 앉아 있다 하면 악마들이거나 도둑 아니던가? 그들은 맛있는 것 앞에 두고 따뜻한 집 안에 모여 있으면서도 서로 배신할 궁리를 한다.

왜 숲일까? 어떤 숲일까? 독일에 살지 않는 우리가 백설이와 빨간 모자의 숲을 구체적으로 상상하기는 어렵다. 우리 옛이야기에는 숲도 잘 안 나온다. 아가씨와 도령은 산속에서 길을 잃는다. 고갯길에서 호랑이를 만난다거나 어느 산골짜기에서 귀신에 홀린다. 우리나라는 아시아 온대에 속하는데 수종의 대부분을 차지하는 것은 소나무이니, 전래 동화를 읽을 때 보통은 사철 푸른 나무들이 사이좋게 어깨동무하고 있는 이미지를 떠올리기가 쉽다.

『그림 동화』가 보여 주는 숲은 들어가는 순간 어둠이 펼쳐지는, 넓이와 깊이를 가늠할 수 없이 빽빽한 숲이다. 독일 하면 알프스 북부의 기운을 받아 만들어진 흑림(黑林)이 유명하다. 독일 남부에는 전나무와 독일 가문비나무가 숨 쉴 틈 없이 빽빽하게 자라나 있다고 한다. 오죽하면 검은 숲이겠는가? 그림 형제가 동화를 채집한 지역은 형제가 태어난 하나우에서 브레멘까지 이어지는 북독일 지역으로, 여기는 너도밤나무와 자작나무가 울창한 토이토부르거 숲(Teutoburger Wald)이 있다. 토이토부르거 숲은 서기 9년에 게르만족을 정벌하기 위해 올라온 로마인들을 지쳐 나가떨어지게 했다는 명성이 있을 정도라고 하는데 사람을 질리게 할 정도의 빽빽한 숲이다. 틈 없이 들어선 나무들은 태양빛을 가려 버렸기에 이탈리아 반도에서 올라온 군인들은 방향을 가늠할 수 없었다. 그들은 숲의 냉기 섞인 어둠을 마시고 질식해 버렸다.

그런데 그림 형제가 독일의 민담을 수집했기 때문에 이렇게 숲 이야기가 많다고만은 할 수 없을 것 같다. 이 빽빽한 숲의 이미지는 독일 특유의 기후와 토질의 조건에서 만들어진 것이지만 우리 전래 동화의 산 배경이 강조하는 것도 어두움, 그 방향 잡을 수 없음이다. 방향을 알 수 없으니 살길이 보이지 않는다. 그렇지만 그때부터 '무엇을 어떻게 할 것인가?'라고 하는 질문이 떠오르고, 이야기는 시작된다.

동화는 왜 낮인데도 어두운 숲을 좋아할까? 이것은 인류의 무의식이 반영된 결과이다. 호모 사피엔스라고 할 수 있는 현생 인류는 신석기 시대의 농업혁명에 이르기 전까지 상당히 오랜 기간 수렵과 채집 생활을 했다. 30만 년 전에 지구에 출현한 사피엔스는 농업을 시작하고 지금까지의 시간보다 훨씬 더 오랜 기간을 숲을 터전으로 살아왔다. 인간은 포식(捕食)과 피식(被食)의 긴장이 최고도로 높았고 온갖 식물들의 생장이 삶의 질을 좌우하던 시절을 통과하면서 자신의 의식과 무의식의 무늬를 조작했다. 동화는 그런 인류 태고의 조건이 만든 상상력 위에서 탄생했다. 인간은 바로 그 석기 시대 때부터 동화를 이야기했을 것이다.

이런 해석이 오버일까? 그렇지 않을 것이다. 왜냐하면 『그림 동화』를 비롯해서 전 세계의 수많은 동화가 먹고 먹힘을 최고의 화두로 삼고 있기 때문이다. 백설 공주는 난쟁이를 먹이는 일을 하고 결국 사과를 먹다가 탈이 난다. 빨간 모자는 할머니를 먹이러 갔다가 자기가 먹힌다. 헨젤과 그레텔도 굶다 지쳐 만난 과자의 집에서 할머니 밥이 될 위험에 처한다. 동화 속에 숲이 나오면 어두워서 무서운데, 실은 그 어둠이 나를 집어삼킬 것 같아서 공포스러운 것이다.

여기서 잠깐 동화의 형성 원리도 생각해 보자. 우주 속 만물의 연결에 대해 사유한다는 점은 동화의 공통된 기저 욕망이다. 동화는 그 이해를 위해 자기 주변의 사물이나 동식물을 상징의 도구로 삼는다. 이때 동아시아의 한반도라든가, 서유럽 북부라고 하는 구체적 장소는 이 도구 선택에 제약을 가하게 된다. 우리 같으면 자연의 폭력성을 '인간을 먹으려는 호랑이'로 표현할 텐데 하나우나 브레멘 지방 사람들은 '굶주린 늑대'라고 할 수밖에 없는 것이다. 우리는 이런 차이들을 통해 동화를 향유했던 사람들의 구체적인 삶을 상상해 보는 큰 즐거움을 얻을 수 있다. 동시에 이런 차이들 너머에서 작동하는 무의식적 욕망도 상상해 볼 수 있다.

동화는 먹고 먹힘이라고 하는 자연의 이치를 정면으로 문제 삼는다. 동화는 생명이란 그저 자기 자리에서 홀로 있을 수가 없고 끊임없이 서로 먹고 먹히면서 살아가야 한다는 조건을 두 눈 부릅뜨고 직시한다. 그런데 또 그게 다가 아니다. 백설 공주도 빨간 모자도 헨젤과 그레텔도 살아 돌아온다. 그들은 숲의 냉혹한 조건 속에서 살아갈 이치를 발견하기 때문이다. 그 이치는 도대체 무엇일까?

조심해, 저곳에 식인 할머니가 있어 : 「빨간 모자」

숲의 어둠은 무엇을 의미하는가? 「헨젤과 그레텔」의 숲에서는 과자가 독약이 되고 친절이 족쇄가 된다. 헨젤과 그레텔의 '집'은 정확하게 숲이 끝나는 곳에 있는데, 이 집을 경계로 해서 마을과 숲 각각은 의외로 비교적 살 만한 곳으로 나온다. 마을에서는 아직 아이가 버려졌다는 소식이 없고, 숲속에서 새들은 어디서나 먹을 것을 찾는다. 오직 숲과 마을의 경계에 사는 이 가족만 굶주림으로 고통 받는데 급기야 네 식구는 함께 먹을 방도가 없어서 아이를 버려야 하는 상황에까지 몰린다. 아이를 버리자고 강력하게 주장하는 쪽이 계모이기 때문에 이 의붓어머니가 비난을 면하기는 어렵지만, 비극에 일차적인 원인을 제공하는 것은 마을에도 숲에도 귀속될 수 없는 자들이 떠안게 되는 굶주림이다.

숲은 어둡다. 아이들은 낮에 두고 간 빵부스러기를 밤에 잃어버리고 집으로 돌아갈 길도 잃어버린다. 모든 것이 불확실해지고 어느 쪽으로 살길이 뻗어 있는지 짐작할 수 없다. 이런 숲에서는 모든 것이 변한다. 맛있는 과자로 아이들을 구해 주던 집은 그 때문에 아이들을 한 걸음도 바깥으로 못 나가게 만드는 철방이 되고, 친절하게 보였던 할머니는 과자를 먹는 아이들과 함께 인육을 탐하는 마녀가 되는 식이다. 「백설 공주」의 마녀는 왕궁에서는 우아한 왕비였지만 숲에서는 마녀가 되기도 한다. 사실 숲속의 마녀는 사람이라고 하기도 곤란하다. "눈이 빨갛고 먼 곳을 볼 수가 없지만 짐승들처럼 냄새는 아주 잘 맡기" 「헨젤과 그레텔」, 115쪽 때문이다.

숲에서는 늑대도 짐승의 탈을 벗고 인간이 된다. 「늑대와 일곱 마리 아기 양」에서는 엄마가 외출한 집에 엄마의 흉내를 내는 늑대가 찾아오는데, 엄마의 외양에 늑대의 마음을 한 이 존재를 두고 모든 아이들이 엄마로 착각을 한다. 다시 말하면 숲속의 늑대는 인간-엄마도 될 수 있는 존재이며 엄마는 숲에서 늑대로도 바뀔 수 있다. 나중에 이 늑대는 배 안에 돌을 넣고 무거워 물에 빠져 죽게 되는데 자기 배 안에 사람이 아니라 돌이 들어 있는 줄도 모르고 몇 걸음 걷기도 한다. 늑대는 숲에서 생물이면서 광물과 융화된 존재도 될 수 있는 것이다. 「빨간 모자」의 늑대도 마찬가지다. 그도 할머니가 되었다가 광물과 융화되었다가, 모두를 헷갈리게 하면서 계속 몸을 바꾼다.

이처럼 『그림 동화』 속 숲의 가장 큰 특징은 모든 개체적인 것의 경계가 무너지면서 확실해 보였던 대상들의 외양과 내면의 성질 모두가 바뀌게 된다는 것이다. 이것을 『그림 동화』는 '먹음'으로 표현한다. 백설 공주는 빨간 사과를 먹고 죽는다, 빨간 모자는 할머니로 변한 늑대에게 잡아먹힌다. 동화 속 주인공들은 숲의 무겁고 날카로운 이빨에 우적우적 씹혀서 자신이 완전히 해체되는 상황까지 간다.

먹고 먹힘을 둘러싼 해체의 경험은 원시 부족의 통과의례에서 대단히 중요한 의식의 일부를 이룬다고 한다. 그림 형제는 민담을 채록하면서 '어린이와 가정을 위한 이야기'라는 부제를 붙였다. 형제가 보기에 『그림 동화』는 성숙에 도움이 되는 이야기라는 것이다. 그런데 '성숙'은 시대와 장소에 따라서 다른 의미를 띠는 말이다. 많은 원시 부족에서는 젊은이들을 깊은 어둠 속으로 데리고 가서 괴물에게 잡아먹힐 것이라며 겁을 주었다. 그렇게 하면 청년들은 극도의 두려움을 느끼게 되고 그것을 혼자 극복하는 과정에서 성인이 된다고 보았기 때문이다. 이 먹음은 평소에 먹지 않던 존재 다시 말해 나를 먹이고 살리던 일상의 양식을 완전히 초월하는 것과의 조우, 즉 뒤섞임을 뜻한다. 실제로 젊은이들의 육신이 파괴되고 재조립되지는 않았지만, 그들은 자신이 해체될지도 모른다는 극단의 공포 속에서 의지하고 믿었던 상식이나 감각적 질서들이 녹아 문드러지는 압도적인 경험을 했다. 왜 성인이 되기 위해서 이처럼 극단적인 공포에까지 몰릴 필요가 있는 것일까? 결국은 숲에서 돌아와 원래의 일상을 살아갈 텐데, 앞뒤 안 보이는 낯선 공포를 통과한 경험이 어떤 의미가 있다는 걸까?

나카자와 신이치는 『대칭성 인류학』에서 아프리카 렐레족의 통과의례를 소개하며 먹음과 공포, 성숙의 의미를 언급한다. 렐레족은 부족 젊은이들을 괴물에게 잡아먹히도록 함으로써 성인으로 다시 태어나게 한다고 한다. 이들에게 괴물은 어떤 존재인가? 렐레족은 극단의 이분법적 상징으로 자신들의 삶을 구성하는데 그 마을 입구에 들어가는 순간 공간 구성이나 가옥의 모습에서 렐레족의 시공간에 들어왔음을 확실하게 알 수 있다고 한다. 사회관계나 동물 분류의 체계 전반에 걸쳐서 이분법이 작동해서 개나 닭과 같은 가축은 '오른쪽=남자=인간'으로 분류되고, 쥐와 같이 해로운 짐승은 왼쪽=여자=동물성에 배치되어 양자 간의 어떤 뒤섞임도 일어나지 않도록 사회를 철저히 규제한다는 것이다.

이 사회에서는 통과의례가 있을 때에는 노인들과 젊은이들이 함께 천산갑(穿山甲, manis tricuspis)을 먹는다. 천산갑이 어떤 동물인가? 인수공통 감염병인 코로나19의 숙주로 주목을 받고 있기도 한 이 동물은 전신이 비늘로 덮여 있는 포유동물이다. 비늘이 있다면 물고기일 텐데, 당황스럽게도 천산갑은 나무를 잘 탄다. 모습은 양서류처럼 보여서 알을 낳을 것 같지만 새끼를 낳아 젖을 먹이고 키운다. 게다가 여타의 동물들이 한 번에 여러 마리의 새끼를 낳는 것과 달리 사람처럼 한 번에 한 마리만 낳는다. 천산갑은 엄격하게 이분법을 추구함으로써 부족사회를 유지하려고 하는 렐레족 사람들의 상식으로는 포착되지 않는 존재이다. 그런데 바로 이 천산갑을 함께 먹음으로써 렐레족 남자들은 그들 사회의 어른으로, 한 사람의 책임 있는 구성원으로 인정받게 된다. 이 통과의례에서 렐레족 사람들이 시도하는 것은 그들 스스로가 구성하고 지탱하기 위해 애쓰는 사고의 체계 자체를 그 근저에서부터 무너뜨리는 일이었다.

나카자와 신이치는 렐레족 사람들이 자신들의 견고한 이분법적 질서가 실은 천산갑과 같은 유동적 세계로부터, 그 무한한 힘의 교류와 역동적인 의미 생산의 영역으로부터 출현했음을 잊지 않으려 한 것에 방점을 찍는다. 그곳에서는 남자와 여자, 아이와 어른, 식물과 동물 등 일상을 가로지르는 온갖 질서가 해체되고 다시 만들어지기를 거듭한다. 원시 부족이 공동체의 통과 의례를 통해 거듭거듭 온갖 경계들이 무너지고 흔들리는 무시무시한 영역으로 들어갔다 나오고 했던 까닭은 그들 삶을 지탱하는 존재의 근원으로부터, 활활 끓어오르는 생멸의 에너지원으로부터 새롭게 영양을 공급받기 위해서였다.

내가 낳는 너, 네가 낳는 나 : 「헨젤과 그레텔」

렐레족의 통과의례를 참고로 해서 헨젤과 그레텔의 숲을 해석해 보자. 『그림 동화』에서 숲의 본질을 가장 잘 보여 주는 이야기는 「헨젤과 그레텔」이다. 가문비나무와 노간주나무 사이로 거대한 굶주림이 지나간다. 헨젤과 그레텔은 집안에 먹을 것이 없어서 바깥으로 쫓겨 나오는데 안타깝게도 숲에도 먹을 것은 없다. "밤새 걷고 또 걷고, 다음 날도 아침부터 저녁까지 걷고. 오누이는 그랬는데도 숲을 빠져나갈 수 없었다." 이 한 줄은 굶음이 아이들을 어떻게 물고 뜯고 있는지를 잘 보여 준다.

그렇게 누군가가 도와주지 않는다면 말라 죽게 된 아이들 앞에 정오 무렵, 눈처럼 하얗고 아름다운 새가 나타난다. 아이들은 너무 아름다운 새소리에 이끌려 과자의 집에 이르게 된다. 여기서 새가 나오는 것에 잠깐 주의를 두자. 흥부를 도왔던 제비처럼 『그림 동화』에서 새는 굶음과 먹음을 이어 주는 역할을 한다. 앞에서 동화가 생과 사, 행과 불행, 낮음과 높음 등 상반되는 의미를 가진 장면들을 연결하기를 좋아한다고 했는데, 새는 이런 장면 연결의 매개체가 된다.

이제 우리는 오누이와 함께 과자의 집에 도착한다. 집은 아주 작은데 전체가 빵으로 만들어졌고 지붕은 과자, 유리창은 투명한 사탕이다. 그때 안에서 아주 늙은 할머니가 지팡이에 의지해서 밖으로 나온다. 여기에서 상반된 두 개의 이미지가 헨젤과 그레텔을 유혹한다는 것을 알 수 있다. 집의 표면은 감각적 달콤함으로 덧칠되어 있고 공중을 날아다니는 새들이 짹짹거리며 발랄한 기운을 연출한다. 그런데 안에서 나오는 것은 어마무시하게 늙은, 시간의 옷을 두껍게 껴입은 노파이다. 노파는 눈이 빨갛고 먼 곳을 볼 수가 없는 대신에 냄새를 아주 잘 맡는다. 마녀는 또 활활 타는 가마를 갖고 있다. 과자의 집에서는 혀 위에서 오래 머물지 않고 달아나 버리는 찰나의 달콤함이, 오래되고 뜨거운 가마의 무거움과 딱 붙어 있다. 여기에서 동화가 강조하는 교훈이 다시 나온다. 보이는 것이 전부가 아니다! 그래서 재투성이 아셴푸텔처럼 '겉모습이 못난 아가씨라고 해서 무시하지 마!(신데렐라류의)'라는 이야기가 만들어진다. '예쁜 것만 밝히다가는 큰코다쳐!(백설 공주류의)'라는 이야기도.

우리는 '보이는 것이 전부가 아니다'라는 교훈을 통해 숲의 세계관을 더 깊이 이해할 수 있다. 과자의 집은 만물의 위치나 정체성은 정해져 있지 않다는 것을 말해 주고 있기도 하기 때문이다. 아이들을 노리는 나쁜 마녀는 헨젤을 잡아먹으려다가 오히려 그레텔에게 잡아먹힌다. 동화가 강조하는 바는 먹고 먹힘은 거대한 사슬이며, 여기에서 누구도 최종적으로 포식자가 될 수 없다는 점이다. 오늘은 내가 너를 먹지만 내일은 네가 나를 먹는다고 하는 인식이 보다 근원적인 차원에서 동화를 지탱한다. 그러니까 동화를 읽으면서 "예쁘거나 못난 겉모습 뒤에 '진짜' 얼굴 같은 것이 있다"라는 결론을 내리지는 말자.

헨젤과 그레텔은 죽다 살아나서 다시 자기 집으로 돌아간다. 계모가 자신들을 내쫓았으니 원한에 사로잡힐 만한데도 그런 기억에 휘둘리지 않고 과자의 집에서 얻은 보석을 갖고 돌아간다. 이는 빵 부스러기를 챙겨서 쫓겨나온 자기와 마녀를 죽인 자기가 완전히 다른 사람이라는 느낌이 없으면 불가능한 일이 아닐까? 동화는 참다운 나를 찾는 이야기가 아니다. 오히려 동화는 '나'란 얼마든지 다른 욕망, 다른 능력, 다른 위치를 옮겨 다닐 수 있는 존재라고 말한다.

그레텔의 변신을 생각해 보면 이 점은 보다 선명해진다. 그레텔은 원래 오빠 없으면 아무것도 못하는 징징이였다. 하지만 소녀는 과자의 집에서 변신한다. 헨젤이 가마 안에 들어가면 닫아 버릴 마녀의 속셈도 알아채는 눈치 백단이 되고, 비실비실 가마로 다가가는 할머니를 힘들이지 않고 툭 밀쳐 넣고서는 스윽 철문을 닫아 버리는 담력까지 발휘한다. 마녀의 숲에서 빠져나올 때에도 눈부신 능력을 펼친다. 커다란 시냇물이 오누이를 가로막자 난처해하는 오빠를 다독거리며 이렇게 말하기도 한다. "배도 없어. 그렇지만 저기 하얀 오리가 헤엄을 치고 있어. 부탁하면 건네줄 거야." 그리고 그녀는 오리를 부른다.

"오리야, 오리야,
그레텔과 헨젤이 여기에 있단다.
징검다리도 나무다리도 없구나.
우리를 네 하얀 등에 태워 주렴."

「헨젤과 그레텔」, 117쪽

그레텔은 나무다리도, 배도 없다는 현실을 직시한다. 동시에 이 조건을 돌파할 길을 숲 안에서 찾아낸다. 갑자기 웬 오리? 싶지만, 관점을 바꾸면 '어떻게 오리를 찾아냈지?' 싶을 정도로 놀랍다. 이것이 숲의 힘이다. 숲은 힘없고 무능한 어린이를 강하고 지혜로운 어른으로 만들어 준다.

그럼 어른이 된다는 것은 무슨 뜻인가? 그레텔은 심지어 사람도 아닌 오리에게 도움을 구한다. 과자의 집으로 아이들을 데리고 간 존재도 새였고, 과자의 집에서 아이들을 다시 집으로 데려가 줄 존재도 새다. 새는 이렇게 두 세계를 연결한다. 그레텔은 왜 오리가 자신들을 도울 수 있을 거라고 생각했을까? 새들은 오누이가 흘린 빵 부스러기를 먹은 적이 있었다. 마녀의 부뚜막에서 그레텔은 새와의 기억을 떠올렸을 것이다. 그럼으로써 먹고 먹히는 관계의 법칙 하나를 깨달았던 것이다. 부뚜막은 날것을 익힌 것으로 바꾸고, 죽은 것은 먹을 것으로 바꾸는 장소가 아닌가? 없던 생각도 튀어나오고, 알던 기억도 다른 것으로 바뀌는 장소이니까 여기서 그레텔의 깨달음이 일어나는 것은 당연하다. 내가 먹인 것이 나를 살린다! 그레텔은 이 법칙이 숲을 숨 쉬게 한다는 것을 통찰했다.

그레텔은 어른이 된다는 것이 인간이라는 자기 집에 갇혀 있지 않고 숲 전체를 보는 일임을 알려 준다. 동화가 보여 주는 숲의 카오스는 인간이 혼동 속에 산다는 것만 강조하지 않는다.

동화는 한 사람의 운명이란 종잡을 수 없다는 점을 체념하듯 말하고 있지 않다. 과자 집의 할머니가 돌아가신 것은 그분이 나빠서가 아니다. 내가 살려면 누군가는 죽어야 하니까 서로서로 어쩔 수가 없다. 그런데 이러한 현실 조건에만 매달려서 안달복달하는 존재는 죽는다. 마녀 할머니처럼. 「헨젤과 그레텔」 이야기는 장황하게 그레텔의 심리 묘사를 하지는 않는다. 하지만 우리는 알 수 있다. 그레텔이 오리와 대화할 수 있을 정도의 능력을 가졌다는 점은 그녀의 시야가 인간의 삶에 머물지 않고 숲의 다른 차원을 요모조모 보고 주시하면서 공생의 원리를 파악하고 있다는 것을. 내가 살린 것이 반드시 나를 살린다. 뒤집어서 말하면 내가 죽인 것은 반드시 나를 죽인다. 따라서 보다 많은 것이 살도록 몸을 움직이는 것이 나에게 좋다! 동화의 주인공들은 이런 이기적 동기에서 움직인다. 이런 그레텔을 혼자 컸다고 할 수 있을까? 그레텔을 키운 것은 계모도, 마녀도 아니다. 오빠도 오리도 아니다. 숲 전체가 한 아이를 가르친다.

2. 숲의 죽음을 넘보지 마라

숲은 카오스다. 그렇지만 생명이 그 안에서 다양한 모습으로 창발한다. 왕은 거지가 되고 공주는 재투성이가 되니까. 엄마는 마녀가 되고 인간은 까마귀가 되니까. 그래서 조심해야 한다. 이처럼 숲은 만물이 제자리에서 벗어나는 유동적 에너지의 장이므로 여기에서는 까딱하다가는 정신줄 놓게 되거나 아예 목숨을 잃을 수도 있다. 숲에는 죽음이 지척에서 차가운 입김을 뿜고 있다.

그림 형제는 동화가 어린이와 가족을 위한 것이라고 했지만 실제로 이야기는 죽음의 이미지를 대단히 많이 보여 준다. 차마 가족을 위한 이야기로 넣을 수 없는 민담 중에는 「아이들의 돼지 잡기 놀이」라는 것도 있다. 아버지가 돼지를 잡는 것을 본 뒤에, 그것을 흉내 내려고 푸주한 역할을 한 아이가 돼지 역할을 한 아이를 칼로 목을 쳐 죽게 한다는 이야기다. 그런데 사실 이 정도는 아무것도 아니다. 원래 백설 공주를 죽음으로 내몬 것은 친엄마였다고 한다. 워낙 독자들의 원성이 대단해서 그림 형제가 살짝 계모로 바꿀 수밖에 없었다. 이처럼 사람이 어처구니없는 실수나, 어찌할 수 없는 운명으로 죽을 수 있다는 것은 동화가 줄기차게 말하고 있는 바다. 죽음은 바로 네 곁에 있단다, 아무런 이유 없이!

언제나 당신 곁에는 죽음의 입김이 : 「노간주나무」

그렇다면 동화는 이 지척의 죽음에 대해 어떻게 사유했을까? 첫째, 죽음은 일상적이고 우연적이다. 죽고 사는 데 필연적인 이유는 없다. 「죽음의 기별」이라는 이야기가 있다. 저승사자의 수난기이자, 도처에서 아가리를 벌리고 있는 저승 문턱에 관한 이야기이다. 참 웃기는 이야기인데 왜냐하면 여기서는 저승사자로 사는 것이 얼마나 힘든지가 나오기 때문이다. 숲에서 산다는 것의 지난함에 저승사자도 예외가 아니다.

한 거인이 길을 가고 있는데 저승사자가 나타나 "멈춰! 한

발짝도 더 가지 마!"라고 말하자, "뭐? 네가 뭔데 이래라 저래라야? 저승사자면 다냐?"라고 콧방귀를 뿡 뀐 뒤 저승사자에게 달려들었다. 거인과 저승사자는 긴 시간을 격렬하게 몸싸움을 했는데 결국 거인이 주먹으로 한 방 내갈기니까 저승사자는 다시 일어날 기력도 없을 정도로 고꾸라지고 만다. 어디 까만 모자 쓰고 까만 양복 입고 고상하게 돌아다닐 것 같은 저승사자인데 몸싸움하다가 나동그라지다니. 거인은 인간이 아니지 않느냐? 라고 누가 딴지 건다면 할 말은 없지만 어쨌든 살아 있는 존재와 죽음의 대결에서 생명이 승리를 거둘 여지는 얼마든지 있는 셈이다.

저승사자는 구석에 누워 있다가 이렇게 생각한다. '내가 여기서 고꾸라져 있으면 어떻게 되지? 죽는 사람이 없어지면 온 세상이 사람들로 가득 찰 테고, 나란히 서 있기도 어려워지지 않겠어?' 사람이 죽는 데에는 세상이 비좁아진다는 것 외에 다른 이유가 없다. 죽음은 인구 밀집도를 걱정한 저승사자의 배려다. 저승사자는 숲의 생태계를 위해 죽음의 낫을 휘두른다. 그래서 그 누구도 죽음을 피할 수는 없다. 동화 속 저승사자가 생명연장의 꿈으로 가득 찬 우리 시대를 보면 뭐라고 할까?

아무튼 문제는 그 다음이다. '건강하고 팔팔한' 한 젊은이가 다가와 불쌍하게 쓰러져 있는 저승사자를 돕는다. 그러고는 저승사자에게서 '알람기능'을 선물 받는다. 저승사자가 다가올 때 미리 연락을 주겠다는 것이다. 그렇게 젊은이는 승승장구 잘 살 줄 알았는데, 곧 병과 고통이 찾아와 낮밤으로 괴로운 처지가 된다. 하지만 젊은이는 안심하고 계속 원래 살던 방식을 고수하면서 살아갔다. 아직 알람이 울리지 않았다며. 그런데 어느 날 누군가 그의 어깨를 톡톡 두드리는 것이 아닌가? 보니까 저승사자다. 놀란 젊은이는 왜 소식을 미리 알려 주지 않았냐고 화를 냈는데, 저승사자의 대답이 이렇다.

> "내가 기별을 보내지 않았다고? 열병이 찾아와 자네를 툭툭 차고 뒤흔들고 자리에 드러눕게 하지 않던가? 현기증이 자네 머리를 멍하게 만들지 않던가? 팔다리가 마디마디 쿡쿡 쑤시지 않던가? 귀가 울지 않던가? 치통 때문에 볼이 아프지 않던가? 눈이 어두워지지 않던가? 이 모든 걸 떠나서 형제여, 매일 밤이면 잠이 나를 생각나게 해주지 않던가? 밤에 누워 있노라면 마치 죽은 듯이 느껴진 적이 없었나?"「죽음의 기별」 811쪽

우리는 이렇게 죽음을 느끼며 산다. 그러니 죽음이 보내오는 소식에 '아, 몰라도 돼! 나는 안 죽을 거야!' 같은 오만을 부리면서 자기가 살고 있는 방식을 돌아보지 않는다면 큰일날 것이

다. 숲에 잠을 자지 않는 존재도 있는가? 밤에 누워 있노라면 죽은 듯이 느껴진다니. 우리는 매일 밤 죽음을 느끼고 다시 또 눈을 뜬다. 이 동화가 말하고 있는 바는 분명하다. '늘 죽음을 명상하자!'

동화가 생각하는 죽음의 두번째 특징은 '죽어도 죽는 게 아니다'이다. 「노간주나무」를 읽어 보자. 이야기는 『그림 동화』가 채집되던 때로부터 이천 년도 더 전에 있었던 사건이라며 다음과 같이 시작한다. 어떤 부자에게 아름답고 경건한 부인이 있었는데 오래도록 아이가 없었다. 아이를 얻기 위해 온갖 노력을 해도 아이는 생기지 않았다. 그러던 어느 겨울, 부인은 노간주나무 아래에서 사과를 깎다가 손가락을 베었는데 눈 위에 떨어지는 피를 보다가 슬프게 탄식하게 된다. "아, 피처럼 빨갛고 눈처럼 새하얀 아이가 있다면 얼마나 좋을까?" 결국 탄식은 저주로 바뀌는데, 이렇게 태어난 아이가 계모에게 구박받으며 크게 되니까 말이다.

하지만 인간이 어찌 한 치 앞을 알 수 있겠는가? 봄, 여름, 가을까지 살이 오르는 노간주 밑에서 행복한 나날을 보내던 부인은 마침내 사내아기를 낳게 된다. '자기의 욕망을 투사해서 자신과 똑같은 아이를 보려 하는 모든 엄마가 죽는다'는 동화의 명제에 따라 부인도 즉시 죽는다. 자신을 노간주나무 밑에 묻어 달라는 유언을 남기고서. 남편은 어김없이, 지체 없이 새장가를 든다. 그리고 새 부인과의 사이에서 딸을 얻는다. 계모는 전 부인의 예쁜 아들을 증오했는데, 한날 궤짝 속 사과를 집으려고 고개 숙인 아들을 그 뚜껑으로 내리쳐 목을 떨어뜨리고 말았다. 남편에게 원망을 들을까 두려워한 계모는 자기 딸에게 죄를 덮어씌우고, 그것도 모자라 아들을 끓여 남편에게 맛있게 먹게 했다. 이 작품은 페이지 넘기기가 두려울 만큼 끔찍하다. 영문을 모르는 아버지가 국이 맛있다며 그 안에 들어 있는 뼈를 하나하나 싹싹 빨아 먹어치우는 모습을 보고 있으면 '육친의 사랑'이라는 단어가 정말 무섭게 느껴진다.

그런데 반전이 일어난다. 계모의 딸이지만 계모와는 달리 너무나도 착했던 딸 마를렌이 오빠를 잊지 못해서 그 뼈들을 비단 손수건에 모아 노간주나무 아래 푸른 풀밭 위에 갖다 놓은 것이다(동화에는 이처럼 명백히 근친상간의 금지 법칙이 작동한다. 너무 가까운 사이가 붙어 있는 것을 좋아하지 않는 것이다. 세상에서 제일 가까운 관계는 모자·모녀 지간이다. 동화는 계모를 동원해서든, 친딸의 배신을 이용해서든 이 근친 관계를 벌어뜨린다). 그러자 노간주나무가 기뻐하며 연기를 피우고, 나무 안에서 불길 같은 것이 솟아오르더니 새 한 마리가 날아오르며 노래를 부르기 시작한다.

"우리 엄마는 나를 죽였고
우리 아빠는 나를 먹었네.
누이동생 마를렌은
내 뼈를 모두 찾아
비단 천에 곱게 감싸
노간주나무 아래 놓아 주었네.
삐릿, 삐릿, 난 정말 예쁜 새야!"

「노간주나무」, 269쪽

이 노래는 『그림 동화』 명곡 톱 쓰리 안에 들어갈 만하다. 우리 엄마가 나를 죽이고 아빠는 나를 먹는다는 것이 동화가 내포하는 가장 중요한 진실 중의 하나이기 때문이다. 이 노래를 통해서도 알 수 있지만 동화가 강조하고 싶은 것은 가족애가 아니다. '가족이니까 서로 아끼고 사랑해야 한다', '우리는 이 공동체에 속해 있으니까 마을의 상식은 절대 옳다'와 같은 사회도덕은 모두 부차적인 주제가 된다. 동화는 가족이나 국가에 주의를 두기보다는 인간 자체의 본성과 욕망의 고유함을 냉정하게 직시한다.

그래서 동화는 '숲'이라고 하는 차원을 강조한다. 가족이나 사회에 앞서 생명이 창발하는 자연의 지평에서 한번 생각해 보자는 것이다. 숲속의 모든 존재에게 가장 중요한 임무는 자기 욕망을 충족시키는 일이다. 그래서 「노간주나무」가 벌을 주기는 하지만 악덕한 계모는 반성할 필요를 못 느낀다. '그 아이가 싫었을 뿐이었어!' 아버지도 똑같다. 아들을 씹어 드셨다는 것을 알고서도 비통해하지 않는다. '그때는 배가 고팠지.'

여기서 우리는 동화의 또 다른 명제를 명심할 필요가 있다. 내가 살려면 남을 살려야 한다!(「헨젤과 그레텔」) 계모가 벌을 받는 이유는 악행을 저질러서가 아니라 남의 죽음과 나의 삶, 나의 죽음과 남의 삶이 연결되어 있다는 점을 통찰하지 못해서다. 다시 말해 그녀는 지혜가 없어서 죽음을 맞는다. 이처럼 동화에서 자기 욕망에만 빠져 근시안적으로 살다가는 큰 곤경에 처하게 된다. 숲이라고 하는 거대한 시점을 확보해야만 살길이 열린다.

다시 죽음 이야기로 돌아오자. 뼈가 바스라지고 살도 녹아 없어졌건만 소년은 새로 부활한다. 그리고 새는 아름다운 노래로 금세공사, 구두장이, 방앗간 일꾼 등 마을의 모든 사람들을 감동시킨 뒤 다시 집으로 돌아와 이번에는 계모를 죽음으로 몰고 간다. 이 엄마는 노랫소리가 듣기 괴로워 "땅속 깊이 들어가 저 소리를 안 들었으면!" 하고 소망하다가 죽는다. 새가 맷돌을 머리 위에 떨어뜨려서 죽는다고 되어 있지만 돌에 맞기 전부터 계모는 죽음을 욕망했다. 계모가 죽자 그 자리에서 연기와 불길이 치솟았는데 불길이 사그라지자 오빠가 다시 나타났다. 그리하여 아버지와 여동생, 환생한 오빠는 행복하게 밥을 먹으면서 오래오래 살게 된다. 아내와 엄마가 죽었는데도 이 아버지와 여동생은 아무렇지가 않다. 그저 오빠가 돌아온 것이 좋다. 아들이 죽어야 계모가 살고 계모가 죽으니 아들이 산다, 그뿐!

죽어도 죽는 게 아니기 때문에 죽음은 존재 방식의 전환이 된다. 「노간주나무」는 생과 사의 차이란 인간이 새가 되는 것처럼 존재의 상태가 달라지는 것이라고 말한다. 그러므로 새에서 인간으로 다시 상태를 바꾸는 것도 자연스럽다. 일곱 오라버니가 갑자기 까마귀가 된다든가, 인간이 개구리가 된다든가 하는 이야기들은 죽음을 이런 종적 전환을 통해 표현하고 있다. 「충성스런 요하네스」에서 왕의 결혼을 돕던 요하네스는 저주에 걸려 돌이 되었다가 다시 사람으로 돌아오는데, 가끔은 이렇게 생물과 무생물 사이에서도 전환이 일어난다. 잠자는 숲속의 공주처럼 긴 잠을 자는 경우도 죽음을 비유한다고 할 수 있다.

신체는 나라고 하는 존재가 잠깐 머무는 집이다. 지금 어쩌다 이 육신에 들어와 살게 되었지만 언제 저 몸으로 들어가 살게 될지는 나도 모르지. 놀랍다! 이런 세계관으로 세상을 바라보게 되면 어떤 일이 벌어질까? 공장에서 제품이 찍어 나오듯 사육되는 소, 돼지, 닭을 다른 나를 보듯 볼 수밖에 없지 않을까? 대형마트에서 손쉽게 구매하는 과일이나 채소도 단지 값 보고 평가할 수 없게 될 것이다. 반듯하고 윤기 나는 사과도 쥐어 박혀 멍이 든 사과도 다 제 사연을 갖고 여기까지 와서 나와 마주하고 있는 귀한 존재다. 지금은 내가 고기나 사과를 사는 존재이지만 언젠가 나의 육신도 자연으로 돌아가 소와 사과를 살찌워야 하지 않겠는가.

이처럼 죽음을 상태의 변화라고 생각하면서 세상을 바라보면 '만물 중에 인간이 최고다'라고 하는 상식 하나가 무너진다. 사실 『그림 동화』는 인간이 숲의 주인이라고 보지 않는다. 고양이가 장화를 신고 돌아다니면서 돕지 않았다면 그 무능력한 주인의 목숨은 어떻게 되었겠는가? 브레멘의 도적떼들을 퇴치한 것은 늙은 당나귀, 사냥개, 고양이, 수탉 등이었다. 개구리와 물고기가 인간사에 간섭하고, 인간도 인간 나름으로 마녀와 악마의 사업장을 드나든다. 인간은 돌멩이와 수탉과 까마귀와 함께 숲에서 산다.

우리 몸에서 혀의 욕망과 위장의 욕망은 고유하다. 때로는 서로 모순을 일으킨다. 혀는 기름진 것을 계속 맛보고 싶어하지만 위장은 소화시키기 어렵다며 그것을 거부하는 때가 있다. 이처럼 욕망은 내 한 몸 안에서도 모순을 일으키면서 서로 충돌한다. 하지만 혀의 욕망과 위장의 욕망 중 어떤 것이 더 옳다, 더 우선한다고 할 수는 없다. 뇌의 욕망('나는 기름진 것을 좋아하는 취향이 있어!'라고 주장하고 싶은)과 발의 욕망(그런데 고깃집까지 걷기가 너무 피곤해) 등 이 몸을 구성하는 온갖 욕망들은 이렇게 저렇게 계속 의견을 주고 받으면서 최종적으로 먹을 것인가, 말 것인가를 결정한다. 내 몸이 이런 온갖 욕망들의 투쟁 장소인 것처럼 숲도 그런 욕망들의 투쟁처다. 동화는 그 모든 욕망을 긍정하며 그 안에서 위계설정하기를 거부한다.

그래서 이런 동화가 나온다. 「들쭉날쭉한 이브의 자식들」이다. 「노간주나무」에 따르면 동화는 19세기로부터도 2천 년이 더 된 이야기이지만 기독교의 영향을 받아 하느님도 가끔 출현하신다. 그렇지만 동화는 기독교 교리를 전달하지는 않는다. 숲에는 악마도 있으니까 하느님도 있을 수 있는 거라고 생각할 뿐이다.

이 이야기에서 아담이랑 이브는 진즉 낙원에서 쫓겨나서 황무지에 집 짓고 살며 많은 아이들을 낳았다. 잘난 녀석도 있고 못난 녀석도 있었다. 어느 날 하느님이 가정방문을 오신다기에 이브는 못난 아이들은 여기저기 숨겨 놓았는데 하느님이 잘난 아이들에게 너무 많은 축복을 해주자 못난 아이들도 슬쩍 데리고 와서는 축복을 부탁드렸다. 그런데 하느님은 잘난이에게는 왕이나 영주, 백작이나 기사, 학자가 되라고 하시고선 못난 이들에게는 농부나 대장장이, 우편배달부나 마부, 머슴이 되라고 하는 것이 아닌가? 이브는 불공평하다며 발끈했다. 그러자 하느님은 대답하셨다. "너는 잘못 생각한 것이다. 모두 다 왕이 된다면 빵은 누가 굽느냐? 누가 쇠로 기구를 만드느냐? 풀은 누가 베느냐?" "누구나 각자 자기 자리를 차지하고 서로 지탱해 주며 서로 먹여 살려야 하느니라. 사람의 몸을 보면 알 것이다."

왕은 왕의 일을 하고 무두질장이는 무두질장이의 일을 한다. 언뜻 보면 신분제 사회의 병폐를 교묘히 위장한 말인 것 같기도 하다. 그러나 핵심은 우리 각자는 서로를 지탱해 주는 관계 속에서만 존재할 수 있다는 점이다. 눈에 비해 발은 열등하다고 할 수 있는가? 소장과 대장 중 누가 더 중한가? 신체의 각 기관을 비교할 척도란 어디에도 없다. 인간이 자유의지를 발휘해서 자기 신체나 주변 상황을 자유자재로 취사선택할 수 있을 것 같지만, 그것은 모두 '자유, 평등, 박애'라는 가치를 체현하는 추상적이고 관념적인 '인간'을 전제로 했을 때 가능한 상상이다. 새끼손가락 하나만 베여 보라. 머린들 편하게 있을 수 있는지.

「들쭉날쭉한 이브의 자식들」에 나오는 하느님은 만물 중 인간을, 인간 중 그의 머리에 최우선권을 부여하는 상식을 거절한다. 죽음 앞에서 우리는 평등하다. 이것을 들쭉날쭉 이브의 하느님 버전으로 바꾸면 생명인 이상 우리는 평등하다가 된다. 이 평등은 너와 내가 똑같이 1인 1표를 가진다의 의미는 아니다. 우편배달부가 없으면 왕명이 전달되지 않듯 어느 하나만 빠져도 이 세계는 돌아가지 않는다는 의미에서다. 너와 나는 각기 다른 자리에서 나눌 수 없이 전혀 다른 짐을 진다. 우리는 그 비교불가능한 존재감을 자랑하며 숲에서 산다.

생과 사, 모순은 공존한다 : 「트루데 부인」, 「푸른 수염」

동화는 죽음이라고 하는 문턱을 무시하지 않는다. 죽음을 도외시하지 않고 대신 어떻게 하면 지혜를 구해 그것을 피할 것인가를 이야기한다. 그래서 사랑하는 연인이 영원을 맹세하는 일은 없다. 어떤 저주라도 언젠가는 풀린다. 결론에서 '오래오래 행복했습니다'라고 말하고 있기는 하지만 동화에서 행복이란 '길을 떠날 수 있음'이기 때문에 백설 공주도 신데렐라도 결국은 토끼 같은 자식 낳고 죽게 되거나 자기가 계모가 되어 집구석을 박차고 나올 것이 뻔하다. 정말이지 동화는 행복한 상태를 따로 설정하지 않는다. 알콩달콩 따뜻한 집에 모여 앉아 가족끼리 저

녁밥 먹는 그림 같은 것에는 관심이 없다. 이야기는 언제든지 죽을 고비를 넘기고 있는 그 조건만을 계속 다루고 검토한다.

그런데 하나 대단히 인상적인 점이 있다. 동화는 죽음이라고 하는 문턱을 강조하기는 하지만 죽음 자체에 대해서는 알 수도 없고 알아서도 안 되는 일이라고 강조하기 때문이다. 「트루데 부인」과 「푸른 수염」을 읽어 보자.

먼저 「트루데 부인」이다. 옛날에 고집도 세고 주제넘게 참견을 잘하는 소녀가 있었다. 부모님의 말은 일단 안 듣고 보았다. 어느 날 소녀는 괴상하고 희한하기로 이름 높은 트루데 부인을 직접 만나야겠다고 집을 나섰다. 부모가 '트루데 부인을 만나러 간다면 우리 자식이 아니다!'라고 엄하게 말해도 듣지를 않았다. 소녀는 트루데 부인의 집에 들어서자마자 무서운 것을 본다. 새까만 남자. 그는 숯쟁이다. 초록색 남자. 그는 사냥꾼이다. 새빨간 남자. 그는 백정이다. 마지막으로 소녀는 트루데 부인마저 본다. "트루데 부인, 제가 밖에서 보니까 당신은 없고 불 같은 머리를 한 악마가 있더라고요." 결국 트루데 부인은 소녀를 장작으로 바꾸어 불 속에 던져 버렸다.

동화는 호기심 많은 존재를 싫어하지는 않는다. 엄지 소년은 금은보화를 깔고 잘 수 있는데도 세상 구경을 하러 길을 나섰다. 「트루데 부인」이 경고하는 바는 '보아서 안 될 것은 보지 마라!'이다. 숯쟁이, 사냥꾼, 백정 즉 악마는 숲의 주인공들이다. 『그림 동화』에서 이들은 그 자체로 나쁜 존재는 아니다. 숯쟁이는 난쟁이의 다른 이름이기도 하다. 땅에 딱 붙어서 죽은 나무를 불쏘시개로 만들고, 불로 쇠를 달구는 일을 한다. 숲의 물, 불, 나무, 흙 등을 자유자재로 요리할 수 있는 존재다. 중세 유럽 민담에 많이 나오는 연금술사가 바로 숯쟁이의 후손이다.

사냥꾼도 숯쟁이처럼 자유자재로 자기 능력을 발휘한다. 백설 공주가 숲에서 살아남을 수 있도록 힘을 써 준 이는, 왕국에서는 마녀의 부하였지만 숲에서는 착한 아저씨로 돌아온 사냥꾼이었다. 빨간 모자네 할머니를 살려준 것도 사냥꾼이다. 수렵시대의 향취를 뿜뿜 풍기는 사냥꾼들은 많은 경우 곤란에 처한 주인공을 돕는다. 동화에서 생물을 죽일 수 있는 이 존재는 자기의 죽이는 능력을 살리는 데에도 많이 쓴다. 악마는 저승사자와 같은 계열의 존재이다. 하지만 악마도 시종일관 나쁘지만은 않고 가끔은 제 꾀에 빠져 어쩔 수 없이 남을 돕는다. 그러니까 트루데 부인의 집은 숲의 카오스적인 힘이 증폭되는 장이라고 할 수 있다. 「트루데 부인」은 부인의 집 안에 빨간 불이 활활 타는 것처럼 보이게 하여 이 점을 설명한다.

소녀는 장작이 되어 바로 이 불을 키우는 역할을 한다. 따라서 그녀의 죽음도 안 좋은 일이라고는 할 수 없다. 핵심은 '왜 죽느냐?'이다. 트루데 부인은 이렇게 말한다. "네가 나를 비춰 주어야 하기 때문이다." 「트루데 부인」에 따르면 죽음이 무엇인지를 직시하는 일은 위험하다. 죽음은 알아야 되는 일이 아니다. 우리는 '어떻게 죽을까'를 옆에 두고서 '어떻게 살까?'를 생각해야 한다.

「푸른 수염」도 마찬가지다. 푸른 수염에게 시집을 간 소녀는 단 하나의 금기를 받는다. 오랫동안 여행을 떠난 푸른 수염의 저택에서 황금 열쇠가 속하는 방만은 절대 열어서는 안 된다. 그러나 소녀는 그의 말을 어기고 문을 여는데, 문을 열자마자 피가 강물처럼 흘러나왔고 벽에는 죽은 여자들의 시체가 걸려 있었다. 어떤 시체는 뼈밖에 남지 않아 있었다. 황급히 그 문을 닫고 나왔지만 열쇠와 몸에 묻은 핏자국은 지워지지 않았다. 결국 소녀는 오빠들의 도움으로 푸른 수염의 위협으로부터 살아나게는 된다. 그런데 그 많은 소녀들은 도대체 왜 죽은 것일까? 그들도 최후의 금기에 대한 호기심을 누르지 못해서 죽은 것이 아닐까? 죽음이란 '모든 것을 알고자 해도 되지만 이것만은 안 된다'라고 하는 최후의 금기였던 것이다.

동화는 왜 죽음을 알 수 없는 것이라고 못박을까? 동화는 생과 사를 명확하게 구분하려고 한다. 죽음은 이해의 대상도 극복의 대상도 아니다. 이해한다는 것 자체가 내가 알 만한 것으로 대상을 번역해 버리는 일이다. 동화가 죽음의 자리를 보전하려고 하는 것은 당연하다. 그 누구도 죽음의 세계에서 되돌아오지 못했다. 인류는 저 너머의 소식에 관해서는 들은 바가 없다. 현세가 이러하니 저세상도 이러하지 않을까 하는 상식적 추론만 가능하다.

그런데 동화는 단지 이런 상식을 강조하는 데에서 멈추지 않는다. 동화가 죽음의 자리를 확실히 못박는 이유는 생과 완전히 구별되는 어떤 상태의 자리를 확보하기 위해서다. 동화는 변증법을 싫어한다. 나와 너의 차이를 종합해서 '우리'라고 하는 화해의 장 같은 것을 만들지도 않을뿐더러, 집과 숲의 구별 자체를 무화시키지도 않는다. 숲으로 모험을 떠난 자들의 최종 목적지는 집이어야 한다. 숲에서 배운 지혜를 집으로 가지고 와야 한다. 중요한 것은 집을 숲의 생기로 되살리는 것이지 집을 숲처럼 만드는 일도 아니고 숲을 집처럼 만드는 일도 아니다.

생과 사를 연결시킨다? 생과 사는 절대적 차이이기 때문에 그 중간에 회로를 여는 일은 불가능하다. 살면서 죽은 자, 죽었는데도 산 자, 이런 중간적 존재란 없다. 동화에도 안 나온다. 동화는 아예 까마귀가 되거나 개구리가 된다거나 해서 존재의 성질을 바꾼다. 그리고 까마귀가 된 인간은 반드시 다시 인간으로 되돌아와야 한다. 계속 까마귀로 살 수는 없다. 개구리도 마찬가지다. 원래 인간이었다면 반드시 다시 인간으로 돌아와야 한다. 좀 세속적인 예가 되겠지만 떡볶이를 좋아하는 사람과 파스타를 좋아하는 사람이 함께 식사를 한다고 가정해 보자. 떡볶이와 파스타 사이에 중간항은 없다. 함께 먹고자 한다면 둘은 떡볶이와 파스타를 같이 포기하거나 한 사람이 자기 욕망을 포기해야 한다. 모순은 극복되지 않는다. 극복이라는 말을 붙일 수 있다면 그것은 오직 한 항의 포기에서만이다. 신과 같은 초월자가 나타나 떡볶이나 파스타 둘 중 하나를 '선한 음식'이라고 선언할 때에만이다.

그렇다면 동화는 모순의 공존을 좋아한다고 할 수 있다. 한 아들은 창을 팔고 다른 아들은 방패를 파는 처지의 어머니가 있다고 할 때 동화는 그 어머니의 곤란한 사정을 즐긴다. 왜? 창을 파는 아들과 방패를 파는 아들이 사는 세계는 아들을 걱정하는 어머니의 욕망으로 다 수렴되지 않기 때문이다. '형제는 사이 좋게 지내야 한다', '엄마는 자식을 걱정하는 존재이다' 이런 전제가 작동할 때에만 창과 방패의 모순은 곤란이 된다. 그런데 아들들이 처음부터 '나는 창만 팔 거야, 너는 방패만 팔아라!'라는 식으로 결심하고 장사를 시작했겠는가? 살다 보니 각자 그런 지점에 이르게 된 것이다. 어쨌든 창도 팔고 방패도 팔아, 둘 중에 하나 망하는 일 없이 어머니를 모실 수 있으니 나쁜 사이라고 할 수도 없다.

동화 속 주인공들은 죽음이라고 하는 암흑이 설정됨으로써 살길의 모색이라는 본래의 과제를 보다 다양하게 수행할 수 있게 된다. 죽음은 지금 여기에서 아등바등 일희일비하지 않는 거대한 조망권을 제공한다. '오늘은 내가 못 뚫을 것이 없는 창을 팔지만 아우는 못 막을 것이 없는 방패를 팔고 있겠구나. 세상은 합의점을 찾을 수 없는 모순의 장이다.' 이런 광대한 시선을 가질 때에만 선택된 떡볶이와 함께 포기된 파스타의 가능성을 자기 삶 안에 품고 갈 수가 있다.

세상에는 절대 알 수 없는 것이 있다

동화가 죽음을 알 수 없는 것이라고 설정한 점에 대해서 마지막으로 하나 더 생각해 보고 싶다. 세계를 '알 수 있는 것'으로 바라보는 것과 '알 수 없는 것'으로 바라보는 것은 각각 어떤 삶의 태도를 요구하게 될까? 코로나가 창궐하여 아이들이 학교에 가지 못하게 되면서 정말 많은 시간을 온라인 학습으로 보냈다. 광대한 인터넷의 바다에서 여기저기 접속하면서 다양한 정보를 채취해서 돌아오는 아이들의 표정이 의기양양했다. 마치 큰 바다에서 거대한 물고기라도 잡은 듯했다. 그런데 접속만 하면 알 수 있다고 하는 이 생각에 함정이 있었다. 내가 돌아다니면서 채집한 것은 정보이다. 앎이 정보를 긁어모으는 일과 같을 수는 없지 않은가? 손쉽게 알 수 있는데 뭐하러 머리를 쓰겠는가? '언제라도 알 수 있다'라는 생각은 오히려 스스로 공부할 의욕을 잃게 만들었다. 아이들의 검색은 방탄소년단으로 편향되게 이어져, 봤던 동영상을 보고 또 보는 일로 전개되었다. 남태평양 어디어디에 사는 물고기 구경하기는 내일, 내일, 내일로 계속 미루어졌다. 세계가 알 만한 것으로 다 바뀌면 우리에게 펼쳐지는 것은 앎의 무한한 바다가 아니라 갑갑한 정보의 감옥이다.

동화는 '내가 다 알 수가 없다, 세상에는 절대로 알 수 없는 것이 있다'라고 해야 지성이 작동한다고 본다. '모름'이라고 하는 한계가 주어지지 않는다면 앎의 욕망은 싹트지 않는다. 그때 비로소 인간은 앎의 위험에 몸을 맡기게 된다. 「트루데 부인」에 나오는 소녀는 자신이 모를 수는 없다는 오만을 부렸기에 벌을 받았다. 트루데 부인은 자신을 비춰 주는 거울을 불에 녹여 버렸다. 나는 이 '거울'이 근대과학의 비유 같다. 트루데 부인은 자연의 이치를 있는 그대로 다 밝히는 과학은 결국 자연의 불꽃 안에 녹아내릴 것이라고 한다. 정말 인간이 생로병사의 거대한 순환계, 이 자연을 다 이해할 수 있겠는가? 자연의 산물인 인간이? 트루데 부인은 이런 인간의 어리석음을 자신의 뜨거운 불길로 녹여 버린다.

뉴스에는 종종 냉동인간 이야기가 나온다. 지금 치료 불가능한 병은 미래의 어느 순간에는 고쳐질 것이므로 이 육신을 얼려 미래로 보내겠다는 뜻이다. 일종의 영생의 꿈이다. 저승사자가 끊임없이 보내고 있는 알람인 가끔의 편두통, 시체처럼 침대에 눌러 있게 하는 피로가 언젠가는 정말 정복될까? 두통에 시달리는 사람은 두통에 시달릴 수밖에 없는 삶을 살고 있다. 내 죽음의 모습을 결정하는 것은 지금 내가 살아가는 모습이다. 내 육신을 미래로 보낸들 그 지점에서의 내 태도가 또 내 죽음을 결정하지 않을까? 왜 죽음을 극복하려 하는가? 지금 이렇게밖에 못 사는 내 생활을 극복하면 될 것을.

3. 숲은 노래한다

마지막으로 이 숲에서 벌어지는 가장 신비로운 사건에 대해 살펴보자. 그것은 바로 언어의 탄생이다. 숲에서 말이 태어난다.

경상북도 문경에는 석탄 박물관이 있다('문경 에코랄라'). 1963년에 석탄을 캐기 위해 뚫은 곳인데, 1994년 문을 닫은 은성광업소가 있었다 한다. 석탄을 파기 위해 들어간 갱도 전체 길이가 무려 400킬로미터나 되며 깊이는 최고 800미터에 달한다. 하루에 3교대로 일했고, 이곳에서 일한 광부의 수는 모두 4,300명이었다. 지금은 광산마을을 재현해 놓은 곳과 아이들 놀이터가 있고 전기 모노레일로 광산 뒤쪽 언덕을 조금 올라가게 되어 있다. 그곳에 가면 조선, 고려, 통일신라 시대의 사극이나 영화를 찍을 수 있는 배경 세트장도 있어 천천히 구경할 만하다.

석탄 박물관은 처음에 석탄기의 형성에 대해 자세히 알려준다. 석탄기 지구의 식물 화석들은 아름답기도 하고 강력하기도 하다. 석탄을 통해 일으켜 세운 근대문명은 지구의 역사를 빨아먹으면서 제 힘을 키웠다. 박물관의 2층에서는 광부들의 업적과 노고에 대한 설명이 있다. 그 중에 광부들의 일상적인 금기들에 대한 소개가 있다. '출근할 때 여자가 가로질러 가면 출근하지 않는다', '출근하기 전 여자가 남의 집을 방문하지 않는다', '부부싸움 후에는 가급적 갱에 들어가지 않는다' 등. 흥미롭게도 결정적인 금기들은 갱도에 내려가기 전 여성을 보지 말라고 한다. 채광은 여성에게 극히 배타적인 일이었나 보다.

왜 그럴까? 한 친구에게 이런 궁금함에 대해 이야기했더니 뱃사람들에게도 비슷한 금기가 있다고 한다. '여자는 배에 탈 수 없고 출어 직전에 여자가 나타나면 조업을 포기한다.' 채광은 땅 속에 들어가서 지구의 깊은 속살을 헤치면서 사람들을 먹이고 살릴 보물을 캐어 나오는 일이다. 어업은 광폭한 바다를 누비며 얕거나 깊은 바다 생물들을 모시고 와야 하는 일이다. 압도적인 자연의 힘을 향해 자신의 전부를 던져야 하는 이 원초적인 투쟁은 왜 여성에 대한 금기를 필요로 했던 것일까?

나카자와 신이치는 라스코 동굴 벽화 안에 저 유명한 고대의 비너스상이 없다는 점에 주목했다.나카자와 신이치, 『대칭성 인류학』, 154~159쪽 참고. 동굴 바로 밖에 햇빛이 잘 들고 느긋하게 주변 경관을 바라볼 수도 있는 발코니에는 다산의 상징인 관능의 비너스가 장식되어 있는데 말이다.

나카자와 신이치는 라스코 동굴이 원시인들의 제례 공간이었으며, 그 안에서는 자연의 본질을 이해하고 순치시켜서 인간에게 이롭도록 하기 위한 의식이 치러졌을 것인데 그 주체는 남성이었으리라고 본다. 생멸을 주도하면서 존재를 일으키고 무너뜨리는 자연은 여성으로, 그 힘에 맞서는 인간의 사유와 문화는 남성으로 젠더 배치시킴으로써 고대인들은 자신들의 신화와 예술로서 자연과의 대칭적 관계를 회복하려 했다는 것이다. 비슷한 예로 인도에서 남성 탄트라 수행자들이 만다라를 제작할 때는 여성이 준비한 어떤 음식도 먹을 수 없으며, 여성들의 팔찌나 발찌 소리도 들어서는 안 되는 것을 들 수 있다.이반 일리치, 『H_2O와 망각의 강』, 안희곤 옮김, 사월의책, 2020, 36쪽 각주 8

이것은 나카자와 신이치 개인의 상상만은 아니다. 레비스트로스가 탐사했던 남아메리카의 보로로족의 경우에서도 비슷한 사례를 발견할 수 있다. 보로로족은 장례를 위해 대규모 집단 사냥에 나선다고 한다. 죽은 자를 앗아간 자연에게 보속할 기회를 주기 위해서인데, 이 사냥의 결과로 획득한 사냥감이 보로로족의 잃어버린 인격을 보충하게 되면 본격적으로 장례가 시작된다. 이때 마을의 여성은 철저하게 장례의 방관자가 된다. 그들은 멀리서 관조할 뿐이다.

레비스트로스는 이러한 장례 문화를 통해 보로로족이 자연을 여성화함으로써, 부족의 문화라고 할 수 있는 인간적 질서와 자연의 상태를 철저히 구분하려고 했음을 발견했다.레비스트로스, 「죽은 자와 산 자」 『슬픈 열대』, 450~453쪽. 이때 보로로족에게 문화는 곧 남성적인 것이다. 그러나 이들이 여성을 폄하했다고는 할 수 없다. 여성은 말 그대로 생명을 낳고 기르는 원초적인 풍요로움의 세계, 즉 자연에 속해 있다. 보로로족이라면 자연을 자기 이익의 도구로, 개발이나 착취의 대상으로 본다는 것은 상상조차 할 수 없다. 인간이 아주 부드러운 도구로 달래고 또 달래면서 조심스럽게 일굴 때, 대지는 품고 있는 곡식이 싹을 틔우고 열매를 맺는 것을 허락한다. 인간의 문화는 생명의 근원적인 힘에 존경과 감사를 드려야 한다. 자연에게 무례를 범한다면 그 사회의 구성원들은 굶어 죽게 될 것이다.

'땅속 깊이' 혹은 '바다 멀리'란 인간의 문화와 자연의 야수성이 있는 힘껏 부딪치게 되는 지점이다. 이 무시무시한 마주침에 들어가는 광부와 어부는 한 사람의 개인이라기보다는 자연 앞에 선 인간의 문화적 능력을 상징하는 존재라 할 수 있다. 그랬기 때문에 갱도에 내려갈 때나 닻을 올리기에 앞서 이들은 일상의 여성성을 경외시함으로써 그 자신을 더욱 순결하고 경건하게 만들려고 했던 것이 아닐까?

이언어(異言語)적 말하기의 지혜 : 「까마귀」, 「굴뚝새」

광산의 금기는 동화의 언어가 지닌 성격을 이해할 수 있는 중요한 관점 하나를 제공한다. 동화는 정말 많은 금지가 작동하는 세계이기 때문이다. 바로 앞에서 우리가 읽었던 「트루데 부인」에서처럼 주인공들은 보지 말아야 할 것, 하지 말아야 할 것과 같은 금지에 묶여서 옴짝달싹할 수 없는 상황에 처하곤 한다. 이 금지의 대부분이 주인공들에게 명령어로 주어진다. 동화는 언어의 주술성이 강렬하게 작동하는 것이다. 그럼 이 세계의 언어에는 어떤 특징이 발견되는가?

① **우선 동화 속에서 나오는 말들은 의사소통적이지 않다.** 소위 정보를 전달하지 않는다. 예를 들어 보자. 언어를 나누는 사이는 인간들만이 아니다. 이 테이블에는 마녀, 늑대, 사냥꾼, 소녀, 개구리, 고양이 등이 있다. 이보다 더한 다문화적 상황이 있을까? 아! 있구나. 빙하 타고 내려온 공룡, 타조, 아기 등 우리

나라 최초의 다문화 가정인 아기공룡 둘리네.^^ 우정의 대명사인 '브레멘 음악대'는 가히 고길동 씨네 집을 닮았다. 개, 나귀, 고양이 등 이들은 종적 차이를 넘나들면서 만나고 헤어진다. 모두가 알아야 할 정보 같은 것도 없고, 누군가에게 자신의 처지를 설명하고 있는 존재들도 없다. 일어난 일은 일어난 일이다. 그것은 존재 개개인의 몫이어서 누군가에게는 이해가 되기도 하고 누군가에게는 아예 짐작조차 안 되기도 한다. 언어 자체가 모두에게 공평하게 주어지는 매체가 아니기에 누구는 알아듣고 누구는 알아듣지 못한다. 혹은 듣고도 못 들은 척해야 한다.

「까마귀」라는 이야기를 읽어 보자. 이 이야기에는 한 사나이가 나오는데 그는 도둑의 농간으로 두 눈을 잃게 되지만 십자가 아래에 있다가 우연히 까마귀들의 말을 듣고 목숨을 구한다. 병든 공주를 고치려면 연못 속 두꺼비를 태워 먹여야 한다는 점, 하늘에서 내리는 이슬로 두 눈을 문지르면 시력을 되찾는다는 점을 알게 된 것이다. 순진한 이 사나이는 눈이 멀게 되자마자 자연의 비밀을 들을 수 있게 되었다(『그림 동화』에서는 '눈'이 사회적 질서를 상징한다). 하지만 까마귀들은 인간이 자연의 말을 듣는 것에 분개했다. 인간과 동물 사이의 경계가 이유 없이 훼손되는 것을 꺼린 까닭이다. 결국 까마귀들은 탐욕 때문에 자기도 무슨 덕을 볼까 십자가 밑에 자리를 잡고 앉은, 욕심만 많은 도둑의 눈을 뽑아 버린다. 「까마귀」는 세계에 존재하는 다양한 언어들에 대해 말해 준다. 인간의 언어와 까마귀(자연)의 언어는 이질적이며, 자연의 언어를 바로 취했다가는 커다란 위험이 발생한다. 동화 속에서 언어는 서로 대화를 통하게 하지 않는다. 온갖 소리는 외국어가 되고, 동물과 인간의 언어가 뒤섞인다. 동물의 언어로 직접 말하고 듣지만 어떤 공통의 관계를 만들 수는 없다.

이런 동화의 언어관은 무릇 모두가 '글자를 알아야 한다'는 식의 우리 시대 국민교육관과는 잘 맞지 않는다. 인간끼리의 언어라고 해도 서로를 통합하는 도구가 되지는 못하기 때문이다. 「일곱 명의 슈바벤 사람」이 이를 잘 보여 준다. 슈바벤 사람들이 모여 모젤 강가에 도착했다. 고요하고 깊은 늪 같은 이 강을 어떻게 건널 것인가? 슈바벤 사람들은 방법을 잘 몰라서 그 고장 사람에게 물었다. 상대는 트리어 사투리를 쓰는 사람이라서 뭘 묻는지를 몰라 "뭐라고요?"라고 물었는데 슈바벤 사람들은 "물을 건너세요"라고 듣고 말았다. 결국 선두에 섰던 대장이 물결 치는 모젤 강 속으로 쑤욱 들어가 버리고 말았다. 이번에는 옆에서 개구리가 울었다. 슈바벤 사람들의 귀에는 "건너와, 건너와"로 들리지 뭔가. 슈바벤 사람은 대장도 건너갈 수 있다면 자신도 건너갈 수 있다며 모두들 황급히 강에 뛰어들었다. 이렇게 '개굴' 한 마디에 여섯 사람이 물에 빠져 죽는다.

언어는 메시지를 전달하는 투명하고 중성적인 매체가 아니다. 따라서 인간과 인간 사이의 대화에서조차 우리는 오해와 착각밖에는 얻을 것이 없다. 그런 인간이 필요에 따라 가족이나 공동체를 꾸린다. 슈바벤 사람들의 불쌍한 처지를 생각해 보자. 우리는 이 무리가 같은 욕망, 같은 상식을 공유한 균질적인 집단이라고 할 수 있을까? 민담 즉, 동서고금의 옛이야기들은 정말 몇천 년의 역사를 가지고 있는지도 모르겠다. 근대 이전의 사람들은 땅에, 신분제에, 또는 교회에 묶여 있었다. 형식적으로 보면 이런 조건 안에서 왕의 백성, 교회의 신도, 지주의 노예는 주인의 말을 잘 따라야만 적당히 살 수 있다고 할 수 있다. 그런데 그 시절에도 「일곱 명의 슈바벤 사람」 같은 동화가 있었다. 개개인의 욕망은 너무나 다르고, 왕의 명령이건 자연의 명령이건 귀에 잘 들어오지가 않는다.

언어가 의사소통의 매체가 아니라는 점은 언어와 주체의 관계도 다르게 생각해 보게 한다. **②동화에서는 누구도 자신의 언어를 소유할 수 없다.** 눈을 잃으면 자연의 언어를 듣게 되지만 눈을 얻으면 또 자연의 말을 못 듣게 되니까 말이다. 이 작품에서 언어 능력은 정신에 고유한 것이 아니라, 감각이 펼쳐 내는 장에 따라, 즉 시각이 특화되는 세계냐 청각이 특화되는 세계냐, 라고 하는 외부 조건에 의해 결정된다. 「밝은 햇살은 환히 드러낸다」는 언어가 태양의 것이라고까지 말한다. 떠돌이 시절 굶다 못해 유대인을 때려 죽인 일이 있었던 남편은 아내에게 자기 죄를 고백하게 된다. 그 유대인이 죽으면서 '밝은 햇살이 이 일을 완전히 드러낼 것이오!'라는 유언을 남겼다는 것까지도. 그런데 사흘이 가기 전에 온 도시가 이 일을 다 알게 된다. 아마 아내가 이웃 아낙에게 이건 비밀이라며 소곤소곤했을 것이고, 그 아낙이 또 어딘가에 가서 속닥속닥했으리라. 소문이 퍼지는 속도가 어찌나 빨랐는지 누구도 유대인의 유언이 살아 돌아다니는 것을 막지 못했다. 이 이야기는 정말 발 없는 말이 천 리를 간다라는 진리를 잘 보여 준다.

동화의 언어는 그 자체로 생물처럼 생명력을 가지고 있다. 「굴뚝새」 같은 이야기를 보면 아예 이렇게 나온다. 옛날에는 소리마다 뜻이 있었다고. 사람이 언어의 주인이 아니라, 언어가 사물이나 사람을 빌려 제 뜻을 펼친다. 예를 들어 대장장이의 망치 소리는 이렇게 울렸다. '내리쳐, 내리쳐!' 목수의 대패질 소리는 또 이러했다. '밀어, 그렇게 쓰윽! 쓰윽' 물레방아는 또 어떠했는가? '하느님, 아이쿠! 제발! 제발'. 인간은 이 언어를 속일 수가 없는데, 만약 방앗간 주인이 거짓말쟁이라면 물레방아는 이렇게 말할 것이기 때문이다. 처음에는 '누구야? 누구야?'

라고 하다가, 나중에는 굉장히 빠른 말투로 '슬쩍 훔치네, 슬쩍 훔치네!'라고.

내가 뱉는 말도 내 것이 아니라니? 정말 동화에는 믿을 놈이 없다. 나 자신을 매번 다르게 느낄 수밖에 없는 상황이 입을 열 때마다 펼쳐지니 말이다. 그런데 이 지점에서 우리는 동화의 주인공들이 가진 특징을 하나 뽑을 수가 있다. 언어 자체가 존재의 정체성이나 사물의 위치를 결정해 주기 때문에, 이런 여러 가지 언어적 층위를 넘나들 줄 아는 존재가 이야기의 주인공이 된다는 것이다. 「장화 신은 고양이」에 나오는 고양이 주인 셋째아들처럼 동물의 말에 귀 기울일 줄 알아야 왕국에도 가고 공주님과 결혼할 수도 있다.

이런 이언어적 횡단성을 마음껏 구가할 수 있는 능력은 타고나는 것이 아니다. 개구리와 독수리의 언어계를 종횡무진 넘나들기 위해 필요한 것은 어학교사도 훌륭한 어학교재도 아니다. 오히려 동화는 이처럼 이종 횡단을 위해 필요한 것은 자기 언어를 상실하는 일이라고까지 한다. 인어 공주가 말을 잃고, 소녀가 백조로 변한 오빠를 구하기 위해 가시옷을 지으면서도 입을 다물어야 했던 것을 떠올려 보자. 자기 입으로 말할 줄 모르게 된 자. 그런 존재가 말들을 횡단한다.

동화는 장화 신은 고양이의 셋째아들에서처럼, 헤테로-링

구얼한[異言語的] 상황을 주인공과 함께 호모-링구얼[單一言語的]한 것으로 바꾸는 것은 거절한다. 이질적인 언어의 차원은 유지되어야 한다. 죽음은 죽음으로, 마녀는 마녀로, 빨간 모자는 가족에게로, 신데렐라도 제 집으로. 저주에 걸렸던 모든 이들이 결국에는 제자리를 찾는 것이 동화의 문법이다. 이 제 자리라는 것이 선한가 악한가에 대한 판단은 중요하지 않다. 심지어 악하다 할지라도 그 자리는 존중되어야 한다. 동화 속에서 도둑들의 소굴이나 마녀의 집이 불타기는 하지만 그들의 악마성 자체는 사라지지 않기 때문이다. 악인은 벌 받지만 동화가 무한한 만큼 악마적인 존재들도 무한히 되돌아온다. 그 자리는 숲의 생장에 필요하다.

동화에는 초대받지 못한 악마의 저주가 많이 나온다. 숲속의 공주가 백 년의 깊은 잠에 빠져야 했던 것은 공주의 생일잔치에 못된 마녀를 초대하지 못했기 때문이다. 마녀가 초대를 못 받은 데에는 다 이유가 있겠지. 그렇지만 동화는 그 누구라도, 아니 숲속에 있는 존재는 누구라도 초대받을 수 있어야 함을 강조한다. 존재하는 모든 것에 대한 긍정이다. 이 윤리를 배반하는 자는 가시에 찔려 죽을 수도 있다.

다시 언어 이야기로 돌아가자. 삶과 죽음의 경계가 완전히 뒤섞이게 되는 것에 대한 거절은 「트루데 부인」을 통해서 이미

확인한 바 있다. 언어와 관련해서는 인어 공주가 더욱 잘 보여준다. 인간의 다리를 얻기 위해 자신의 말을 포기했던 인어 공주는 원래의 자기로 돌아가는 것을 포기한다. 대부분의 동화가 왕자가 저주 받아 개구리가 되거나, 공주가 저주 받아 잠이 들었다가 원래로 돌아오기 때문에 이야기들이 인간 문명을 옹호하는 것처럼 보인다. 그렇지만 동화의 심층 의식은 인어가 인간계로 넘어오는 것을 금지한다. 뒤섞일 수 없는 질적 차이는 보존되거나 생산되어야 하지 중화되어서는 안 되는 것이다. 이언어적 횡단성을 갖게 된 주인공들이 결국 왕이나 왕비가 되는 것은 이 능력의 목표가 왕국의 아주 많은 사람을 복되게 하는 데에 있음을 의미한다.

주술의 메아리가 울려퍼지다 : 「도둑과 세 아들」

③동화 속 언어의 세번째 특징은 주술성이다. 우선 동화의 말은 신체적이라는 점을 먼저 상기할 필요가 있다. 동화에서 말은 존재의 생김과 행위 양식을 결정한다. 말은 주체의 의식이 낳는 생산물이 아니다. 말을 낳는 것은 상황이며 조건이 허락할 때에만 '나'는 말할 수 있다. 예를 들면 말하기의 주요 맥락은 상대

방에게 도움 청하기 형식을 띤다. 이때 상황 자체가 너무나 절박하게 제시된다. 내가 죽을 뻔한 상황, 존재 자체가 해체될 듯한 절박함이 말을 만드는 것이다. '살려 주세요, 살려 주세요!' 이렇듯 동화는 언어의 발생을 도움을 구하는 데에 있다고 본다. 상대가 내 말을 들어줄지 안 들어줄지를 전혀 예상할 수가 없는 상황에서, 그저 곤란하다고밖에는 말할 수 없는 처지에서 나오는 하나의 외침, 그것이 말이다. 당연히 응답은 예상할 수 없다. 생쥐와 원숭이와 곰이 나를 도와줄지 안 도와줄지, 내 말이 효과를 얻을지 말지는 내 의지와 무관하다. 그래서 상대가 내 말을 들어주지 않아도 원망할 수가 없다. 만약 동물들이 부름에 응해 준다면? 땡큐다. 바로 그때 나는 산다. 그렇게 동물들 덕분에 살게 될 때 말은 신체의 소멸과 부활을 견인하는 장치가 된다. 이처럼 말은 살기 위해 똑같이 발버둥치는 존재와 존재 사이에서 태어난다.

그래서 동화 속 언어는 주술적이다. 언어는 재현하지 않는다. 누군가 보고 들은 이야기를 전하는 것이 언어의 목적이 아니다. 재현하는 언어를 상징하는 것은 「백설 공주」에 나오는 거울이다. 거울은 마녀가 묻는 말에만 답할 수 있다. 뭔가를 보고 되비춰 주는 거울의 언어란 묻는 것 외에 다른 것은 못 보는 언어이다. 반면 예언적 기능을 가진 주술적 언어는 그 힘의 풍요로움과 변형력으로 주인공들을 기겁하게 한다. 잠자는 숲속의 공주는 열여섯 살이 되는 해에 물레 바늘에 찔리리라는 말을 '받는다'. 이 주문은 주문을 건 존재 외에는 누구도 거두어들일 수가 없다. 그런데 과연 이 주문은 누구의 것일까? 주문을 건 마녀의 것인가, 주문에 걸린 공주의 것인가? 주술을 통해 즉각적으로 알 수 있는 사실은 동화 속에서는 현실 다음에 그것을 묘사하는 말이 뒤따라오는 것이 아니라 말이 먼저 있으며 현실이 말에 맞추기 위해 조정된다는 점이다.

주술의 기능은 착하고 아름다운 공주를 사악하고 추한 세계와 연결시키는 데 있다. 말은 주인공을 도처의 세계에 가리지 않고 연결시켜 준다. 때문에 주문의 실행에서는 주술을 건 자나 받은 자가 말의 주체가 될 수 없다. '바늘에 찔린다'는 말이 함의하는 바는 너무나 넓고 다양하며 그 중 어떤 것을 실행시킬지는 오직 공주가 어떤 조건을 만나느냐에 따라 달라진다. 게다가 주문은 얼마든지 비틀 수 있다. 착한 요정들은 이 악독한 주문에 다양한 뉘앙스를 부여했다. 덕분에 공주는 바늘에 찔린다고 하는 말의 사슬에서는 벗어날 수 없었지만 예뻐지고, 똑똑해지고, 친절해지는 복을 누리게 된다. 주술과 주술이 오버랩되고 서로를 간섭하면서 공주의 운명은 예측불가가 된다. 이처럼 주술의 강력함은 숲이라고 하는 카오스의 장 안에서 일어나는 모든 가능성을 수용하면서 그 풍요로운 실행력을 시험에 들게 한다. 그러면서 주인공의 삶에 긴장과 생기를 동시에 부여한다.

지금까지 숲속의 말들을 가지고 동화 언어의 성격을 정리해 보았다. 마지막으로 덧붙일 것이 있다. 동화라고 하는 언어에 대해서다. 사람들은 왜 동화를 읽을까? 『그림 동화』에서 이야기의 본질을 다루는 작품이 하나 있다. 「도둑과 세 아들」이다. 왕년에 잘나가던 도둑이 개심하여 착실하게 살려고 하나 그의 세 아들은 아버지에게 배운 대로 훔치고 빌어먹고 살겠다고 한다. 겁도 없는 이 아들들은 결국 이 나라 왕비의 심기를 거스르게 되는데, 왕비는 만약 도둑질의 전 생애 동안 가장 흥미로웠던 경험 세 개를 이야기해 준다면 아들의 목숨을 살려 주겠다는 제안을 한다. 도둑질하는 아들 따위 구해 줄 필요는 없지만 어쩐 일인지 입이 근질거렸던 아버지는 결국 연결되는 사건 세 개를 이야기해 주고 세 아들을 살린다. 그렇다. 너무 비슷하다. 바로 『천일야화』(千一夜話)이다. 왕에게 잡혀 먹는 처녀들의 죽음을 멈추기 위해 또 자기가 살기 위해 밤마다 이야기를 이어 갔던 세헤라자데의 모험이랑 똑같다.

세헤라자데는 이야기로 죽음과 대결한다. 그렇게 천하룻밤 동안 왕에게 이야기를 하면서 왕자를 낳고 백성을 살리는 기적을 이룬다. 그런데 왜 천 일이 아니라 천 일 하고도 하루가 더

붙은 것일까? 죽음과의 대결에 성공한 생명은 들어보지 못했다. 따라서 이 전투는 이야기하는 쪽에서 반드시 패할 수밖에 없다. 하지만 '천일야화'라는 제목을 붙인 고대 사람들은 인간은 죽어도 이야기라는 것은 끝이 없다는 점을 그 '하루'를 덧붙임으로써 강조했다. 이처럼 이야기는 죽음과 대결하는 최초의 무기였다. 아마 최후의 무기도 되지 않을까?

『천일야화』는 필멸의 인간이 죽음에 맞설 수 있는 유일한 길은 이야기의 불멸성 속에서 울고 웃는 것이라고 한다. 「도둑과 세 아들」 역시 마찬가지의 지혜를 말하고 있다. 도둑은 어떤 이야기로 자기 아들을 살렸을까? 남의 것을 훔치는 것에 능했던 도둑은 어쩌다 만난 불쌍한 한 여인과 그의 아이를 살리기 위해 자신을 식인귀의 노획물로 던졌으나 운 좋게 살아남은 적이 있었다. 여기서도 중요한 것은 이 도둑이 이웃사랑에 투철한 도덕가가 아니라는 점이다. 도둑은 자신이 그동안 훔친 그만큼을 자기 목숨으로 갚게 되었을 뿐이다. 이러한 상보적 호혜 덕분에 도둑은 업을 털고 새 인생을 시작할 수 있었다.

이야기로 죽음을 극복한다는 것도 마찬가지이다. 동화는 우리가 어떤 태도로 숲에 다가가야 할지, 어떠한 존재들과 함께 사는 것인지를 끊임없이 생각하게 한다. 죽음까지도. 우리는 죽지 않을 수 없다. 하지만 죽음에 완전히 자신을 넘겨주지도 말아야 한다. 동화는 바란다. 이 삶 안에 끊임없이 새로운 모험을 기입함으로써 죽음이 삼키고 있는 온갖 상실들이 보완되기를.

4부
동화의 네트워킹, 열린 삶을 향한 한 걸음

아파트 복도를 멋지게 비행하는 한 마리 말벌(로 추정되는 좀 큰 붕붕이)과 조우했다. 작은 녀석의 빠른 날갯짓 소리가 어찌나 힘찼는지, 나는 선풍기를 안 끄고 나온 줄 알고 서둘러 집으로 되돌아가기까지 했다. 어찌어찌 열린 복도 창문 밖으로 녀석을 보낼 수 있었는데 다음이 문제였다. 현관문 바로 위에 녀석이 만들어 놓은 흙집이 있었던 것이다. 꺄아! 소리를 내지르며 아이들은 계단으로 내빼고 말았고 나는 패닉에 빠졌다. 그의 작은 하우스에 난 문이 너무나 정교해 보였기 때문이다. 그것은 완벽한 원 모양으로 안에 아주 아늑한 보금자리가 있음을 암시했다. 매우 안정적으로 지어진 건축물이었다. 설마? 혼자 살자고 지은 집 치고는 너무 견고하고 아름다운데?

처음에는 주인을 잃은 집이니 그냥 두면 폐허가 될 것이라고 생각했다. 하지만 가족이 있다면? 알들이 부화되어 나에게 복수하지 않을까? 과연 몇 마리나 들어 있을는지? 현관문을 열 때마다 새 벌레가 태어나 우리를 찾고, 머지않아 쌍둥이의 굴속에까지 밀고 들어온다면 어쩌지? 그 작은 구멍은 이제 귀신의 집보다 무서운 곳이 되었다. 아, 우리 집도 이렇게 신비 아파트가 되는구나!

나는 내 새끼를 지켜야 한다는 불타는 사명감을 갖고 신발 주걱을 들어 앞뒤 가리지 않고 벌집을 치기 시작했다. 얍, 얍!! 무서워 제대로 조준을 못했는지 계속 실패를 했다. 그래서 다시 살충제를 들고 광범위한 지역에 분사를 했다. 고스터 버스터즈의 활약이 떠올랐다. 스위트 홈이 철퍼덕, 덕, 무너지기 시작했다. 그러자 세 마리 작은 아기 말벌들이 웅크리던 몸을 서서히 펴면서 떨어졌다. 나는 갑자기 멍해지고 말았다. 내가 누군가의 새끼를 죽인 것이다. 야생은 어디 있냐며 안타깝게 외치던 나는 어디로 갔나? 나는 너무나 쉽게, 너무나 격렬하게, 작은 것들을 해치우기 위해 달려들었던 것이다.

온라인 학습에다 미세먼지와 더위 덕분에 집 안에서 보내는 시간이 절대적으로 많아지면서 아이들은 유튜브를 보느라 계속 전자기기에 손을 댄다. 나도 정신 차리면 TV 앞이다. 그렇게 세 모녀는 덥다며 점점 바깥 세상에 무뎌졌다. 계절이 어떻게 지나가는지는 관심이 없다. 공원의 풀들이 색깔을 바꾸는지 눈에 잘 들어오지도 않고 밤꽃이 피는지 아카시아가 피는지 다 심드렁하다. 뉴스며, 영화며, 책이며 뭔가 많은 이야기들을 접하고 있는데 모두 무성영화처럼 지나간다. 코로나도 어떻게 마주해야 할지 막연하다. 어쩌면 낯선 '벌'이어서가 아니라 어떤 구체적인 마주침 앞에 무능력해지고 있는 것은 아닐까?

벌이 낯선 존재일 수 있을까? 벌은 언제나 우리 곁에 붕붕거리고 있었다. 어쩌면 우리는 아주 오랫동안 주변을 대충 보고, 마주친다는 것에 대해 생각을 잘 안 했던 것인지도 모른다. 그냥 익숙한 대상과 익숙하게 만나는 방식만 계속 유지하고 있었던 것이다. 어떤 고립이 코로나 사태 이전부터 우리를 꽁꽁 묶고 있었다. 성탑에 갇혀서 모든 것을 관조했던 라푼첼, 우리는 세계의 구체성에 무감각했던 라푼첼이었다.

동화는 구체성이 활동하는 세계다. 다르게 말하면 일상성이 작동하는 세계라고도 할 수 있다. 주변의 식물이나 동물이 인간과 말을 할 수 있을 정도로, 동화는 마주침을 열어 가는 일에 힘쓴다. 어디 동식물뿐이랴? 유정하지 않은 사물들 역시 차별 없이 제 역할이 있어 주인공들과 함께 움직인다. 가장 쉽게는 신데렐라의 아궁이 주변에서 돌아다니는 존재들을 떠올릴 수 있다. 저 위대한 「팥죽 할머니와 호랑이」 어벤져스는 또 어떤가? 동짓날, 호랑이에게 잡아먹힐 위험에 처한 할머니를 구하기 위해 부엌과 마당의 알밤, 송곳, 개똥, 맷돌, 자라, 멍석, 지게 등이 총출동한다. 동화는 이 평범한 나날의 사물들에게 왜 이렇게 큰 역할을 부여하는 것일까? 동화는 우리 주변의 존재들, 사물들을 통해 어떤 식의 관계 윤리를 사고했던 것일까?

1. 증여의 언덕과 교환의 늪

동화가 주인공들, 조연을 맡는 동식물들, 무엇보다 사물들을 무작위적으로 선택하지 않음은 분명하다. 동화는 사소한 모든 장치들에 그 이야기를 향유하는 지방의 온갖 상징을 녹여 낸다. 20세기의 동화라 할 수 있는 스머프 마을에 가 보자. 파파 스머프가 이끄는 스머프들은 광대버섯을 갖고 자신들의 집을 꾸민다. 빨간 머리에 흰 눈송이처럼 점이 찍혀 있는 이 예쁜 버섯은 실은 독버섯으로 잘 알려져 있는 '광대버섯'이다. 그런데 이 독은 고대 시베리아 부족 사회에서 샤먼이 죽은 자들과 신들과 소통하기 위해 먹던 식물이다. 광대버섯을 먹게 되면 대단히 흥분하게 되는데 정신을 잃는 속도가 빨라지면서 몸을 마구 움직이게 된다고 한다. 그러면 샤먼은 기쁨과 슬픔의 극단을 오가는 감각적 착란에 빠진다. 샤먼의 이 모습은 마치 보이지 않는 적과 전쟁을 치르는 것처럼 보이기도 한다. 그가 감각하는 세계는 원래의 질서가 녹아내린 상태여서 사물들이 제자리를 잃고 형태나 방향을 바꾸면서 계속 움직인다. 그러다가 샤먼에게는 갑자기 모든 흥분이 사라지고 창백한 상태가 닥쳐오게 되는데, 이때부터 그는 하늘로 올라가는 여행을 시작한다. 카오스의 깊고 넓은 시공을 통과해서 샤먼은 이승과 저승을 오고가는 능력을 갖게 되는 것이다. 광대버섯은 그런 샤먼에게 꼭 필요한 도구였다.자크 브로스, 『식물의 역사와 신화』, 양영란 옮김, 갈라파고스, 2005 참고 스머프들은 삶과 죽음의 경계를 오갈 수 있는, 인류의 무의식이 대지와 신을 만나기 위해 이용해 왔던 타임머신에 사는 셈이다. 가가멜은 마법사, 우리 식으로 말하자면 화학자라고 할 수 있다. 스머프는 광대버섯을 호흡하는 존재이니 고대의 샤먼에 가깝다. 이 만화는 20세기 식으로 고대적 상상력과 현대적 상상력의 갈등을 다루고 있었다.

동화 속 사물들은 그 동화를 향유한 사람들의 삶과 욕망에 딱 밀착된 존재이다. 그림 형제가 사랑했던 노간주나무는 측백나무과에 속하는 나무로 중부 유럽의 울창한 숲을 상징한다. 따라서 더 북쪽의 켈트족 신화나 남쪽 페르시아의 민담에는 잘 나오지 않을 수가 있다. 팥죽 할머니 이야기도 불교가 전래되는 과정에서 티베트와 몽골을 거쳐 한반도에 도착했다고 하는데 송곳과 개똥, 자라와 멍석의 조합은 이 이야기가 타고 넘은 고장의 풍습을 반영한다고 볼 수 있다.

그런데 이런 지역 차이에도 불구하고 동서고금의 모든 동화가 사랑하는 물건도 있다. 바로 황금이다. 세 아들을 둔 왕은 임종을 앞두고 황금 새를 찾아오라고 보내고, 황금 알을 낳는 거위를 차지하기 위해 숲속의 모든 사람들이 혈안이 되는 등. 동화는 황금색을 띤 모든 것들을 향해 자석처럼 몰려드는 사람들과 그들 앞에 처한 난관에 대해 셀 수 없이 많은 에피소드들을 갖고 있다. 그럼 황금을 중심으로 동화가 구체성의 세계, 사물과의 관계에 대해 어떤 철학을 펼치는지 알아보자.

선물만이 살길이다 : 「룸펠슈틸츠헨」①

그림 형제도 많은 황금 이야기를 수집했다. 왕자는 '황금공'을 이용하여 공주와 결혼하면서 마법을 푼다(「개구리 왕자」). 황금 사과가 열리는 나무와 그것을 먹는 황금 새, 황금 말이 동시에 출현하는 이야기도 있다(「황금 새」). 그 중에서 황금의 본성을 가장 잘 보여 주는 동화는 「룸펠슈틸츠헨」이다. 이야기는 이렇다. 옛날에 가난하지만 예쁜 딸이 있는 방앗간 주인이 살았다. 그는 우연히 왕과 이야기를 나누다가 자신도 뭔가 중요한 사람인 것처럼 보이고 싶어서 거짓말을 하게 된다. 딸이 하나 있는데 지푸라기를 자아 금실을 만들 수 있다고 뻥을 친 것이다. 호기심 많은 왕은 소녀를 불러 짚이 가득 쌓인 방으로 데려가 물레와 얼레를 주며 황금 실을 만들어 보라고 한다. 동화에서는 언제나 이런 어처구니없고 막무가내의 고난이 갑자기 주인공을 덮친다. 그런데 다른 주인공들처럼 이 예쁜 딸도 자신에게 닥친 불행 앞에서 당황하지 않는다. 자기 자리에 대한 긍정, 또 긍정이다.

당연히! 짚을 금으로 바꿀 줄 몰랐던 소녀 앞에 조력자가 등장한다. 숲속 난쟁이가 나타난 것이다. 그런데 공짜가 아니다. 난쟁이는 방법을 알려 줄 테니 무엇을 달라고 요구한다. 소녀는 목걸이를 주고 짚을 금실로 바꾸게 된다. 문제는 그 다음부터다. 황금에 욕심이 난 왕이 더 많은 짚을 주고 더 많은 황금을 요구하기 시작한 것이다. 이 왕뿐만이 아니라 다른 동화 속 왕들도 다 마찬가지다. '왕'이라는 기표는 늘 황금에 목마른데 아무리 많은 금을 주어도 그를 만족시킬 수가 없다. 왕-황금-권력의 본질이 연결되어 있다. 「룸펠슈틸츠헨」에서는 이 곤란의 유일한 해결책인 난쟁이의 요구도 왕의 황금 욕심에 맞춰 커진다. 하여 소녀는 목걸이와 손에 낀 반지까지 난쟁이에게 주게 된다. 결국 왕은 그녀를 아내로 맞이하여 더 큰 황금을 차지할 계획을 세우게 된다. 헌데 어쩌나 소녀는 더 이상 난쟁이에게 줄 것이 없다. 이에 난쟁이는 왕비가 되면 첫번째 아이를 달라는 요구를 한다. 어음을 발행한 것이다. 소녀는 이를 수락하고 왕비가 되었으나 첫아이를 빼앗길 위험에 봉착하게 된다. 그런데 난쟁이는 기회를 한 번 더 준다. 자기 이름이 무엇인지 밝힐 수 있다면 아이를 잡아먹지 않겠다고 한 것이다. 다행히 왕비는 숲에서 우연히 그 이름을 알게 되어 자식의 목숨을 구한다. 이 난쟁이의 이름이 룸펠슈틸츠헨(Rumpelstilzchen; 작은 딸랑이 실타래 혹은 작은 딸랑이 죽마)이었다.

이 이야기는 우선 동화가 사물의 기원을 어떻게 보는지를 말해 준다. 황금은 어디에서 왔나? 숲에서 왔다. 갑자기 소녀를 도와주는 것으로 숲속 난쟁이가 나타나는 점에서 알 수 있다. 소녀는 왕비가 되기 위해, 자신의 성숙을 위해 반드시 숲을 통과해야 한다. 여기서는 두 번의 숲 체험이 있다고 할 수 있다. 첫번째가 난쟁이에 의해 간접적으로 숲의 에너지(황금)를 체험하기였다면 두번째는 난쟁이의 이름을 알아보기 위해 스스로 숲에 들어가 보기였다. 심청이가 인당수에 들어갔다 나오고, 방앗간 소녀가 숲에 들어갔다 나오고와 같은 식이다. 왕비가 되기 위해 소녀들은 거대한 어둠, 온 생멸의 휘몰아치는 공간을 몇 번이나 통과해야만 한다.

이 이야기에서 소녀는 왕비가 될 만한 어떤 자질도 갖고 있지 않다. 심지어 그녀의 아버지는 거짓말쟁이이기까지 하다. 물론 심봉사도 거짓말쟁이였다. 왕을 속이고 신분을 높이려는 부덕한 부녀가 주인공이라니? 그럼에도 불구하고 어째서 소녀가 숲속 난쟁이의 도움을 받을 수 있는 것일까? 동화는 여기에 대해 '그냥'이라고 한다. 사물은 나에게 그냥 주어진다. 일방적으로 증여된다. 난쟁이는 갑자기 문을 열고 들어와 소녀를 돕는다. 위험으로부터의 도움은 즉각 이루어진다. 이때 중요한 것은 숲으로부터라는 점이다. 숲이란 생명의 원초적인 에너지를 공급하는 곳이며, 그 안에서는 나를 살릴 수도 있고 죽일 수도 있는 것들이 함께 움직인다. 처음에는 소녀를 구해 주는 존재였지만 나중에는 그녀의 아이를 잡아먹으려 달려드는 난쟁이가 이를 잘 보여 준다. 불운도 행운도 숲이 그냥 준다.

또 숲에서는 사물의 본성이 시시각각 바뀐다. 사물이란 '어떤 것'인가? 『그림 동화』 속 많은 사물들은 주인공이 움직이게 만든다. 아들들은 황금 사과를 찾으러 집을 떠나 외국과 지옥까지 돌아다닌다. 또 사물 자체도 위치 이동을 계속한다. 특히 황금은 그 불변하는 성격 때문인지, 멀리까지 비추는 환한 빛 때문인지, 가장 먼 거리에 존재하는 것들의 위치를 바꾸는 데에 쓰일 때가 많다. 황금은 굵은 나무 한 그루를 자른 뒤에야 그 안에 있는 황금 오리를 통해 드러나기도 하는 등, 가장 깊은 곳에 숨어 있다가 누구나 볼 수 있는 곳으로 서서히 이동한다. 그래서 그것과 함께하는 자들은 가장 비천한 자리에서 왕의 자리에까지 오르기도 한다. 물론 그 반대의 경우도 가능하다. 과도한 탐욕으로 왕좌에서 내쫓기는 왕들도 많다. 그러므로 황금과 같은 사물에게는 삶-자리를 매개하는 도구적 성격이 있다고 할 수 있다.

숲의 상호부조론 : 「룸펠슈틸츠헨」②

그런데 이 도구는 다루기가 어렵다. 황금은 그저 황금이 아니라 짚으로부터 만들어져야 한다. 황금은 변질 즉, 변신의 힘을 상징한다. 사물은 그 자체로는 아무런 의미가 없고, 오직 그것을 사용하는 과정에서 질적 변환을 일으킬 때에만 의미가 있는 것이다. 여기서 주의해야 할 첫번째 점이 나온다. 만약 이와 같은 사물의 본성을 놓치고 사물을 그 자체로 가치 있는 것으로 소유하려고 달려들게 되면 주인공은 위험에 빠지게 된다. 황금 자체에만 눈먼 자들의 최후에 대해서 우리가 더 말할 필요는 없으리라. 「룸펠슈틸츠헨」에서 방앗간 주인은 황금이 황금으로 가치 있다고 보았기에 딸의 목숨을 위험하게 만들고, 왕도 황금을 축적하기에 정신이 없다 보니 거짓말쟁이 장인을 얻는 것도 모자라 자식마저 난쟁이에게 빼앗길 처지가 된다. 사물을 소유의 대상으로만 보고 끌어모으는 데에만 힘쓰게 되면 절대로 잃어서는 안 될 것들을 계속 놓치게 된다.

이 도구를 다루는 것의 두번째 위험성은 사물이 '증여'되었다는 점에 있다. 동화 속 사물들의 관계가 '교환'이 아니라는 점은 아무리 강조해도 지나치지 않는다. 우리가 흔히 쓰는 '교환'이라는 개념은 같은 값을 지닌 것 사이에 물건을 바꾸는 것을 의미한다. 동화는 이러한 교환의 불가능성을 이야기한다. 왜냐하면 황금도 난쟁이도 숲이 그냥 주고 있기 때문이다.

「룸펠슈틸츠헨」 바로 앞에는 우리가 앞에서도 살펴본 적이 있는 「배낭과 모자와 뿔피리」 이야기가 있다. 여기서는 이 동화에서 물건들이 오고가는 흐름만 한번 따져 보자. 첫째는 은을 얻어 만족하고 둘째는 금을 얻어 만족한다. 셋째는 그 정도에도 만족하지 못하고 더 헤매다가 무조건 밥상을 차려내 주는 마법의 식탁보를 얻는다. 이 식탁보를 얻은 그는 승승장구하며 숲을 돌아다니는데 굶주린 숯쟁이들이 자기들의 마법 배낭, 마법 모자, 마법 뿔피리와 식탁보를 바꾸지만 이 식탁보는 번번이 셋째에게로 되돌아간다. 이 이야기는 등가교환 자체를 계속 좌절시키는 방식으로 전개된다.

비슷한 이야기로 또 가난한 세 아들이 나와 셋째가 황금 거위를 차지하게 되는 「황금 거위」도 있다. 여기서 첫째와 둘째는 등가교환적 사고 방식 때문에 일을 그르친다. 세 아들은 각각 숲에 들어가기 전 먹음직스럽고 근사한 달걀빵과자와 포도주 한 병을 들고 있었다. 숲에서 그들은 늙은 잿빛 난쟁이를 만난다. 난쟁이가 인사를 하며 말한다. "자네 주머니에 든 과자 한 조각과 포도주 한 모금만 나누어 주게나. 몹시 배가 고프고 목이 말라서 그래." 똑똑한 첫째와 둘째의 대답은 이렇다. "당신한테 내 과자와 포도주를 주면 내가 먹을 것이 없는걸?" 두 형제는 누군가에게 뭔가를 주는 일을 자기의 뭔가가 없어지는 것으로 생각한다. 되받을 수 있는 '반대급부'가 없을 때 이들은 절대로 자기 것을 주지 않는다.

반면 셋째는 이렇게 대답한다. "잿불에다 구운 맛없는 과자하고 시큼한 맥주밖에 없지만 괜찮으시다면 같이 앉아서 먹기로 합시다." '괜찮으시다면'이라 정말 멋진 표현이다. 나에게 도움을 구하는 자에게 내가 돌려주는 말이 '괜찮으시다면'이라니. 상대의 처지를 비하하지 않으면서 대가를 전혀 기대하지 않는 말 아닌가. '괜찮으시다면'은 '부족하겠지만 내가 가진 것이라도 받아주어서 고맙습니다'라는 뜻으로 번역될 것이다. 셋째는 이 난쟁이가 왜 고마운가? 그가 숲의 존재이기 때문이다. 셋째는 자신이 숲으로부터 무한히 무엇을 받으며 살아가고 있다는 것을 직관적으로 알고 있다.

다시 「룸펠슈틸츠헨」으로 돌아오자. 어쨌든 소녀에게 황금이 주어졌고 그녀는 그것에 상당하는 뭔가를 숲에 되돌려 주어야만 했다. 등가 교환은 아니어도 반드시 뭔가 숲에 되돌려주지 않으면, 그녀는 죽는다. 마르셀 모스(Marcel Mauss)는 원시부족의 경제를 선물 경제로 설명하면서 그들의 교환은 반드시 답례의 의무를 포함한다고 했다. 이때 증여되었다가 되돌아온 물건은 출발할 때보다 더 큰 가치를 지니게 된다.마르셀 모스, 『증여론』 이상길 옮김, 한길사, 2002, 163~192쪽 이 절박한 깨달음이 「룸펠슈틸츠헨」 후반을 무섭게 강타한다. 처음에 소녀는 자신의 목걸이와 반지를 줌으로써 황금을 불리면서 자기 목숨을 구했다. 문제는 더 이상 줄 것이 없어졌을 때였다. 소녀는 이때 멈추었어야만 했다. 되돌려줄 것이 없을 정도로 숲을 이용해서는 안 된다. 숲의 생명력을 증식시키기 위해서라도 우리는 반드시 숲에게 자신의 노동력과 감사를 돌려주어야 한다. 그러나 소녀는 그저 난처한 상황만을 모면하기 위해 해서는 안 될 약속을 하고 만다. 언젠가는 갚을 거라며 지킬 자신도 없는 약속을 한 것이다. 숲은 이런 무책임한 탐욕을 참지 않는다.

왕비는 어떻게 위험에서 벗어날 수 있었을까? 이 대목이야말로 「룸펠슈틸츠헨」의 지혜가 빛나는 부분이다. 난쟁이는 자기 이름을 알아 오라고 한다. 왜 이름인가? 난쟁이의 이름 자체는 대단할 것이 없다. 작은 줄을 타거나 그것을 조랑말처럼 몬다는 뜻이니까. 난쟁이의 외침인 "오늘은 빵을 굽고 내일은 술을 빚는"이란, 오늘은 먹을 것을 마련하고 내일은 삶을 향유하는 이라는 뜻이다. 그런데 이 소박하고도 절대적인 숲의 진리에 헌신하는 난쟁이 한 사람의 이름을 찾기 위해 왕비는 자신이 할 수 있는 모든 노력을 경주한다. 온 나라에 사자를 보내고 그 스스로도 잠을 자지 않으며 수많은 이름들을 생각한다. 동화는 '룸펠슈틸츠헨'이라는 고유명은 셀 수 없을 정도로 많은 뭇 존재들을 하나하나 떠올리면서 이해해야만 발견할 수 있는 이름이라고 하는 것이다. 숲의 황금에 답례하기 위해서는 온 세상을 다 돌아다녀도 모자라다는 뜻이다. 그 노력을 게을리하지 않음으로써 왕비는 자기 자식 한 사람을 살리는 존재가 된다. 이것이 야생의 에티카다. 나 자신이 숲으로부터 계속 증여받고 있음을 놓치지 않고 만물과 함께 살길을 찾아가는 것! 그래야 내 새끼를 구할 수 있다.

2. 웃지 않는 공주와 그림자 노동

웃겨야 사는 남자 : 「지빠귀 부리 왕」

『그림 동화』에는 종종 웃지 않는 공주 이야기가 나온다. 레비스트로스는 웃지 않는 공주란 자기 왕국의 어떤 남자에게도 만족할 줄 모르는 여성을 의미하기 때문에 외혼제의 상징으로 보기도 한다. 공주를 웃기는 자가 늘 성 밖에서 '멋도 모르고' 찾아와서 웃겨 버리기 때문이다. 그가 공주 나라의 상식이나 관습에 무지했기에, 공주가 당연하다고 생각하는 전제들을 뒤집을 수 있기에 결혼하게 되는 것이다. 그래서 이 왕자는 가장 늦게 온다. 동화가 괜히 듣는 사람 감질맛 나게 하려고 웃기는 왕자를 제일 마지막에 출현시키는 게 아니다. 왕자는 공주로부터 가장 먼 곳에서 와야만 했던 것이다. 공주가 갖고 있는 통념으로부터 가장 멀리 있는 자, 그만이 공주를 얻는다.

동화가 웃지 않음과 웃김의 관계에 주목하는 까닭은 무엇일까? 웃음이란 갇혔던 숨이 터지면서 진지했던 분위기를 돌연 활발하게 바꾼다. 갑갑했던 공기를 활짝 열어서 신선한 새 기운이 문득, 활발히, 일어나게 한다. 공주가 웃지 못했던 까닭은 무거운 것을 들고 있었기 때문이다. 무거운 것, 중요해서 놓을 수 없는 것, 존재의 이유 따위, 공주는 그것이 자신을 살리는 전부라고 믿었다. 새로운 생각이나 느낌을 가져 볼 꿈도 꾸지 않았기에 웃을 수 없었던 것이다. 웃어야만 결혼할 수 있는 공주의 운명을 동화가 즐겨 이야기하는 까닭은 분명해 보인다. 웃기는 왕자 덕분에 공주는 자기 삶의 무게중심을 의심할 수 있었다. 이처럼 어떤 지배적 가치의 무거움을 덜어 내는 운동 속에서만 존재는 행복하게 오래오래 살 수 있다.

그런데 한번 웃고 난 공주는 이제 어떻게 될까? 자기가 중요하게 붙들고 있던 것이 만고의 진리가 아니라 그저 자기만 중요하게 생각한 가치라는 것을 깨닫고 난 뒤에는? 웃지 않는 공주의 혼담 이야기 중에 이 '웃음의 철학'을 더 밀고 가는 이야기가 있다. 바로 「지빠귀 부리 왕」이다. 이 이야기에 나오는 공주는 직접적으로 '웃지 않는다'라고는 되어 있지 않다. 또 왕자가 일부러 웃기는 것도 아니다. 여기 공주는 오만하기로 악명이 높아 구혼자를 비웃으며 괴롭히기만 했는데 그러다가 한 왕자를 보고 빵 터지고 만다. 그 왕자가 턱이 좀 나와 있었던 것이다. '아! 당신은 지빠귀 부리 왕 같아요! 깔깔깔!' 공주를 웃기는 자가 새의 모습을 하고 있다는 것부터가 공주의 무거움을 새의 가벼움으로 덜어 준다는 뜻이 있다.

문제는 여기서부터다. 왕이 자신의 딸이 너무 교만하다는 것을 깨닫고서는 결혼이고 뭐고 궁성을 찾아오는 첫번째 거지에게 그녀를 시집보내 버리기 때문이다. 이 거지는 지빠귀 부리 왕이 거리의 악사로 변장한 것이었는데 공주는 그와 함께 온 마을과 숲을 전전하게 된다. 덕분에 공주는 궁궐이 전부인 줄 알다가 세상에는 커다란 숲도, 초원도, 커다란 도시도, 작은 오두막도 있다는 것을 알게 된다.

공주는 자기 힘으로 벌어먹고 살아야 하는 처지가 되었다. 하지만 어쩌나 재주가 없는 것을. 백설 공주나 재투성이 아셴푸텔은 그래도 집안일에 능해서 난쟁이들, 부엌의 쥐들로부터 큰 신임을 얻으며 고난을 헤쳐 나갈 수 있었다. 하지만 지빠귀 부리 왕의 공주는 아무것도 할 줄 몰라 완전히 곤란하다. 그녀는 맨손으로 흙을 파서 먹을 것을 찾고 남의 궁궐에서 남은 음식을 받아 돌아오는 등 온갖 험한 일을 해서 남편을 먹여 살려야 한다. 그러다 나중에 자신의 거지 남편이 실은 지빠귀 부리 왕이라는 것이 밝혀지면서 금의환향하게 된다. 이 흙손 공주의 웃음은 가혹한 노동과 결합되어 있다. 또한 그 자체로는 아무것도 생산하지 못하는 노동의 본질도 말해 준다. 재주 없는 공주는 구걸 외에는 살 방법이 없었다. 거지의 아내이니 거지가 되어도 이상할 것 없지만, 동화가 이렇게까지 공주를 몰아가야만 하는 이유는 무엇일까?

동화는 전근대적 상상력이 넘쳐나는 시공간이기에 여성의 일을 오직 밥하고 빨래하고 옷 짓는 것으로밖에 상상할 수 없었을 수도 있다. 하지만 이 동화가 보여 주는 공주의 일은 두 가지 점에서 백설 공주나 신데렐라의 노동과 다르다. 첫째, 공주의 노동에서 결국 부각되는 것은 그녀의 손이다. 원래 『그림 동화』는 재봉이나 바느질(브리콜라주)을 높이 평가한다. 저주에 걸린 오빠를 구하기 위해 여동생들은 모두 가시옷을 짓는다. 밤에 몰래 신발을 고쳐 주는 요정도 있다. 또 부엌에서 재투성이가 되는 것에도 박수를 보낸다. 재라는 것은 그 장소가 만물을 소화시키는 거대한 카오스의 장임을 말해 주기 때문이다. 손으로 음식을 만들고 누군가를 먹이는 것 자체가 거대한 자연의 순환 고리에 뛰어드는 일이므로 아궁이 근처에 있는 자는 기회를 얻는다.

그런데 지빠귀 부리 왕의 공주는 손으로 옷이나 음식을 만들지 않는다. 그녀는 완제품을 만들 줄 모른다. 처음에 남편이 어디서 주워 온 지푸라기로 바구니를 짜 보았는데 바구니나 실은 또 다른 목적에 봉사할 것이 기대되기 때문에 이 노동은 오직 수단으로서만 의미가 있었다. 물론 공주는 바구니도 실도 짜지를 못한다. 그래서 다음으로는 남편이 길에서 주워 온 옹기 같은 것을 팔러 나가는데 지나가는 술 취한 군인이 말발굽으로 옹기들을 치고 달아나 버려 장사에도 실패한다. 공주가 말 다니는 길목에 자리를 깔았던 것이다. 완제품을 누군가에게 건네는 일조차 못한다는 것이 밝혀지자 이번에는 왕궁의 부엌에서 허드렛일을 하게 되는데 여기서도 또 욕을 먹고 만다. 그녀가 직장에서 들은 최후의 말은 이러했다. "그만 우시오. 당신이 뭘 하나 제대로 된 일은 못하는 사람인 걸 잘 알았소!" 결국 공주는 주방의 궂은 일을 다 하고 음식이 남을 경우 그 중 조금을 가져오는 것으로 자기 손의 가치를 증명하게 된다.

공주의 손은 생산하지 못한다. 선의도 악의도 없는 장소에서, 임자 없는 먹이를 집어 나를 뿐이다. 그 손이 일을 안 하는 것은 아니다. 하지만 대가로 얻은 것은 남의 손이 만든 것이다. 나는 보다 근원적인 가르침이 이 흙손을 통해 말해지고 있다고 생각한다. 공주가 구걸하다시피 한 음식을 싸들고 오는 대목을 보도록 하자. 뭉클하다.

"그리하여 공주는 부엌데기가 되어 요리사를 도와주고 아주 궂은 일을 해야 했다. 공주는 남은 음식 중에서 자기 몫을 단지에 담아 움직이지 않게 양 주머니에 잘 넣어 가지고 집으로 가져왔다. 그들은 그것을 먹고 살았다."「지빠귀 부리 왕」 297쪽

공주는 오늘 남은 음식이 있다는 것에 감사한다. 그것을 소중하게 들고 집으로 와 굶고 있을 남편을 먹인다. 지금 공주는 먹고산다는 것이 타인의 손 없이는 불가능하다는 것을 온몸으로 깨닫고 있다. 게다가 그녀는 자기를 위해 그 많은 궂은 일을 하지 않았다. 집에 있는 누군가, 어쩌다 자기랑 살게 된 한 남자를 위해서 할 수 있는 전부를 했다. 소중하게 들고 있던 음식 찌꺼기가 궁궐의 홀에서 쏟아져 사람들의 놀림이 되는 것마저 감수하면서 말이다. 공주는 먹고사는 일의 존엄함에 압도되어, 먹고살기 위해 애쓰는 모든 존재의 신산한 운명을 절감한다.

너의 손이 너를 구한다 : 「홀레 할머니」

「지빠귀 부리 왕」에 나오는 공주를 통해 알 수 있는 동화 속 노동의 두번째 특징은 무엇인가? '실패'이다. 공주가 만약 재봉이

나 요리에 능했더라면 옷 방이나 주방을 벗어날 수 없었을 것이다. 난쟁이들이 백설 공주가 바깥으로 나가는 일을 왜 말렸겠는가? 백설 아가씨가 집안일을 워낙 잘해서다. 그런데 우리의 공주는 재주가 워낙 없다 보니 온갖 일들 '사이'에 계속 머무르게 된다. 여러 국면 국면을 돌아다닐 수 있는 것이다. 이 공주가 다른 나라 궁궐의 주방에까지 가게 된 것은 그녀가 주파한 세계가 참으로 넓고 크다는 것을 의미한다. 「지빠귀 부리 왕」이 포착하는 노동의 본질은 생산이 아니라 '연결'인 것이다.

이 이야기에 따르면 우리는 오직 노동을 통해서만, 그것도 자기 손을 써서 하는 일을 통해서만 세상과 접속할 수 있다. 공주는 처음에는 왕궁 밖에 숲, 초원, 대도시, 작은 오두막이 있다는 것을 보았다. 그 다음에는 손을 써서 그것들과 접속했다. 숲, 초원, 대도시, 작은 오두막은 정말 제각각 달라 보이지만 그 안에서 살아가는 모든 존재는 먹고살아야 한다는 엄중한 생의 목적을 위해 나름대로 최선을 다해 분투한다. 잔디를 이해한다는 것은 뭘까? 백과사전을 뒤져서 잔디에 관한 정보를 찾아내는 것? 아니다. 밟아야 한다. 새벽과 해질녘의 잔디가 다르고 봄과 겨울의 잔디가 다르다. 막 걷기 시작한 아이의 발이 다르고 지팡이를 짚어야 하는 노인의 발이 다르다. 그런 의미에서 나는 겨우 오늘 이 아침에 밟아 본 우리 동네 잔디의 느낌만을 안다.

잔디에 대한 완전한 앎에 이르지 못했다는 점에서 이 이해는 실패다. 그런데 이 실패를 거듭하면서 우리는 그 누구에게도 똑같은 잔디란 없다는 진리에 도달한다.

공주는 손으로 세상 도처에서 꿈틀대는 온갖 진리들과 접속했다. 그녀의 모든 실패는 세상의 여러 가지 국면들을 이해하고 통찰하기 위한 시도였다. 우리는 손을 통해서밖에, 구체적 행위로써밖에 세계를 만날 수 없기 때문이다. 매일매일 치러 내는 사소하면서도 반복되는 일들의 중요성이 여기에 있다. 먹고 살기 위해서는 세상을 이해해야 하며, 이 이해는 내 손으로밖에 할 수 없다.

「지빠귀 부리 왕」과 같이 생각해 볼 수 있는 작품이 「홀레 할머니」다. 신데렐라의 또 다른 버전이라고 할 수 있는데, 새엄마의 구박을 받는 소녀 하나가 나온다. 그녀는 날마다 큰길에 있는 우물가에 앉아서 손가락에서 피가 날 때까지 실을 자아야 했다. 어느 날 우물에 손을 씻으려다가 얼레를 빠트렸는데, 우물에 뛰어들어서라도 얼레를 갖고 오라는 계모의 서슬 퍼런 명령에 그만 죽을 위험에 처하게 된다. 그런데 죽을 결심을 하고 우물에 빠지자마자 소녀는 하늘초원에 도착한다. 「홀레 할머니」는 깊은 물과 높은 하늘이라고 하는 상반된 이미지를 이 소녀와 함께 순식간에 연결시켜 버리는 셈이다. 하늘에 갔더니 빵 굽는 가마가 나왔는데 그 안에서 빵들이 소리치는 것이 아닌가? “제발 절 좀 꺼내 주세요. 이미 다 익었어요.” 빵을 하나하나 다 꺼내 주고 났더니 이번에는 사과나무가 나타났다. “날 흔들어 주세요 이미 다 익었어요.” 그렇게 사과를 다 떨어지게 하고 났더니 할머니가 나타났는데 그 분이 홀레 할머니였다.

홀레 할머니는 트루데 부인처럼 지모신이다. 트루데 부인이 지하 깊은 곳에서 숲의 어둠을 관장했다면 홀레 할머니는 푸른 하늘 위에서 태양빛을 다스린다. 두 할머니 모두 생사에 깊숙이 관계하는 존재이다. 홀레 할머니는 소녀가 침대의 이불만 열심히 턴다면 좋은 일이 있을 거라고 한다. 이불을 털면 깃털이 잘 날리게 되는데 그것이 지상에서는 눈이 된다는 것이다. 독일의 헤센 지방에서는 눈이 올 때면 홀레 할머니가 이부자리를 턴다고 생각한다고 한다. 여기서도 소녀는 자기 손을 써서 부지런히 일했다. 덕분에 나중에 지상으로 돌아올 때 그녀는 황금빛물로 몸을 가꾼 아가씨가 되어 큰 부귀를 누리게 된다.

어째서 그녀에게 이토록 좋은 일이 일어났을까? 소녀가 착해서가 아니다. 소녀가 실을 잣고 있어서다. 이 소녀는 우물에 빠지기 전에 계모가 시키는 일을 그저 묵묵히 했다. 겨우 구멍 난 곳을 메우고 떨어진 것을 붙이는 일이었다. 그런데 소녀는 손에 피가 나도록 실을 자은 덕에 우물과 하늘을 연결시킬 수 있는 능력을 얻게 된다. 계모의 악덕은 소녀가 우물과 하늘을 왕복할 수 있게 한 동화의 장치이다. 빵을 제때 화덕에서 꺼내고 사과를 제때에 수확할 수 있게 한 것 역시 그녀가 때에 맞게 만물이 있을 자리를 살펴 줄 수 있음을 뜻한다. 피가 난 그녀의 손가락이여 만세!

나는 여기서 소녀가 실 잣는 데에 재능이나 취미가 있지 않았다는 점을 강조하고 싶다. 소녀는 계모가 시켜서 실을 자았고 홀레 할머니가 시켜서 이불을 털었다. 모두 시켜서 한 일이다. 「지빠귀 부리 왕」의 공주님도 마찬가지다. 그녀도 아버지에 의한 강제적 혼인, 거지와의 황당한 결혼을 받아들이지 않을 수 없었다. 두 아가씨는 그 어떤 것도 자기 선택이 아니었는데 왜 이토록 큰 짐을 지는 것일까?

「지빠귀 부리 왕」의 공주님 처지는 어쨌든 이해가 간다. 왕궁에서 쫓겨나고 보니 먹고살 길이 막막했을 것이다. 어쨌든 혼자보다는 둘이 먹고살기가 더 쉬웠을 테지. 그런 현실적 필요가 공주로 하여금 겸손을 알게 했을 법하다. 한때 공주는 왕자를 고를 수 있었다. 그런데 동화는 그런 자유의지적 선택에는 관심이 없다. 잘 산다는 것은 나를 둘러싼 외적 조건을 이해하는 문제이지 내 입맛에 맞는 것을 골라먹는 일이 아니기 때문이다. 나를 살리는 것이 타인임을 안다면 지금 내 곁에 누가 있든지 간에 그는 귀하다. 겨우 얻은 음식 찌꺼기를 흘릴까 싶어 귀하게 가지고 돌아올 때 공주는 어떤 마음이 들었을까? 왕궁에 앉아 있는 처지라면 절대로 이해하지 못했을 데까지 묵묵히 겸허하게 걸어가게끔 밀어 주는 동반자 그녀의 남편. 공주는 거지 남편이 정말로 고마웠으리라. 소녀도 홀레 할머니로부터 복이란 복은 다 받고 내려왔다. 「홀레 할머니」 동화는 그녀가 이후에 어떻게 살았는지는 말해 주지 않는다. 하지만 우리는 충분히 짐작할 수 있다. 그녀는 변함없이 손을 써서 빵을 굽고, 사과를 따고, 실을 자으며 아주 많은 사람을 먹이게 될 것이다.

세계는 공생터

한때는 나도 공주였다. 나밖에 몰라서, 내가 좋은 일만 하고 살았다. 나를 위한 학업, 나를 위한 사업. 그런데 아이들을 낳고 나서 그림자 노동의 엄청난 수레바퀴 아래에 깔리고 말았다. 너를 위한 육아, 너를 위한 가사. 내 욕망과는 상관없이 타인을 먹이고 살리는 일에 영혼과 몸을 갈아 넣고서…….

육아와 가사 노동이 힘든 까닭은 내가 그것을 '그림자 노동'으로 취급하기 때문이다. 집안을 건사하고 아이들을 키우는 일이니 그 자체로 중요하다고 생각은 한다. 또 가끔은 설거지나 빨래 개는 일 자체가 재미있기도 하지만 내 마음 깊은 곳에서는 '내가 해야 할 일'로 진정 받아들이지 않았다. 나에게 집안일이란 육아의 수단, 노동의 보완, 더 나아가서는 배달음식을 시켜 먹거나 세탁소에 옷을 맡기거나 하는 식으로 돈으로 대체할 수도 있는 '돈 안 되는 일'이었다.

이반 일리치는 노동이 임금을 전제로 생각된 것은 18세기 이후라고 한다. 이반 일리치는 '그림자 노동'이라는 말로 임금노동을 가능케 하면서도 임금화되지 않는 노동을 개념화함으로써, 현대적 삶에서 일어나는 경제적 효용의 환상과 그로 인한 소외를 비판했다.이반 일리치, 『그림자 노동』, 노승영 옮김, 사월의책, 2015, 184~205쪽 이반 일리치에 따르면 노동을 '가치'나 '긍지', '즐거움' 등으로 수식하면서 과대포장하고 임금과 교환될 때 비로소 의미 있는 일로 간주하게 된 것은 정말 인류 역사상 이례적인 일이라고 한다. 오늘날 '일'이나 '노동'은 곧바로 '임금'을 떠올리게 한다. 그러나 돈을 받고 하는 노동은 유럽의 중세 내내 비참함을 나타내는 상징이었다. 원칙상 중세사회는 구성원들에게 저마다 제자리를 마련해 주었으며 공동체는 구조적으로 실업과 궁핍을 차단하고 있었다. 자급자족하기는 했지만 자기가 삶에서 필요한 모든 것들을 다 만들어서 쓴다는 의미는 아니었다. 각자가 자기

밖에 할 수 없는 노동을 통해 공동체 전체가 필요한 어떤 가치를 생산해 내었기에 서로가 서로에게 없어서는 안 될 존재로서 자리매김되고 있었다. 각자의 노동 또한 공동체에 대체 불가능한 것으로서 평가받았다. 내가 일하지 않으면 나를 둘러싼 사람들의 삶 자체가 삐그덕거릴 것이고 결과적으로 내 삶도 위협받을 것이기에 사람들은 가장 이기적인 동기에서 모두를 위해 일했다. 그러한 사회에서 돈을 받고 일하면서 생계를 유지하는 사람은 무능력자였다. 가난한 자는 디베스(dives, 부자)가 아니라서가 아니라 포텐스(potens, 능력자)가 아니기에 동정을 받았다.

처음에는 동화에서 공주가 부엌데기가 된다는 것이 참 마음에 들지 않았다. 그런데 왜 하필 부엌일까? 왜 하필 구걸일까? 를 생각하다가, 왜 이렇게 일하는 장면이 많은지를 생각하다가, 문득 깨달았다. 살려라! 동화는 이 단순한 진리를 철저하게 반복하고 있는 것이다. 지빠귀 부리 왕의 공주가 거지 남편을 살리고, 여동생이 저주에 걸린 오빠를 살리고, 백설 공주가 광부 난쟁이들을 살리고, 재투성이 아셴푸텔이 못된 계모와 이복 언니를 살리고. 그 타인이 누가 되었든지 간에 남을 살려야 기회가 온다, 내가 살 기회가. 바로 옆의 누군가를 살리려고 애쓰는 것은 나를 둘러싼 세계가 수많은 타인들의 공생터임을 알기 때문이다.

3. 변신한다, 고로 존재한다

열 살, 아이들의 고민이 깊어 간다.

둥자 : "엄마, 내가 커서 뭐가 됐으면 좋겠어?"

엄마 : "넘어져도 잘 일어나고, 짜증 안 내고, 씩씩하고 또 …. "

둥자 : "엄마, 직업 말이야, 직업!"

엄마 : "음. 동물을 좋아하니까 수의사? 아니면 화가? 아니다, 아니야. 빵을 좋아하니까? 제빵사?"

둥자 : "엄마, 뭐 '사' 자나 '가' 자 들어가는 거 말고. 그건 공부 많이 해야 된다며. 그리고 저번에 내가 빵집 아줌마 되겠다고 발표하니까 모두 웃었어."

둥순 : "야, 너 특별히 하고 싶은 게 뭐야?"

둥자 : "그게 없단 말이지."

둥자는 자기는 왜 꿈이 없냐며 요즘 직업을 찾기에 바쁘다. 잘하는 것도 하고 싶은 것도 없어서 별로란다. 둥순이는 일찌감치 꽃집을 하기로 결심한 터라 좀 느긋하다. 한때는 다람쥐나 곰이 되고 싶다고 하더니만 벌써부터 취업 고민이라니, 쩝! '사' 자나 '가' 자 들어가는 거는 싫다고 말하는 것도 참 당연하다. 그런 직업을 얻으려면 하루 종일 앉아서 책만 봐야 하는데, 자기는 산책도 해야 하고 BTS 노래도 들어야 하니 바빠서 안 된다는 거다. 맞는 말이다. 왜 굳이 그런 삶을 살아야 하는가?

헤르만 헤세(Hermann Hesse)가 1906년에 쓴 『수레바퀴 아래서』에 나오는 한스 기벤라트는 평범한 아버지의 온갖 기대를 다 받으며 최고 기숙학교에서 공부하다가 입신출세의 수레바퀴 아래 깔려서 파괴되고 만다. 상급학교의 상급학교까지를 나와서 모두가 인정할 만한 직업을 가지고 안정적인 삶을 사는 것. 헤르만 헤세는 바로 이런 평범한 상식이 인간의 영혼을 가차 없이 찌그러뜨린다고 보았다. 자기 영혼을 돌볼 수 있는 여유와 감수성을 키울 수 없다면 그는 이미 죽었다.

J. D. 샐린저(J. D. Salinger) 가 쓴 『호밀밭의 파수꾼』(1951)도 떠오른다. 여기에도 변호사와 정치가 등 미국 최고의 엘리트

를 키워 내는 동부 최고의 사립학교가 나온다. 주인공 홀든 콜필드는 부지런히 공부하고 친구들보다 앞서 나가면서 상류층의 일원이 되기보다는 인정과 의리를 지키는 어른이 되기 위해 발버둥친다. 순수하고 정직한 영혼이 낭떠러지에 떨어지지 않도록, 자신은 그런 가치들을 지켜 주는 파수꾼으로 살고 싶다고 한다. 십대의 기차에 막 올라탄 아이들에게 이 소설은 어떻게 읽힐까? 한스와 홀든은 자기다움을 자격이나 직업으로 증명하고 싶지 않은 청춘의 몸부림을 보여 준다. "너는 누구인가?"라는 세상의 질문 앞에서 "글쎄, 나는 도대체 어떤 사람인 걸까?" 하며 자신의 사람됨을 깊게 응시하는 것이다. 헤세나 샐린저에게 한 사람의 개성은 그가 추구하는 어떤 가치에 관한 문제였다.

우리 아이들에게도 자신의 정체성에 관심이 가고 세상 어딘가에 자기를 위치시키고 싶은 마음이 꿈틀대는 때가 왔다. 그 누구와도 다른, 어떤 특별한 '자기'를 찾고 싶은 욕망이 불끈불끈이다. 하지만 그런 '자기'는 도대체 어디에 있는 것일까? 이렇게 열심히 찾아다녀야 하다니. 나는 자기만 꿈이 없는 것 같다며 초조해하는 딸을 달래 주고 싶다. 딸들아, '아무나'가 되어도 괜찮아.

인간의 피부는 너무 얇아서 : 「오누이」

『그림 동화』에서는 '자기'를 정의하는 방식이 완전히 다르다. 동화 속 주인공들은 운명의 습격을 받아 엄마 품에서 쫓겨나고, 왕좌에서 떠밀리고, 쇠 상자에 갇혀 있다. 계발해야 할 개성은 따로 없다. 어쩌다 운이 좋아 공주 옷도 입어 보게 되고, 신기한 마법 식탁보를 얻어 한 끼 밥 잘 해결하는 식이다. 가끔은 운 좋게 하인들을 많이 부리게 되어 좀 살 만해지기도 한다(「여섯 하인」). 그러나 이 하인들도 때가 되면 다 떠나간다. 동화 속 주인공들은 이름이 없다. 뭔가를 소유할 수 있는 그릇으로서의 나, 계발되고 고양될 어떤 원질로서의 나라는 것이 없는 까닭이다.

동화가 '자기'를 어떻게 이해하는지는 저 다양한 변신담을 읽어 보면 잘 알 수 있다. 인간은 개구리가 되고(「개구리 왕자」), 까마귀가 되고(「열두 오빠」), 때로는 사슴이나(「오누이」) 나귀가 되기도 한다(「신기한 푸성귀」). 심지어 식물이 되기도 한다(「노간주나무」). 이런 변신담에 따르면 인간은 '아이에서 어른으로' 성장하는 것이 아니라 '인간에서 동물로' 몸을 옮긴다. 여기에서는 '된다'라는 말이 '능력의 축적'을 뜻하지 않고 존재의 전환을 의미한다. 동화에서 인간의 피부는 너무나 얇고 입을 수 있는 옷은 너무나 많다.

주인공들은 대체로 자기 껍데기를 갑갑해한다. 「오누이」에서는 호랑이가, 늑대가, 사슴이 되지 못해 안달이 난 오빠가 나온다. 물론 오빠는 계모가 샘물마다 마법을 걸어 놓아 목이 마를 때마다 동물이 될 위험에 처해 있다. 그렇지만 이 동화를 따라가다 보면 오빠는 여동생이 아무리 말려도 숲으로 이끌리는 자신이 어쩔 수가 없다는 것을 알 수 있다. 오빠는 저주인 줄 알면서도 그 저주에 이끌리는 것이다. 백설 공주도 그랬다. 난쟁이들이 제발 집 밖으로 나가지 말라고 그렇게 신신당부를 하는데도, 몇 번이나 마녀에게 당하는데도, 숲으로 한 걸음 내딛고 싶은 자기 욕망을 못 참는다. 동화 속 아이들은 모두 길 위에 있다. 다른 삶을 향한 욕망 때문이다. '집 밖으로 나갈 수 없다면 난 여기서 실망해서 죽어 버릴 거야. 사냥 나팔 소리를 들으면 발굽을 박차고 뛰어나가야 할 것 같아!'

이처럼 집을 떠나기, 변신하기에는 별다른 이유가 없다. 「오누이」에서도 계모가 의붓자식을 미워해서 저주를 건다고 하지만 저주가 왜 내려졌는지는 나오지 않는다. 심기 불편한 마녀에게 딱 걸렸을 수도 있고 자기도 모르게 숲의 금기를 위반했을 수도 있다. 그런데 어찌되었든 그렇게 몸이 바뀌는 것은 '충분히 있을 수 있는 일'이다. 살다 보니 까마귀가 되는 일도 있는 거다. 동화는 이토록 삶의 방식에 있어 여유롭다.

물론 저주라는 점에서 좋지 않은 일이기는 하다. 하지만 그것도 따져 볼 필요가 있다. 저주를 받았다지만 뭐 굶으면서 괴롭게 살지 않고 까마귀로서 사슴으로서 다른 세계 안에서 충분히 생활한다. 까마귀로 변한 일곱 오빠들을 떠올려 보자. 동생이랑 하루 종일 인간답게 놀지 못하는 것은 좀 아쉽겠지만 어쨌든 낮 동안 충분히 먹고 마시고 창공을 날며 만족스럽게 살지 않는가? 오히려 변해야지만 더 잘 살게 되는 경우도 있다. 「신기한 푸성귀」에는 이런저런 푸성귀를 먹고서 나귀도 되었다가 인간도 되었다가 하는 이야기가 나온다.

사냥꾼은 결국 '궁하니까 푸성귀 나물이라도 먹어야겠군. 맛이야 별로겠지만 기운을 차리게는 해주겠지'라고 생각하고는 싱싱한 포기를 골라 깨물어 먹었다. 그런데 몇 입 삼키자마자 기분이 이상해지며 몸이 완전히 달라지는 느낌이 드는 것이었다. 다리가 네 개가 되고 머리가 굵어지며 두 개의 기다란 귀가 자라났다. 깜짝 놀라 자신을 보니 나귀로 변해 있었다. 배는 점점 더 고파졌고 이제 나귀까지 되고 보니 촉촉한 푸성귀 나물은 더욱 맛이 있었다. 열심히 게걸스럽게 먹다 보니 마침내 다른 종류의 푸성귀 나물은 더욱 맛이 있었다. 열심히 게걸스럽게 먹다 보니 마침내 다른 종류의 푸성귀도 먹게 되었다. 조금 먹자마자 또다시 몸이 변하는 것이 느껴졌다. 다시 사람의 모습으로 돌아온 것이었다.「신기한 푸성귀」 632쪽.

사냥꾼은 어쩌다 먹은 푸성귀 때문에 나귀가 되었다가 인간이 되었다가 한다. 요리하지 않은 푸성귀를 먹는다는 점에서 그는 인간계를 벗어나 있다. 굶어 죽을 판인데 '인간'이면 뭐하겠는가? 사냥꾼은 자신이 사냥꾼이라는 사실에 연연하지 않는다. 동화에는 '공주'니 '왕자'니 '사냥꾼'이니 하는 식으로 그냥 그 사람의 처지만 언급되기 때문에 개성 있는 인간이 돌아다니지 않는 것처럼 보인다. 그렇지만 이 존재들은 '살아야 한다'는 지상의 과제에 너무나 충실하게 몸을 움직이기 때문에 그 누구와도 다른 독특한 생활 방식을 만든다. 사냥꾼-나귀로 살아 보기도 하니 말이다.

한때 나는 곰이었어 : 「악마의 때꼽쟁이 동생」, 「곰가죽 사나이」

동화에서 인간과 동식물 사이의 막이 이처럼 얇다는 점은 무엇을 의미할까? 「신기한 푸성귀」 이야기에서도 알 수 있지만 내가 인간일 수도 있고 나귀일 수도 있다는 사실은 '나'를 보다 확장된 범위에서 생각해 보게끔 한다. 이 이야기의 주인공은 왜 사냥꾼일까? 사냥꾼은 나귀가 되었다가 사냥꾼이 되었다가 한다. 먹히는 존재가 되었다가 먹는 존재가 되었다가 하는 것이다. 「헨젤과 그레텔」에서부터 시작해서 동화 속 숲에서는 먹고 먹히는 일이 빈번하다. 빨간 망토와 백설 공주를 구하는 수호천사로 사냥꾼이 나온다는 것도 주의 깊게 생각해 볼 만하다. 동화는 자연을 낭만적으로 그리지 않는다. 여기에서 자연은 충성과 예의와 같은 인간적인 너무나 인간적인 가치가 전혀 힘을 못 쓰는 포식과 피식의 살벌한 장이다. 『그림 동화』는 바로 그런 자연 안에서 인간과 동식물이 서로 옷을 바꿔 입는다고 말한다. 다시 말해 먹은 내가 먹히는 나이며 먹히는 내가 먹은 나가 된다.

그런데 푸성귀를 먹은 사냥꾼의 예에서도 잘 알 수 있지만 『그림 동화』는 동물 쪽이 훨씬 더 잘 먹고 잘 산다고 본다. 인간은 굶지만 동물은 굶지 않는다. 인간은 죽지만 동물은 살길을 안다. 형제의 질투로 눈알을 잃은 사나이가 교수대의 까마귀로부터 새 눈을 얻을 방법을 엿듣는 등 말이다. 동화에 따르면 잘 먹고 잘 살려는 인간은 동물의 세계로 들어갔다 나오지 않으면 안 된다. 즉 동물의 관점에서 생명의 이치를 느끼고 실감한 다음 인간 세계로 돌아올 필요가 있다.

이것을 명료하게 보여 주는 동화가 두 편 있다. 「악마의 때꼽쟁이 동생」과 「곰가죽 사나이」이다. 여기서는 동물로 짠! 하고 몸이 달라지는 것이 아니라 안 씻고 안 깎아서 몸이 바뀐다. 「악마의 때꼽쟁이 동생」에서는 악마를 만난 한 퇴역 병사가 나온다. 그는 먹고살 방도가 없어 어찌할 바를 모르다가 숲속에서 작은 난쟁이를 만난다. 실은 악마였던 그 난쟁이는 병사에게 다음을 요구한다. "내 집에서 하인 노릇을 하겠다면 평생 충분히 먹고살게 해 주겠다. 7년 동안 일을 하고 나면 다시 자유의 몸이 될 거야. 하지만 한 가지. 몸을 씻거나 빗질을 하거나 가위를 몸에 대어서는 안 돼. 손톱도 머리카락도 수염도 잘라서는 안 되고 눈을 물로 씻어서도 안 돼." 즉 인간으로서 자신을 다듬지 말라는 말이다. 인간이기를 멈추라는 뜻이다.

그런데 악마의 하인 노릇이란 지옥에서 성질이 사나운 자들이 들어 있는 솥 밑에 불을 때고, 집 안을 깨끗이 청소하고, 비질한 쓰레기를 문 뒤로 치우고, 곳곳이 정리·정돈 잘 되어 있는가를 살피는 것이다. 악마란 숲이라고 하는 거대한 자연이 적당한 리듬을 갖고 계속 활기 있게 순환하도록 도처의 막힌 기운을 뚫는 존재였던 것이다. 악마의 일이란 숲의 그림자 노동이지만, 숲을 살리는 일이라는 점에서 반드시 필요하다. 병사는 악마의 하인으로 자연의 활력에 기여하는 보이지 않는 일을 함으로써 평생을 굶지 않게 된다. 그는 이 7년 동안의 변신 과정을 통해 자연의 본성을 이해할 기회를 얻고 그러면서 어떤 조건에서든 굶지 않을 수 있게 된다. 그가 나중에 악마에게서 배운 음악으로 왕을 만족시켜서 공주와 결혼하고 왕국을 물려받은 것은 악마 덕분에 함께 잘 살아야 한다는 삶의 이치를 깨달았기 때문이다.

「곰가죽 사나이」도 비슷하다. 군대에 들어가 총알이 비 오듯 쏟아져도 늘 앞장서서 용감하게 싸운 병사가 있었다. 하지만 느닷없는 평화조약 때문에 제대를 명받아 할 일 없이 떠돌아야 하는 신세가 되고 만다. 굶어 죽기 직전에 커다란 황야에서 낯선 사내를 만나게 되는데 그가 바로 악마다. 여기서 악마는 "초록색 저고리를 입고 상당히 위엄이 있어 보였지만 발은 보기 흉한 말발굽이었다"라고 나온다. 악마는 반인반수의 모습으로 이 제대군인을 찾아왔다. 그리고 병사에게 악마의 초록색 저고리를 쓰고 7년 동안 자기 하인이 되면 평생 먹고살 것을 걱정하지 않게 될 거라는 약속을 한다. 군인은 결국 숲 최고의 포식자인 곰 같은 존재가 된다.

그리고 곰 사나이는 세상 여기저기를 떠돌면서 할 수 있는 한 착한 일을 하게 된다. 악마는 이 병사에게 만약 당신이 겁쟁이라면 큰 화를 입을 거라고 말했지만 사나이는 어디서나 가난한 사람을 돕고 자신이 죽지 않도록 기도해 달라고 "부탁했다". 결국 그는 7년의 선행 끝에 악마의 저고리 덕분에 무성해진 몸의 털들을 깎고 말끔해진 모습으로 예쁜 아내와 결혼하게 된다. 곰이 된 그의 눈에 어째서 유독 가난한 사람들이 들어왔을까? 자연은 참으로 만물을 살리려고 한다. 여기에 중요한 존재 덜 중요한 존재라는 차별은 있을 수 없다. 곰 사나이는 섬세하고도 친절하게 살기 위해 꿈틀대는 아주 미세한 영역에까지 자기 시선을 두면서 그것들이 살 수 있도록 힘을 보태었다. 숲의 모든 존재를 먹어치울 수 있는 곰에 의해 도처의 가난한 자들이 살아나다니. 포식과 피식의 거대한 순환을 보라. 우리는 서로를 살린다.

그런데 왜 곰일까? 『그림 동화』만이 아니라 전 세계적으로 곰이 동화의 주인공인 이야기가 많다. 테디 베어가 이렇게 인기를 끄는 이유는 무엇일까? 1917년 알프스에 있는 높이 2천 수백 미터에 달하는 바위산 '드라헨로흐'(Drachenloch; 용의 이빨)의 정상 부근의 동굴에서 네안데르탈인이 사용했던 초기의 무스테리안(Mousterian) 석기와 함께 곰의 두개골과 대퇴골이 발견되었다. 네안데르탈인들은 돌을 짜맞춰서 상자 모양으로 만들어 그 안에 곰의 두개골이나 발 뼈 같은 것을 가지런히 수납해 놓았다. 거대한 곰 두개골 입에는 대퇴골 하나가 물려진 채였는데, 두개골 뒤쪽 움푹 파인 곳에 꽂혀 있었으며 그 밑에 발 뼈 두 개가 나란히 놓여 있었다고 한다. 종교적인 의례가

치러졌음이 분명한데 곰에 대해서였던 것이다.나카자와 신이치, 『곰에서 왕으로』, 71~73쪽 또 지금도 아이누족은 '이오만테'(곰의 넋 보내기) 의식을 행한다. 곰의 두개골을 예쁘게 화장해서 영혼의 세계로 돌려보내는 의식인데 잔뜩 치장한 곰의 영혼은 자신들이 인간에게 받은 존경을 자랑하게 된다는 것이다. 곰은 대단히 오래전부터 인간에게 중요한 존재였다. 숲 최고의 포식자인 만큼 숲에서 일어나는 모든 일을 꿰뚫고 주재할 힘이 있었던 것이다. 그래서 태고인들 그리고 이 시대의 아이누인들까지 곰의 시선으로 자연의 섭리를 이해해야지만 잘 살 수 있다고 생각했다. 우리의 단군신화에서도 곰이 사람이 된다고 한다. 한반도에 곰이 유독 많이 있었던 것인지는 모르겠지만 숲의 왕으로는 호랑이보다 곰을 더 우월하게 생각했던 상상력이 작동한 것이 아닐까?

변신과 저주의 문제도 다시 생각해 볼 만하다. 악마 저고리를 입고 몸에 곰처럼 많은 털이 난 제대군인, 까마귀가 되고 사슴이 된 자들은 어떻게 해서 원래 모습을 되찾는가? 그들은 반드시 타인의 도움을 받아야 한다. 여기에는 자신의 맨손으로 가시옷을 짓는 여동생(심지어 오빠와 아무런 추억도 없는, 어릴 때 헤어진)과 아무런 이해관계 없이 저주에 걸린 사람을 도와주게 된 누군가의 손길이 작용한다. 저주에 걸리는 것도 내 뜻과는 무관한데 저주를 푸는 일은 더 복잡하다. 저주는 저주를 거는 사람이나 저주에 걸린 사람이 아니라 '뜻밖의 사람'에 의해 풀리기 때문이다. 「개구리 왕자」에 나오는 공주를 떠올려 보자. 공주는 황금 공을 주워 준 개구리랑 결혼할 마음이 눈곱만큼도 없었다. 공주는 자꾸 달려드는 개구리가 귀찮아 발로 뻥 찼는데 그만 개구리의 마법을 풀어주게 된다.

동화의 '저주'는 우리가 근본적으로 타인에게 의탁할 수밖에 없는 존재임을 일깨운다. 그것은 물론 저주이다. 왜냐하면 나를 도와줄 수 있을 만한 타인이 따로 없기 때문이다. 하늘을 날아다니는 저 비둘기가 저주에 걸린 왕자인지, 운 나쁜 악마인지, 혹은 그냥 비둘기인지 구별할 수 없기 때문에 저주에 걸린 쪽도 저주 앞에 놓인 쪽도 난감하다. 보이는 것이 다가 아니기 때문에 매 순간 위험하다.

그래서 방법은 하나다. 내 운명을 구해 줄 자가 타인이라는 점 자체를 깊이 의식하기. 더 나아가 그 타인이 누구인지에 대해서는 분별을 말기! 좋은 사람 나쁜 사람은 따로 없다. 옳은 상황 그른 상황이 따로 없다. 하여 일단 저주를 풀기 위해서는 자기 앞에 닥친 타인의 곤란을 계산 없이 도와주어야 한다. 동화 속에서 불행에 처한 주인공들 앞에 갑자기 구원의 손길이 나타나는 일은 왜 그렇게 많은 걸까? 숲의 법칙이 서로를 도우라고 하기 때문이다. 우선은 타인을 구해야 그 다음에 내 살길이 열린다고 하는 법칙이다.

「숲속의 노파」도 이 점을 잘 보여 준다. 여기서는 굶어 죽게 된 소녀가 비둘기의 도움을 받아 안전한 침대와 따뜻한 먹거리를 구하게 된다. 그런 어느 날이 지속되어야지만 비둘기는 슬며시 자기를 좀 도와 달라고 말할 기회를 얻을 수 있다. 소녀는 '숲속 노파의 집에 가서 새장을 빼앗고 그 안에서 별로 대단치 않아 보이는 반지를 꺼내 가지고 와야 한다'는 비둘기의 미션이 도대체 무엇을 의미하는지도 묻지 않고 비둘기를 돕는다. 상대가 처한 곤경을 자기 식으로 재단하지 않고 무조건 그 입장에 서서 그가 원하는 바를 대신 해주는 것이다. 서로 완전히 다른 처지에 있으면서 그 다른 처지를 이러니저러니 내 식으로 평가하지 않고 무조건 돕기. 그런 노력과 함께 비둘기는 저주를 풀고 왕자로 되돌아온다.

북서부 아메리카의 콰키우틀족 사람들이 가장 귀중히 여기는 재물은 조상의 전래품이라고 한다. 그런데 그것은 단지 물건이 아니라 그것들을 증여하는 자, 그것들을 수령하는 자, 그리고 이 재물을 씨족에게 준 정령이나 그로부터 재화를 받은 씨족의 고대 영웅과 동일시된다고 한다. 부족민들에게 그 재물 전체는 언제나 영적인 기원과 성질을 지니고 있는 것으로서 대개는 큰 상자 속에 들어 있다고 한다. 이 상자는 부족의 아들과 딸들 사이에서 순환되며 그들이 입문식을 할 때나 결혼을 할 때 중요한 역할을 한다고 한다. 상자 자체는 강력한 개성을 가지고 있어서 그 소유자와 말도 하고 영적인 교류를 하기도 한다고 한다. 콰키우틀족은 그 상자를 주고받으며 만물의 영을 자기 삶 안에 들여왔다가 내보내기를 반복한다. 이 사물과 함께 그들은 공동체의 리듬과 윤리를 만든다. 마르셀 모스, 『증여론』 170~174쪽

그런데 만약 누군가가 자기 욕심만 차리고 그 순환의 고리에 들어가지 않기로 하면 어떻게 될까? 그는 사물과 함께 즉 만물의 영과 함께 살기를 거부한 자가 되어 부족 바깥으로 추방되게 될 것이다. 콰키우틀족은 공존의 지혜를 사물로 표현했다. 동화도 마찬가지다. 공생의 이치를 깨닫지 못한 자는 숲 바깥으로 사라지게 된다. 이야기 안에서 스리슬쩍 없어지게 된다.

숲을 공유하는 인간과 곰, 인간과 비둘기는 각자 처한 문제 상황이 다를 수밖에 없다. 때로는 인간과 곰이 서로를 먹는다. 동화는 그런 비정한 포식관계 안에서 숲 전체의 먹이고 살림을 생각하라고 말한다. 내가 먹음으로써 그가 죽고 내가 죽음으로써 그가 산다. 나를 다른 자리에 두는 것이 동화의 변신이고 동

화의 저주이다. 하지만 그 저주를 풀 때, 즉 내가 바로 그런 숲의 일원임을 강력하게 의식할 때, 나는 더욱더 강하고 생명력 넘치는 존재가 된다. 나의 개성, 나의 직업, 나의 꿈—동화는 이 모두가 '다른 삶'에 절대적으로 의탁하고 있다는 것을 깨달아 가면서 어떤 사람이 되어야 할지를 생각해야 한다고 말하고 있다.

에필로그

동화는 정체성이라고 하는 거푸집을 좋아하지 않는다. 대신 우물과 하늘, 숲과 바다를 돌아다니면서 세상을 조망하기를 좋아한다. 지금까지 우리는 동화가 얼마나 '함께 살기'를 고민하는지 살펴보았다. 동화는 특히 나를 좋아하는 존재, 나와 취미가 같은 존재, 그런 존재와의 연결에는 관심이 없었다. 동화는 어떻게 하면 나와 잘 맞지 않는 악마, 계모, 난쟁이나 숯장수와 함께 하나의 국면을 잘 넘어갈 것인가에 더 많은 공력을 들여 이야기를 만든다. 낯선 자들과의 공존이라, 정말 낯설 질병과 복잡한 환경 변화를 직면한 지금 반드시 고민해야 할 주제다. 그런 점에서 마지막으로 동화의 특성을 두 가지로 정리해 보고 싶다.

1. 바느질, 매 순간 '연결'을 실험하는 이야기 기술

앞에서도 살펴본 것처럼 동화 속 상황이라는 것은 늘 주인공의 통제 범위 밖이다. 마녀가 튀어나오고 악마가 대문을 두드릴 지경이니 말 다했다. 그리고 동화는 시작도 끝도 없는 이야기였다. 내 존재함의 원인이나 목적이 없으니 내가 지금 여기서 왜 이렇게 살고 있는지는 모두 우연에 달린 문제가 된다.

그렇다. 동화는 우연을 사랑한다. 「지푸라기와 숯과 콩」을 떠올려 보자. 이 이야기는 몸통 가운데 검은 금이 그어져 있는 서양 콩의 기원담이다. 한 마을에 사는 가난한 할머니가 콩 요리를 하기 위해 아궁이에 불을 지피다가 불을 더 빨리 타오르게 하려고 지푸라기 한 줌에 불을 붙이면서 냄비에 콩을 쏟아부었다. 그때 콩 한 알, 지푸라기 한 올, 숯 한 덩이가 용케 부엌 바깥으로 튀어나갈 수 있게 되었다. 어쩌다 만난 이들은 어쩌다 강가에 도착했는데, 성급하게 강을 건너려다 지푸라기와 숯이 물에 빠져 죽고 만다. 그런데 이런 어처구니없는 상황을 콩이 보고 크게 웃는다. 이때 너무 크게 웃어서 배도 갈라져 버린다. 그런데 지나가던 재봉사가 검은색 실로 꿰매 준 덕분에, 아직까지 콩의 배에는 금이 가 있게 되었다.

콩이 지금 이 모양 이 꼴인 것은 모두 우연이었다. 어쩌다 할머니 집 부뚜막까지 가게 되었는지, 하필 왜 바로 그 지푸라기 옆이었는지, 그리고 그때 왜 그 숯 한 덩이가 함께 떨어졌는지, 정말 기막힌 만남이다. 그런데 이 요상한 우연도 콩 배에 줄 하나를 긋게 했으니 이 우주에 단 하나밖에 없는 필연적 사건이다. 콩은 자기 존재가 우연과 필연의 거대한 인연장 안에 있다는 것을 깨닫고 기뻐한 것이다. 그리고 이 강력한 지혜는 견고했던 콩의 껍질을 쩍! 부수어 주었다. 이처럼 콩 한 알도 우주의 이치를 호흡하는 존재라는 것을 알 때, 우리는 자신의 갑갑한 껍데기를 깰 수 있게 된다.

연결에 대한 또 다른 멋진 장면은 「이와 벼룩」에도 나온다. 요약이 불가능할 정도로 많은 사물과 생물 들이 나오는 이 이야기는 이렇게 시작한다.

> 한 집에 이와 벼룩이 함께 살고 있었다. 그런데 달걀껍질에 맥주를 빚다가 그만 이가 그 속에 빠져 화상을 입고 말았다. 벼룩은 큰 소리로 울부짖기 시작했다. 작은 거실문이 말했다.
>
> "왜 울부짖는 거니, 벼룩아?"
>
> "이가 화상을 입었거든."
>
> 그러자 문이 삐걱거리기 시작했다. 구석에 있던 작은 빗자루가 물었다.
>
> "왜 그렇게 삐걱거리니, 거실문아?"
>
> "삐걱거리지 않을 수 있겠니? 이는 화상을 입었지, 벼룩은 울고 있지."「이와 벼룩」, 189쪽

'울어라, 세상이 함께 울 것이다!' 이가 화상을 입은 것을 슬퍼하기 위해 정말이지 만물이 함께 우는데 그 끝에서 이런 장관이 펼쳐진다.

"소녀야, 왜 물동이를 깨 버리니?"

"물동이를 깨 버리지 않을 수 있겠어? 이는 화상을 입었지, 벼룩은 울고 있지, 문은 삐걱거리지, 빗자루는 쓸고 다니지, 수레는 달리지, 거름더미는 타오르지, 나무는 몸을 흔들지."

샘이 말했다.

"아이 참, 그렇다면 난 밖으로 흐르기 시작해야지."

샘물은 깜짝 놀라 밖으로 흐르기 시작했다. 그리하여 모두 물속에 빠져 죽고 말았다. 소녀, 나무, 거름더미, 수레, 빗자루, 문, 벼룩, 이, 모두 함께 말이다.「이와 벼룩」 190쪽

이의 화상에서 출발한 이야기는 결국 벼룩, 문, 빗자루, 수레, 거름더미, 나무, 소녀에 이르기까지 모두를 슬픔으로 몰아 거대한 샘물 속에서 하나가 되게 하는 것으로 끝난다. 존재와 존재는 각자의 처지를 뛰어넘어 서로 깊이 연결되어 있다. 그래서 작아도 너무 작은 이의 곤경이언만 대지는 당황하여 크게 비틀거린다. 이와 벼룩은 콩보다 작은 존재이다. 그런데 이들이

존재의 중심을 잃자 닫혀 있던 문이 흔들리고, 멈춰 있던 수레가 달리고, 거름더미는 이유 없이 타 버리며, 나무는 가을도 아닌데 잎을 다 떨어뜨린다. 소녀는 어쩌면 자기 살을 물어뜯었을지도 모를 이의 화상인데도 길어 날라야 할 물동이를 깨 버린다. 이가 죽을 지경인데 어찌 내가 살 수 있는가 말이다. 동화는 우주의 공기를 함께 호흡하는 우리의 인연이 얼마나 질긴지를 이토록 눈물겹게 보여 준다. 오직 '너와 함께인 나'만 있다.

그런데 동화가 '인연'이니 어쨌든 사이좋게 잘 지내 보자고 어설픈 화해의 제스처를 취하는 것은 아니다. 어쩌다 만난 존재들끼리 함께 살려고 하다 보니 얼마나 문제가 많겠는가? 지푸라기와 숯과 콩의 경우처럼 할머니의 부엌을 나왔을 때는 좋은 만남이었지만 강기슭에 이르러서는 금방 나쁜 만남이 되고 만다. 지금 이 인연이 끝까지 좋을지 나쁠지는 내가 정할 수도 없고 신도 알 수 없는 문제다. 동화에서 말하는 '인연'은 운명의 그물이다. 그것은 좋고 나쁜 일들이 겹겹으로 발생하는 가운데 나도 세상의 짐을 함께 지고 산다는 것을 의미한다.

또한 동화는 인연을 그래도 조금씩 서로를 살리는 방향으로 끌고 갈 수 있는 팁 하나를 제시한다. 「쥐와 새와 소시지에 대하여」를 읽어 보자. 사건은 이렇다. 새는 숲에서 나뭇가지를 긁어 모아 오고, 쥐는 물을 긷고 불을 지피고 식탁을 차리고, 소시지는 자기 몸을 빠트려 요리를 하며 그럭저럭 잘 살아가던 사이였다. "누구나 너무 잘 지내다 보면 언제나 새로운 일을 하고 싶은 생각이 들게 마련이다."「쥐와 새와 소시지에 대하여」 160쪽 동화는 이렇게 분명히 말한다. 안정이란 없다! 영원이란 없다! 백설 공주도 신데렐라도 그 누구라도 한 자리에서는 가만히 못 있는다는 것이 동화의 통찰이다. 따라서 이들 사이도 너무 안정적이다 보니 균열을 욕망하는 기운이 그 안에서 생겨났을 뿐이다. 그랬건만 이 집의 새는 어쩌다 만난 '다른 새'가 "너는 왜 밖에서 그렇게 고생을 하냐? 쥐랑 소시지는 놀고먹는데!"라고 하는 말에 무너져 버린다.

다른 새란 '지금 여기에는 없는 새'를 뜻한다. 이 집 새는 쥐와 소시지가 아니라 다른 새의 말을 자기 생각의 거울로 삼아 버렸다. 그래서 그동안 종노릇이나 했던 바보였다며 쥐와 소시지를 원망하고는 집 안에 눌러 앉았다. 쥐도 소시지도 울며불며 말렸지만 불가불가. 결국 소시지가 나무 하러 나가고, 새가 불을 피우고, 쥐가 요리를 하게 된다. 결과는 비극일 수밖에. 길 위에서 개를 만난 소시지는 잡아 먹혀 버렸고, 쥐는 소시지처럼 국 단지에 몸을 던졌으나 살과 털이 타고 말았다. 식탁을 차리려던 새는 아무도 없자 당황하여 장작불을 몸에 붙이게 되었는데 불 끄려다가 우물에 빠졌지만 구해 줄 이가 없었다.

「쥐와 새와 소시지에 대하여」는 행운과 불행이 정말 사이좋게 붙어 있다는 것을, 좋은 인연도 나쁜 인연도 끊임없이 뒤섞여 있다는 것을 보여 준다. 여기서 중요한 것은 내가 누군가와 함께 있는 이 시공간을 좋은 것이다, 나쁜 것이다 판단하지 않는 일이다. 이 우연의 평면을 긍정하지 못하면 죽음의 연쇄가 일어나기 때문이다. 지금 내 삶을 이루고 있는 일을 '다른 새'의 추상적 말로 판단하는 것은 얼마나 위험한지! 지금 내가 함께하는 존재들이, 자기 조건에서 최대한 자기 욕망을 실현시키기 위해 애쓴다는 것을 이해하지 못하면 내가 출구를 발견할 수가 없다. 늘 '다른 새'에게 묻고 도움을 구할 수밖에 없게 된다.

지푸라기와 숯과 콩은 최소한 그들 사이에 '다른 새'를 허락하지는 않았다. "함께 똘똘 뭉쳐 살아 보는 게 어때?" 셋은 할머니를 탓하지도 않고 신의 자비를 기대하지도 않았다. 배고픈 할머니가 콩을 구워 먹지 왜 내버려 둬야 하는가? 그럴진대 신도 마찬가지다. 당신은 당신의 하실 바를 행하시며 나도 내 살 길을 찾고 있다, 끝! 내가 어떻게 살아야 할지 정해져 있지 않기에 매 순간 죽을 고비 앞에서 살 방법을 찾아내야 한다. 그러므로 나를 구할 자는 나다.

그런데 다시 따져 보자. 국면마다 나를 살리는 것은 내가 아니다. 콩이 숯과 지푸라기를 살리기도 했고 인간이 콩을 수선해 주기도 했다. 각자 자기 욕망을 발휘하다가 우연히 상생(相生)한다. 이렇듯 좋은 마주침의 장 안에서 나는 그 순간 살길을 얻는다. 그러므로 나를 구하는 자는 우리다.

2. 동화, 장수의 철학

동화는 지금 여기에서, 누구랑 어떻게 살아야 할지를 본격적으로 문제 삼을 때는 늘 많은 사물들, 동물들을 출현시킨다. 숯 한 톨, 지푸라기 하나, 콩 한 알, 새, 쥐, 소시지 등 일상적이고 구체적인 존재들을 펼쳐 보여 주는 것이다. 왜일까? 우연, 연대, 구체성은 어째서 함께 논의되어야 하는가? 사물을 추상적으로 본다는 것은 대상을 관념으로 해석한다는 것을 뜻한다. 후지, 국광, 부사를 '사과'라는 관념으로 바라보면 모두 다 똑같이 보인다. 하지만 가을이라고 해도 9월부터 11월까지 하루하루가 다르고 같은 한반도라고 해도 경남 밀양에서부터 전라도 장수에 이르기까지 한발 한발이 다르다. 1분 차이로 태어난 쌍둥이도 발가락 크기부터 콧구멍 모습까지 다르다. 구체적인 것들은 추상의 껍데기를 벗을 때에만, 벗으려고 애쓸 때에만 보인다. 구체적인 것은 찾는 자에게만 모습을 드러낸다.

레비스트로스는 『야생의 사고』 제1장을 '구체의 과학'이라는 제목으로 시작한다. 여기에서 레비스트로스는 미국 동북부와 캐나다 지방에 사는 인디언들(Montagnais, Naskapi, Micmac, Malecite, Penobscot)이 동식물학에 대해 얼마나 풍부한 지식을 갖고 있는지를 감탄하며 서술한다. 어떤 인디언들은 파충류 조사에 특히 열심인데 그들에게 파충류란 식용도 아니고 애용도 아닌 별다른 효용이 없는 생물이었다.특히 레비스트로스,『야생의 사고』, 안정남 옮김, 한길사 1996, 59쪽 참고 레비스트로스가 보기에 만물에 대한 끝없는 호기심이 이들을 구체적인 것들의 과학자로 만들어 주고 있었다. 인디언들은 필요를 먼저 따져서 대상을 판단하지 않는다. 무사무욕한 과학자의 입장을 갖고서 대상의 구석구석이 지닌 면모, 온갖 상황에서 그것이 보여 주는 행태를 조사하려고 달려든다. 그렇게 해부학적이면서도 행동학적인 철저한 관찰 아래에서 한 마리 파충류는 지상 어디에도 없는 하나의 파충류가 된다.

인디언들의 구체의 과학이 추상적인 앎을 지향하는 것은 아님이 분명하다. 그들은 자연의 압도적인 힘, 언제 어떻게 장마가 오고 기온에 큰 변화가 올지를 자신의 온몸으로 이해하고자 한다. 지금 여기에서 우선 내가 살아남아야 하기 때문이다. 그들의 눈에는 자기 눈앞에 있는 온갖 존재들의 살아가는 방식이 자연의 말씀으로 보인다. 자연을 더 폭넓고 깊게 이해할수록 살길은 늘어난다. 세상을 구체적으로 이해할수록 곤경에서 내가 이용할 수 있는 자원이 많아진다. 그들은 가장 이기적인 욕망(내가 살아야 한다)을 충족시키기 위해 가공할 만한 노력으로 타자에게 다가간다. 그 과정에서 그 파충류가 살고 죽는 것이 자신의 살고 죽는 것과 관계된다는 것을 깊이 깨닫는다.

레비스트로스라면 지푸라기와 숯과 콩의 결합을 야생의 사고의 특징인 브리콜라주(bricolage)라고 했을 것이다. 브리콜라주는 손재주를 뜻한다. 신석기인들은 뗀석기, 간석기 하나를 가지고 온갖 목적에 활용했다. 그들의 눈에는 어느 것 하나 유용하지 않은 것이 없었다. 신석기인들의 사고방식을 생생하게 활용하는 인디언들은 오늘 하루 잘 살기 위해서 자기만의 안목으로 주변의 지형지물을 눈여겨보면서 그 이용 가능성을 다각도로 성찰한다. 인디언들의 브리콜라주 기법은 사물을 단일한 목적을 지닌 정태적 대상으로 대하지 않는다. 물건들, 자연의 동식물들, 온갖 상상과 꿈의 이미지들은 현실을 파악하고 문제를 해결하기 위해 한정 없이 이용할 수 있는 자원들이다. 브리콜뢰르(bricoleur) 즉 손재주꾼은 자신이 직면한 문제를 해결하기 위해 어디 먼 곳에 손을 내밀지 않고 지금 눈앞에 주어진 것 전부를 활용해서 도구를 만든다. 어제와 똑같은 오늘은 없기 때문에, 사태는 계속 변해 가기 때문에, 이 도구는 단 한 번 만들어지고, 단 한 번의 쓰임만을 갖는다. 손재주꾼은 바로 이 한 번을 위해 매 순간 구체의 과학에 도전한다. 그런데 잊지 말자. 바로 그 한 번이 생사를 결정한다.

그림 형제가 수집한 민담에는 특히 재봉사들이 많이 나온다. 잠자는 숲속의 공주도 물레를 잣다가 바늘에 찔려 잠이 들고, 요정들은 바느질 싫어하는 소녀를 도와줄 때나 솜씨 없는 구두장이 할아범을 도와줄 때나 실로써 주인공의 운명을 바꾼다. 콩의 터진 배를 이어 준 이도 지나가던 재봉사가 아닌가. 왜 재봉일까? 재봉사야말로 손재주꾼이기 때문이다. 용감한 꼬마 재봉사는 배가 부르고 웃음이 터질 때마다 자기 바늘땀이 자꾸 커지는 것을 느낀다(「용감한 꼬마 재봉사」). 그는 천 조각 하나로 파리 일곱을 때려잡으면서 영웅의 길을 걷기 시작하는데 '한 번에 일곱을 죽였노라!' 큰소리치면서 거인과 재주도 겨루고 일각수의 뿔도 도끼로 찍어 내리며 왕의 자리에까지 오른다. 꼬마 재봉사의 머릿속에는 원래 무서운 것, 원래 건드릴 수 없는 것, 원래 어떠어떠한 것이라고 하는 선험적 관념이 없다. 그는 어떤 추상적 척도에도 휘둘리지 않기에 괴물 앞에서도 구석구석 그 허점을 발견할 수 있다. 이처럼 동화 속 재봉사들은 만물의 잠재성을 속속들이 발견한다. 백조가 된 여섯 오빠를 사람으로 돌리기 위해 막내 여동생은 탱알풀로 옷을 짓는다. 여기서도 재봉이 중요하다. 여동생은 거친 식물과 부드러운 인간의 피부를 연결시켜 오빠를 구한다. 그녀의 손길 아래에서 동물 거죽 안에 갇혀 있던 인간이 눈을 뜬다.

숲에는 죽음이 우글거린다. 하지만 재봉의 달인들은 어떻게든 이 세계로 돌아온다. 아버지에게 버림받고 형제에게 배신당하고 악마에게 짓밟히지만 자기 살 자리를 찾아낸다. 아무것도 계획하지 않았으나 덕분에 어디에도 이를 수 있는 자가 되는 것이다. 그리하여 이들에게는 하나의 영예가 주어진다. '오래오래 행복했다'고. 그냥 오래 살았다는 뜻이다. 바꾸어 말하면 수많은 관계의 장을 통과하면서 나로서는 생각할 수도 없었던 세상의 구석구석에 몸을 섞어 본 자가 장수한다는 이야기다.

나는 동화 인류학을 공부하면서 레비스트로스라는 인류학자를 만났다. 이 책은 레비스트로스가 말하는 '야생의 사고'에 크게 감발받아서 쓴 것이기도 하다. 레비스트로스에 따르면 인류는 석기 시대부터 자연과 나 사이의 관계를 통찰하는 지혜를 발휘하기에 힘썼다. 그런데 사실 이런 인류학적 메시지보다 더 감동적이었던 부분은 레비스트로스가 거의 100세 가까이 장수했다는 점이다. 그러고 보니 그가 장수한 것은 당연해 보인다. 프랑스 사람이었던 그가 남아메리카의 열대 우림에서 생활하며 그곳 사람들의 생활방식을 배우기에 주저함이 없었다는 것은 무엇을 말해 주는가?

일단 보통의 체력이 아니고서는 불가능했을 것이다. 그런데 이 체력이라는 것은 낯선 풍토의 공기와 물에 자신을 잘 적응시킬 수 있는 능력을 의미한다. 『슬픈 열대』에 보면 다들 풍토병 때문에 고생을 해서 유럽에서 온 사람들 대부분이 본국으로 돌아가야 했는데 유독 자신만은 거뜬히 숲을 통과했다고 나온다. 상이한 관습을 따르는 수많은 부족들을 통과하면서 레비스트로스는 그 사회의 친구가 되기 위해 자신의 상식, 취향을 다 내려놓았을 것이다. 그는 완전히 다시 태어나기라도 하듯 몇 번이나 다른 문화 속으로 뛰어들었을 것이다. 레비스트로스는 그 과정을 감당하면서 위대한 자연의 한 존재로서 인간을 이해하고자 했다. 레비스트로스도 백설 공주나 셋째아들들처럼 세계의 여러 차원을 주파한 끝에 오래오래 행복하게 된 것이리라.

부록

그림 형제, 메르헨을 발견하다

어떤 경험이 꼭 우리를 성숙시켜 주는 것은 아니다. 아이를 낳고 키우는 매 순간이 다 드라마틱했지만 육아를 통해 내가 무엇을 얻고 있는지 어떤 사람이 되고 있는지는 잘 모르겠다. 엄마 된 지 10년인데 도무지 내가 훌륭해졌다는 생각도 들지 않는다. 경력이 단절되는 것이 두렵고, 아이에게 도대체 뭘 해주고 있는지 정신도 없다. 애들도 잘 커야겠지만 나도 잘 자라야 하는데 매일 아침마다 어리둥절하다. 도대체 엄마란 어떤 존재일까? 나는 어떤 사람이 되고 있는 것일까?

어느새 저녁 8시다. 어디선가 풀썩풀썩 둥둥 집이 울린다. 여기는 바닷속. 두 마리 해파리는 바다생물답게 이불 위에서 헤엄을 치는 중이다. 하지만 물고기도 밤에는 자야 하지. 자, 책을 읽고 잠을 청하자꾸나. 역시 동화는 재미있다. 푸른 수염 아저씨는 아이들을 잡아먹고 피리 부는 사나이를 속인 하멜른의 거짓말쟁이 어른들은 자식들이 쥐가 되어 마을을 빠져나가는 줄을 모른다. 무섭지만 너무나 재미있어! 해파리들은 웃다가 서서히 사람으로 돌아와서는 조용히 잠이 든다. 오늘 둥자와 둥순이는 꿈에서 피리 부는 사나이라도 만나지 않을까? 이 동화들은 아이들에게 어떤 영향을 주게 될까? 그리고 나에게는?

갑자기 궁금해진다. 도대체 누가, 어떤 사람들이 동화를 쓰는 것일까? 그들은 왜 아이가 주인공이고, 정답도 없는 이야기에 매료되는가? 그러고 보니 그림 형제야말로 좀 이상한 사람들이다. 그들은 이야기를 쓰지 않았다. 수집했다. 말 그대로 동화 듣기를 좋아했고 자신들이 들은 이야기를 써서 모으고 편찬하기 위해 일생을 다 바쳤다. 안데르센(Hans Christian Andersen, 1805~1875) 같은 덴마크의 동화 작가는 창작을 하기도 했는데 말이다. 왜 그랬을까? 동화를 읽는 경험은 형제에게 어떤 의미가 있었을까?

지금밖에 없는 이야기

야코프 그림(Jacob Ludwig Carl Grimm, 1785~1863)과 빌헬름 그림(Wilhelm Carl Grimm, 1786~1859), 이 두 형제는 아이들을 위한 이야기를 창작할 생각은 없었다. 형 야코프는 천성적으로 책 읽기를 좋아했고, 청년시절에는 법학을 전공했을 정도로 현실의 사회문제나 정치에 관심이 깊었었다. 동화 수집이라는 작업만 빼고 보면 형제는 문헌학과 교수로, 나폴레옹이 휩쓸고 지나간 유럽의 외교적 파고를 넘나들었던 외교관으로, 일생을 대학과 궁정을 오고가며 바쁘게 활동했던 당대 최고의 지식인이고 개혁가들이었다. 부모님께서 일찍 돌아가시기도 해서 두 형제는 평생 남은 형제들의 경제적인 어려움을 해결하기 위해 노력해야 했다. 형 야코프는 죽을 때까지 결혼을 하지 않았고, 빌헬름도 마흔이 넘어 결혼을 했다. 음, 형제가 특별히 아이들 교육에 관심이 있었던 것도 아닌 것 같다. 그래도 이들에게는 동화를 수집하는 일이 다른 어떤 연구나 사업보다 중요했다. 왜?

야코프와 빌헬름의 일차적 관심은 '독일적인 것'에 있었다고 한다. 야코프와 빌헬름은 독일 문법서, 독일 민담집, 독일 전설집, 독일어 사전 등, 독일적 가치의 기틀을 만드는 데 평생을 보냈다. 그들이 청년기를 보낸 시대는 1789년 프랑스 혁명 이후 자유, 평등, 박애가 유럽 전역에 새로운 가치로 등장한 때였다. 이웃 프랑스에서는 왕의 목이 효수된다지만 독일에서는 왕, 대공 등 여러 귀족들에게 권력이 분산되어 있었다. 프로이센 왕국, 작센 왕국을 비롯해서 헤센 대공국, 올덴부르크 대공국 등과 기타 공국, 후국, 그리고 자유도시 브레멘, 함부르크, 뤼베크 등 여러 제후국으로 나뉘어 있던 독일의 청년들에게는 왕권으로부터 자유로우면서도 서로가 평등한 관계에서 우애를 맺는 시민들이 된다는 것은 상당히 낯설게 다가오는 문제였다. 게다가 혁명 이후의 혼란기에 등장한 나폴레옹은 저 위대한 프랑스적 가치를 전 유럽에 떨치기 위해 러시아 원정에까지 나서고 있었다. 혁명의 이웃인 독일에서도 논란이 일기 시작했다. 한편으로는 자유, 평등, 박애의 가치에 매료된 사람들이 점점 나타나고 있었고, 다른 한편으로는 그런 개인들에게 새로운 공동체적 상을 부여해야 할 필요가 대두되었다. 그림 형제는 포기를 모르는 집요한 열정으로 이러한 시대적 과제에 임했다.

그런데 어째서 동화를 수집하는 일이 이런 과제를 수행하는 데 도움이 되는 것일까? 우리가 잘 알다시피 동화에는 자유로운 존재들이 별로 없다. 폭정에 시달리는 민중이 나오지는 않지만 아이들은 마법에 걸려 꼼짝을 못하고 있다. 뿐만 아니다. 어디서 평등을 찾는단 말인가? 요하네스는 주인 대신에 죽고, 고양이는 장화를 신고 주인을 위해 사기 행각을 벌인다. 마법과 운, 온갖 우연들이 인간의 행·불행을 결정한다. 박애도 개구리 뒷다리 긁는 소리다. 큰형·작은형 다 내 뒤통수를 때릴 준비를 하고 있으니까. 동화 속 아이들은 집단의 이익을 위해 자기 몸을 던지지 않는다. 오직 제 살길 찾기에만 바빠 남 신경 쓸 여력이 없다.

무엇보다 『그림 동화』는 독일적이라 할 만한 내용이 나오지 않는다. 숲이야 주구장창 나오지만 그 숲이 어떻게 생겼는지 열대 우림인지 툰드라인지 묘사되지 않는다. 그리고 그림 형제가 태어난 곳인 하나우(Hanau)에는 프랑스에서 건너온 위그노 출신의 사람들이 많았다. 이들은 프랑스에서 종교 박해를 받아 이웃 신교의 나라를 찾아오면서 많은 옛이야기도 함께 가지고 왔다. 그림형제는 이 이웃들을 가까이에서 보고 그들이 노래해 준 많은 이야기들을 들었을 것이다. 형제는 어렸을 적 라퐁텐의 우화도 좋아했다고 한다. 형제가 채굴한 수많은 이야기에서 왕자와 공주들이 왕국을 찾아간다지만 그것이 독일의 어느 왕국을 말하는지는 모를 일이다.

문제는 동화에서 독일을 나타내 주는 지표가 등장하지 않는다는 데에 그치지 않는다. 이야기 자체가 주인공들이 어떤 정체성을 갖지 못하도록 진행된다. 정체성이란 무엇인가? 아이들과 씨름하는 매 순간 내 온몸을 통과하는 온갖 정념들을 떠올려 보면 나는 하루도 같은 내가 아닌 것 같다. 따지고 보면 내가 나라고 하는 정체성을 갖기 위해서는 몇 가지 의식 조작이 필요하다는 것을 알 수 있다. 우선, 시간이 균질적으로 흘러가야 하고 나 또한 그 속에서 연속하고 있어야 한다. 공간도 마찬가지다. 내가 지금 발 딛고 있는 이 자리는 그때 그 자리와 본질적으로 같은 곳이어야 한다. 그래야 공간이라는 상수에 시간이라는 변

수가 작동하는 좌표 위에서 나의 위치가 하나의 선분처럼 연결될 것이다.

그런데 『그림 동화』는 몇 년도, 어디에서 일어난 특정한 사건을 기술하고 있지 않다. 공주들과 왕자들 이름도 고유명이 아니다. 주인공들이 자기 정체성을 고집하지 않는다는 점은 그들이 온갖 간난신고 속에서도 누군가를 원망하지 않는다는 것을 통해 보다 확실히 알 수 있다. 라푼첼을 구하려다 가시에 눈이 찔린 왕자를 떠올려 보자. 그는 그저 팔자려니~ 한다. 백설공주도 아셴푸텔도 어디 계모에게 원한을 품던가? 원한이란 어제의 나가 오늘의 나이며, 상대도 어제나 오늘이나 같은 존재라고 전제할 때에만 품을 수 있는 감정이다.

동화는 과거에 벌어진 일에 대해서도 지나가면 그뿐이라는 태도를 취하지만 미래에 대해서도 마찬가지다. 「영리한 엘제」의 엘제는 마을 사람 누구나가 다 아는 똑순이다. 왜냐하면 그녀는 미래를 알기 때문이다. 지하실의 맥주 창고에 걸려 있는 곡괭이를 보고 자신이 결혼을 하면 태어날 아기가 그 곡괭이에 맞아 죽게 될 거라며 운다. 하지만 그녀는 어떻게 되나? 마을 사람들 모두가 그녀를 칭송하고 멋진 신랑감 한스마저 그녀의 영리함을 높이 샀다. 하지만 결혼하고 나서 엘제는 나중에 배고플까 봐 미리 먹고, 나중에 잠이 올까 봐 미리 잠을 잔다. 이렇듯 그녀는 미래에만 산다. 결국 남편 한스는 들판에서 잠든 엘제에게 작은 방울들이 달린 새 잡는 그물을 친다. 그렇게 한 다음 집으로 돌아와 문을 걸어 잠근다. 잠에서 깬 엘제는 놀라서 두리번거린다. 그러자 어두워진 주위에서 온통 딸랑거리는 소리만 들린다. 문득 엘제는 이런 생각이 든다. "난 나일까, 아닐까?" 엘제는 집으로 돌아가 한스에게도 물어 본다. "한스, 안에 엘제 있어요?" 그러자 한스의 답. "그래요, 엘제는 안에 있소." 엘제는 깨닫는다. "오, 하느님, 그럼 난 내가 아니구나."

엘제는 미래를 보고 미래에 맞추어 살아간다. 덕분에 지금 해야 할 모든 일을 놓친다. 그래서 한스는 그녀를 삶의 울타리 밖으로 쫓아낸다. 마을에는 온몸에 딸랑거리는 방울 단 새 그물을 걸친 엘제를 집 안에 들여보내 주는 사람이 아무도 없다. 「영리한 엘제」는 미래를 지금 끌어다 오는 감각을 거절한다. 지금이 전부라는 것이다. 자신을 집 밖으로 내쫓은 계모를 향한 복수를 꿈꾸기보다는 난처해진 상황을 도와줄 난쟁이를 찾거나(「백설 공주」) 낯선 할머니라 할지라도 적극적으로 도움을 받는다(「열두 오빠」). 이 지점에서 '조실부모'야말로 동화 속 주인공의 자격이라는 점도 환기해 볼 만하다. 동화에서는 친부모를 잃으면서 이야기가 시작하고 내 자식을 낳을 만하면 이야기가 끝난다. 부모-자식으로 이어지는 온갖 단선적 대물림에 동화는 관심이 없다.

공간에 대해서도 생각해 보자. 동화는 특정한 장소를 지정하지 않는다. 공간의 산수를 묘사하는 일은 없다. 『그림 동화』에서 구체적인 지명이 나오는 작품은 두 개다. 하나는 「하멜른의 피리 부는 사나이」이고 다른 하나는 「브레멘 음악대」이다. 피리 부는 사나이에게 하멜른은 배신의 고장이다. 브레멘 음악대는 더 문제적인데 사실 이 동화에서 브레멘은 나오지도 않는다. 은퇴한 당나귀, 사냥개, 고양이, 수탉은 음악하러 브레멘에 가던 길에 도둑들의 아지트를 털게 되고 결국 그곳에 머물러 여생을 즐겁게 보내게 되기 때문이다. 이들에게 브레멘은 출발을 가능케 했지만 도달하지는 않는 장소이다. 이처럼 동화는 특정한 장소의 지형지세(地形地勢)에는 아무런 관심이 없다.

그림 형제, 영혼을 발견하다

그림 형제가 독일 여러 지역의 옛이야기에 관심을 기울였던 이유는 그 내용이 아니라 말들 즉, 다채로운 어휘와 표현 때문이었다. 당시까지도 문어생활의 근간을 이루었던 것은 라틴어였고 궁정을 비롯해서 종교적이고 지적인 언어생활의 중심은 독일어가 아니었다. 독일어란 독일 민중들의 일상을 떠받치고는 있었으나 그것은 입말의 생기만 갖고 있었다. 그림 형제는 이 입말의 풍요로움을 글말로 전환시킴으로써 독일어의 형태를 확정하려고 했다. 형 야코프는 독일어 문법서 편찬을 위한 사전 작업의 일환으로 항간의 민담을 수집했다. 야코프는 1835년에는 엄청난 분량의 『독일 신화학』을 발간했고, 다시 1837년에는 『독일어 문법』을 출간했다. 당대 대문호 실러는 이렇게 극찬했다고 한다.

> "야코프 그림의 『독일어 문법』은 지금까지 생각하는 일도, 시도하는 일도 없었던 저작이다. 거기에는 독일인의 언어의 혼이 살아 흐른다. 야코프처럼 언어의 본질을 꿰뚫은 사람은 없었고 언어의 비밀에 귀를 기울인 사람도 없었다." 손관승, 『그림 형제의 길』, 바다출판사, 2015, 236쪽 재인용

야코프의 마지막 작업은 『독일어 사전』이었다. 야코프는 다채로운 독일어의 어휘들을 모으면서 게르만 언어 변이체들의 문법을 정비했고 그것들의 의미를 확정함으로써 독일어의 표준을 만들었다. 야코프는 민담 속 어휘들이나 구문을 비교함으로써 독일어를 쓰는 여러 지방의 언어들이 방언적 차이를 지

닌 같은 뿌리의 형제들임을 밝혀냈다. 루터의 독일어 성경에 이어 그림 형제의 독일 동화집은 독일 지방의 언어를 하나의 뿌리를 가진 독일어로 다시 구현해 낸 커다란 사건이었다.

그런데 이렇게 그림 형제의 삶을 따라가도 여전히 궁금함이 남는다. 동화에서 표현되는 어휘들의 뿌리가 모두 같다는 것이 독일성을 밝히는 데 도움을 준 것은 이해가 되지만 동화 자체는 독일적인 것과 아무런 상관이 없지 않은가? 형제는 이 괴리를 어떻게 해소했을까?

독일어로 동화를 메르헨(märchen)이라고 한다. 이 말은 마르틴 루터가 말한 '복음'(Gute neue Mär)으로부터 왔고 그림 형제 때문에 자리 잡은 말이다. 메르(Mär)는 짧은 이야기로서 전설이나 신화와는 다르다. 전설(Sage)은 구체적인 지형지물을 필요로 한다. 신화(Mythos)는 신성함을 드러내야 하기 때문에 초월적인 존재가 이야기를 누빈다. 그림 형제는 땅에 완전히 붙들려 있지도 않고 그렇다고 천상에 가닿지도 않는 이야기를 따로 구분할 필요를 느꼈다. 그림 형제가 수집한 동화는 몇 차례 편집을 달리하고 내용을 조금 윤색하는 식으로 해서 점점 더 독일 전역에서 인기를 얻게 되는데 제3판에 형제는 이런 말을 남기고 있다.

"모든 동화에는 공통적으로 태곳적 신앙의 흔적, 즉 초자연적 사물의 형상 인식이 들어 있다. 이 신비는 웃자란 풀꽃들 아래 점점이 흩어져 있어서 밝은 눈에나 띄는 산산이 부서진 자디잔 보석 파편과 같다. 신비의 의미는 오래전에 사라졌으나, 지금도 여전히 감지되면서 동화의 내용이 되어 준다. 동화는 신비로움과 경이로움을 추구하는 우리의 타고난 욕구를 채워 준다. 동화가 알맹이 없는 상상력의 신기루인 적은 없었다." 빌헬름 그림, 『어린이와 가정을 위한 동화』 제3판 마지막 부분; 루돌프 마이어, 『동화의 지혜』, 심희섭 옮김, 푸른씨앗, 2019, 18쪽 재인용

형제가 주목하는 것은 동화에서 발견되는 초자연적 사물의 형상 인식이다. 이 땅도 천상도 아닌 영역을 가득 채우고 있는 것은 신비로움과 경이로움이다. 하지만 신비와 경이는 주관적 경험이 아닌가? 그림 형제에게 동화는 처음부터 독일과 관련되어 있든 아니든 간에 객관적 실체를 지시하는 것이 아니라 주관적 경험을 촉발시키는 것이었다. 그러고 보니 실러의 칭찬도 비슷한 맥락에서 이해가 된다. 실러는 동화에 독일어의 혼이 살아 있다고 했다. 그런데 도대체 이들이 말하는 혼이란 뭘까?

그림 형제가 독일의 민담에 관심을 기울였던 데에 가장 큰 영향을 끼친 사람들은 노발리스(Novalis, 1772~1801), 브렌타노

(Clemens Brentano, 1778~1842) 등 독일의 초기 낭만주의자들이었다고 한다. 이들은 서서히 고개 드는 산업화(1810년에 영국의 조지 스티븐슨은 증기기관차를 발명했다)나 시민 혁명의 기운이 개개인의 삶 여러 차원에서 분열을 일으킨다는 점에 주목하고 그 극복의 길을 모색했다. 이들이 보기에 당대 독일 사람들은 자기 내부에서 다양한 욕구들이 충돌함을 느끼고 있었으며, 자기와 타자 사이에도 좁힐 수 없는 간극을 발견하고 있었고, 더 나아가 자신과 자연 사이에도 깊은 심연을 보고 있었다. 이들 낭만주의자들은 '낭만'이라는 기치로 즉, 개인의 주관 그 중에서도 사랑을 절대시하면서 그것을 분열의 다른 축들과 합일시킬 수 있다고 보았다. 사랑이라는 감정을 가지고 자기의 여러 욕망들을 미적으로 통합하고, 타자와는 자유로이 교제할 수 있는 공동체(국가)를 만들어 보고, 자연에 대해서는 생명이라는 관점을 통해 자신과 자연 모두를 그 안에 녹여내 보는 식으로 말이다. 프레더릭 바이저, 『낭만주의의 명령, 세계를 낭만화하라』, 김주휘 옮김, 그린비, 2011 참고. 이들 낭만주의자들이 강조했던 사랑과 그림 형제가 포착한 영혼에 뭔가 연관성이 있는 것은 아닐까?

여기서 하나 더 짚고 넘어가야 하는 사실이 있다. 그림 형제는 1812년 초판 동화집을 발간하면서 책의 제목을 '어린이와 가정을 위한 옛날이야기'라고 했다. 독일어의 영혼이 가득한 이 책은 어린이와 어린이가 있는 가정의 몫이라는 뜻이다. 이런 취지를 살리고자 그림 형제는 친엄마가 자식을 죽이는 장면들을 계모가 그랬던 것으로 바꾸기도 하고, 아이들 보기에 잔인하다며 숲속 살해 현장을 모호하게 처리하는 등 아동의 눈높이에 맞게 조금씩 각색을 해나갔다. 그럼 영혼과 어린이는 또 무슨 관계가 있는가? 서유럽에서 어린이기의 역사성을 연구한 필립 아리에스에 따르면 아동은 근대와 함께 발견된 것이다. 그 이전에 생물학적으로 나이가 어린 존재가 없었다는 뜻이 아니라 근대에 들어 갑자기 아동기라는 생애 주기가 부각되어서 타락한 어른과 대비되는 순수무결의 시기로 표상되기 시작했다는 의미에서다.필립 아리에스, 『아동의 탄생』, 문지영 옮김, 새물결, 2003

가라타니 고진(柄谷行人)이라는 일본의 사상가는 근대 일본문학에서 내면이 출현하는 과정을 분석하면서 기쁨, 슬픔과 같은 정서적 상태로 스스로를 파악하는 개인관 역시 근대의 발명품이라고 말했다. 가라타니에 따르면 그런 식으로 개인이 자신의 마음을 응시하기 위해서는 하나의 형식적 장치가 미리 필요하다. 우리가 자기 바깥의 풍경을 무심한 눈을 가지고서 그러면서도 의미를 부여하면서 바라볼 때, 비로소 그것을 바라보는 나의 마음의 상태가 인식된다.가라타니 고진, 『일본 근대문학의 기원』, 박유하 옮김, 도서출판b, 2010 즉 그 장치란 '세상을 관조하기'이다.

사실 그림 형제가 영향을 받았던 노발리스 등 낭만주의자들에게서도 가장 중요했던 문제는 자기의식을 조화롭게 만들면서 세계 전체와 합일을 이루도록 하는 것이었다. 그들은 이 합일의 시도를 사랑이라고 했다. 그리고 이들이 핵심으로 삼았던 것은 부단한 쇄신을 통한 개인의 자기 창조, 즉 성숙화였다.

가라타니식으로 바꾸어 말해 보자면 낭만주의자들에게도 '발전하는 개인'이라는 명제가 먼저 있었다고 할 수 있다. 그 관념을 구체적으로 구현하기 위해 낭만주의자들은 역으로 타자와 자연을 발견했다. 그들은 '나는 발전해야만 한다!'라고 하는 도식을 성립시키기 위해 내가 극복해야 할 대상을 찾았다고 할 수 있다.

그림 형제는 여러 독일 지방의 옛이야기가 신비롭다고 했고 그 신비는 아이에게 어울린다고 보았다. 그들은 요정과 마녀가 출몰하고 이성의 거친 논리로 재단할 수 없는 온갖 신비로 가득한 그 말의 세계를 문자로 가시화하여 아동의 독일어 학습물로 바꾸었다. 그렇게 해서 남녀노소 누구나 말하고 들으며 즐기던 민담은 메르헨이 되었다. 그렇지만 아마 그림 형제가 이야기를 청해 듣던 독일 여기저기의 '옛사람들'에게는 헨젤과 그레텔의 굶주림이 전혀 신비롭지 않았을 것이다. 정말 먹고사는 일에 급급했기에 아이들을 버리기도 했을 테고 재투성이로 지내면서 쥐나 호박과 함께 뒹굴며 잠을 청하기도 했을 것이다.

근대 이전의 언어생활은 지금처럼 민족어 중심의 국어 생활이 아니었다. 남녀의 언어가 다르고, 대장장이와 소몰이꾼의 언어가 달랐다. 이반 일리치, 『그림자 노동』 그림 형제는 교회에서, 시장에서, 물레방앗간에서, 꿈에서, 다 다른 언어를 쓸 수 있었던 사람들을 독일어를 쓰고 있는 인간, 즉 독일인으로 보았다. 그들의 언어가 집대성된 것이 메르헨이라는 것은 무엇을 뜻할까? 그림 형제의 앞에서 옛이야기를 들려주는 저 사람들은 아직 어린이나 다름없으며, 그들은 옛이야기 안에서 몽상을 즐기는 단계로부터 성숙하게 자기 영혼을 고양해 나가는 단계로 이제 걸음을 내딛어야만 한다.

그림 형제는 학문의 자유나 독일 시민들의 평등한 사회생활에 깊은 관심을 가지고 있었다. 왕국의 권위적인 질서나 구태의연한 신분제의 인습에 맞서기를 주저하지 않았고 저작을 출간하기 위해 여념이 없었다. 그들은 진정 독일의 민담과 민속을 아꼈다. 그렇지만 그림 형제가 동화를 통해 발견한 것은 동화를 즐기던 사람들의 영혼이 아니라 그러한 사람들을 먼 거리에서 바라보고 있는 자신들의 영혼이었다. 그들은 자신이 생각한 독일을 사랑하기 위해 어린이의 메르헨을 찾아내었다.